LE DUC INATTENDU

LES INSAISISSABLES
LIVRE TREIZE

DARCY BURKE

Traduit par
SOPHIE SALAÜN

Zealous Quill Press

Pour les meilleures amies de l'univers,
Dee, Elisabeth et Julie.

Merci de me faire rire (presque) tous les jours et de toujours,
toujours me soutenir. Je vous aime !

LE DUC INATTENDU

Graham Kinsley est bouleversé lorsqu'il hérite d'un duché grevé de dettes ; il n'a plus qu'un mois pour rembourser un emprunt. Il doit trouver une héritière, ou un moyen de recouvrer les pertes de l'ancien duc. Lorsqu'il rencontre la séduisante Arabella, il est envoûté. Malheureusement, elle est aussi désargentée que lui. Mais, s'ils travaillent ensemble, ils pourront peut-être reconstituer leur fortune. Cependant, s'ils continuent à échanger des baisers à la dérobée, ils pourraient bien perdre leur cœur à la place.

Arabella Stoke ne peut se permettre d'être attirée par le duc sans le sou qui a juré d'aider sa famille à échapper à la catastrophe financière. Elle doit trouver un mari riche avant que son père ne succombe au stress d'avoir tout perdu. Toutefois, alors que Graham est en passe de retrouver l'escroc qui leur a volé leur argent, le fossé entre ce qu'ils désirent et ce dont ils ont besoin risque de les détruire tous les deux.

CHAPITRE 1

Londres, mars 1819

— *P*as si vite, Biscuit !

Arabella Stoke maintint fermement la petite boule de poils qu'était le chien de sa mère en entrant dans le parc. Il était tôt et elle était bien couverte, de la capeline démesurée qu'elle portait sur la tête au tablier impeccable sur le devant de sa robe, en passant par les bottes en bon état qui étaient trop grandes d'une pointure. Elle ne craignait pas que quelqu'un la reconnaisse. Personne ne l'avait fait jusqu'à présent, et elle avait promené Biscuit plusieurs fois par semaine depuis le mois de janvier.

Depuis que son père était alité presque en permanence.

Prenant une profonde inspiration, Arabella leva les yeux vers le ciel bleu. Il faisait frais, mais le temps était beau et dégagé. Dans le parc, des perce-neige et des jonquilles émergeaient de la terre morne alors que le printemps arrachait le sol aux griffes de l'hiver.

Biscuit tira à nouveau sur la laisse, reniflant sans cesse à la recherche de quelque chose. Arabella ne pouvait lui reprocher son enthousiasme. Le chien était tellement heureux de sortir ! Il ne faisait plus autant de promenades qu'avant, depuis que son père était tombé malade, ou, plus exactement, depuis que le nombre de leurs domestiques s'était réduit au strict minimum.

Avec seulement cinq serviteurs, dont le jeune palefrenier qui était également employé dans une forge d'Oxford Street, il y avait bien assez de travail à faire. Promener le chien était devenu moins prioritaire, et plus sa mère passait de temps au chevet de son père, moins Biscuit pouvait se dégourdir les pattes. Non pas que ses pattes aient besoin d'être étirées, car elles étaient plutôt courtes.

La mère d'Arabella s'inquiétait que l'animal ne fasse pas assez d'exercice et elle insistait pour que quelqu'un la promène chaque matin. Comme les domestiques n'avaient pas toujours le temps, la jeune femme s'habillait comme l'un d'entre eux, et, à l'insu de sa mère, elle sortait Biscuit.

Se rendre seule au parc avait quelque chose de scandaleux, mais c'était aussi exaltant. À présent, Arabella attendait cette sortie avec impatience, et Millie, l'aide-cuisinière, à qui incombait généralement cette tâche, appréciait de ne pas avoir à l'ajouter à son travail.

Un petit animal, peut-être un lapin ou un écureuil, passa en trombe. Biscuit se mit à aboyer et partit si vite qu'Arabella ne put retenir la laisse. Le chien s'élança à la poursuite de ce qui était passé.

— Biscuit !

Arabella partit en chasse derrière le terrier, mais elle le perdit rapidement de vue lorsqu'il se faufila dans un épais groupe de buissons. Marmonnant un juron bien peu digne d'une lady, elle appela à nouveau le chien. Les aboiements cessèrent, et un sentiment d'appréhension lui saisit l'échine, tandis qu'une sueur froide perlait sur sa nuque. S'il arrivait quelque chose à ce chien, après tout ce qu'ils avaient enduré, la jeune femme craignait que cela n'anéantisse ce qui restait du moral de sa mère.

Hâtant le pas, Arabella avança sur le sentier, s'arrêtant pour chercher dans les arbustes et derrière les arbres. Son inquiétude se mua en terreur, car elle craignait le pire, et elle se retrouva bientôt hors du sentier, dans une zone boisée qu'elle n'avait jamais traversée auparavant.

Elle s'arrêta et resta immobile, tendant l'oreille, le cœur battant à un rythme effréné. Un bruit sourd provenant de l'autre côté d'un bosquet la poussa à le contourner. Elle déboucha dans une petite clairière et manqua de tomber lorsque quelque chose délogea sa coiffe de sa tête.

Un petit couinement lui échappa alors qu'elle se concentrait sur une grande silhouette. Elle cilla. Un homme. En manches de chemise. Une épée à la main.

— *Bon sang de bonsoir !* s'exclama-t-il en se précipitant vers elle, les traits marqués par l'horreur et l'inquiétude. Est-ce que vous allez bien ?

Arabella leva la main et tapota sa tête nue, puis regarda la coiffe qu'elle avait empruntée et qui gisait sur le sol à côté d'elle.

— Je crois que oui, répondit-elle d'une voix fluette et discrète, qui ne lui ressemblait pas tout à fait.

— Mais d'où venez-vous ?

Il se pencha et ramassa la coiffe.

Elle ferma les yeux un instant pour retrouver son équilibre, puis elle les rouvrit pour constater qu'il était bien plus net. Il était grand et mince, avec des cheveux et des yeux d'un noir d'encre. Malgré ses traits tirés, il était objectivement séduisant, avec des pommettes anguleuses et une mâchoire ferme. Objectivement séduisant ? Oui, n'importe qui l'aurait trouvé beau jusqu'à ce qu'il regarde ses lèvres. Que l'on pouvait qualifier de scandaleusement magnifiques. Celle du bas était la plus épaisse des deux, mais celle du haut avait un curieux creux au sommet, donnant à sa bouche une forme de cœur. Un cœur séduisant et irrésistible.

Irrésistible ?

Arabella baissa le regard sur le triangle de chair exposé par l'ouverture de sa chemise. Elle n'avait pas vu un homme de cette façon depuis six longues années, et quand elle y pensait… Eh bien, il n'était pas étonnant qu'elle songe à l'embrasser.

— Mademoiselle ? l'interpella-t-il en lui tendant sa coiffe.

Arabella la lui prit, effleurant sa main nue. Un frisson remonta le long de son bras. Elle récupéra le couvre-chef avant de reculer d'un pas.

— Merci.

Elle le remerciait ? Il avait failli la tuer avec son épée !

— Vous avez failli me décapiter.

L'un de ses yeux se plissa alors qu'il penchait la tête sur le côté.

— J'étais loin de vous décapiter, répliqua-t-il en se redressant. De plus, cette lame est faite pour s'enfoncer, pas pour trancher. C'est pourquoi votre coiffe est intacte.

Elle baissa les yeux sur l'arme qu'il tenait dans sa main droite, pointée vers le sol.

— Elle est faite pour les duels, n'est-ce pas ?

— Elle est faite pour l'escrime, et c'est ce que je pratiquais. Je vous le redemande : d'où veniez-vous ? C'est une zone plutôt isolée du parc.

Il avait raison. Elle remit sa coiffe sur sa tête et jeta un coup d'œil autour d'elle, sans rien reconnaître. En fait, elle se demandait si elle serait capable de retrouver son chemin. Ou de retrouver Biscuit.

Biscuit !

— Je cherche Biscuit. Mon chien.

— Vous avez un chien ?

Elle était vêtue comme une servante, et les chiens n'étaient pas monnaie courante chez les domestiques, si ?

— Le chien de ma maîtresse. Il a vu un petit animal et s'est lancé à sa poursuite. Et je l'ai perdu de vue.

Une ébauche de sourire se dessina sur sa bouche désirable.

— Je vois. Alors, nous devons retrouver... Comment avez-vous dit qu'il s'appelait ? Ce chien que vous avez perdu de vue... Biscuit ?

Elle hocha la tête.

— C'est un terrier. À peu près de cette taille, indiqua Arabella, écartant les mains pour donner une idée de la taille de Biscuit.

— J'ai l'impression que c'est *lui*, le petit animal, fit remarquer l'homme. Où l'avez-vous vu pour la dernière fois ?

— Nous sommes entrés par la porte de Cumberland. Il s'est enfui près de là.

— Vous êtes sûre qu'il est venu par ici ? Vous êtes presque à Kensington Gardens.

Les épaules d'Arabella s'affaissèrent.

— Non, je ne suis pas sûre. Il aboyait, puis il s'est arrêté. Je crains qu'il se soit passé quelque chose d'horrible.

L'homme s'approcha d'elle et lui tapota l'épaule.

— Allons, allons. Gardez l'esprit positif. Je suis sûr que Biscuit va bien. Vous semblez plutôt attachée au chien de votre maîtresse, mais vous devez sans doute passer plus de temps avec lui qu'elle.

Était-ce une attaque envers la classe supérieure ? Non, ce n'était pas possible, car, visiblement, il en faisait partie. Qui d'autre pratiquerait l'escrime à Hyde Park ? Mais... pourquoi ne s'entraînait-il pas chez lui ou chez Angelo ? Elle ignora le frisson nerveux qui irradiait de l'endroit où il lui avait touché l'épaule.

— Pourquoi pratiquez-vous ici ?

Il hésita, et elle se demanda si elle n'avait pas posé une question à laquelle il ne voulait pas répondre. *Bonté divine,* elle était censée être une servante ! Elle n'aurait pas dû lui poser de questions du tout !

— Mes excuses, dit-elle avec une révérence. Je ne voulais pas vous offenser. Je dois aller chercher Biscuit.

— Laissez-moi vous aider. Accordez-moi un moment.

Il se dirigea vers un rocher sur lequel elle voyait maintenant ses vêtements abandonnés. Ramassant le fourreau, il rengaina son épée et appuya l'arme contre la pierre. Il enfila ensuite un gilet, puis une veste. Il passa sa cravate autour de son cou, laissant la soie blanche pendre contre ses revers. Il y avait quelque chose de désarmant et de séduisant dans sa tenue négligée. Elle dut se rappeler qu'elle devait détourner le regard, faute de quoi il allait la surprendre en train de le fixer.

Lorsqu'il revint devant elle, son épée était attachée à sa taille et un chapeau élégant coiffait sa tête sombre.

— Retrouvons le chien de votre maîtresse. Biscuit ! appela-t-il au-dessus de sa tête.

Elle mesurait un mètre soixante, et il devait la dépasser d'une trentaine de centimètres, mais elle tressaillit au son de sa voix.

Il parut le remarquer et s'excusa immédiatement.

— Je ne voulais pas vous surprendre. Devons-nous retourner vers l'endroit où il s'est enfui ?

— Oui, s'il vous plaît.

Elle quitta la clairière la première et regagna le sentier, heureuse de ne pas s'être perdue. Enfin, elle l'était un peu, à cause d'un gentleman peu vêtu qu'elle aurait aimé voir en train de faire de l'escrime. Elle imaginait que ses muscles ondulaient de façon spectaculaire lorsqu'il enfonçait son épée.

D'autres sens à l'expression *enfoncer son épée* jaillirent dans son esprit, et elle se réprimanda mentalement pour ses pensées impures. Elles l'avaient déjà entraînée dans la tentation, et elle ne pouvait pas leur permettre de recommencer. Surtout pas avec un homme comme lui. Un homme dont elle ne connaissait pas le nom ; et elle ne voulait pas le lui demander.

Ils appelèrent Biscuit à tour de rôle en marchant le long du sentier, d'abord elle, puis lui.

— Vous emmenez toujours le chien ici pour le promener ?

— Pas toujours, dit-elle. Et sans doute plus jamais. En supposant que je le retrouve.

Sa voix était empreinte d'angoisse.

Il s'arrêta, se tourna vers elle, et lui serra doucement les épaules.

— Nous le trouverons. Ne vous inquiétez pas.

— Dans le cas contraire, ma..., dit-elle avant de s'interrompre, car elle avait failli parler de sa mère, ma maîtresse sera vraiment bouleversée.

— J'espère que cela n'arrivera pas. Ce n'est pas votre faute.

— Non, elle ne sera pas en colère contre moi.

Seulement, elle serait inconsolable, et elle était déjà bouleversée par leurs problèmes.

— Tant mieux.

Soudain, ils se figèrent en entendant un aboiement au loin. Leurs regards se croisèrent et ne se quittèrent plus ; tous deux avaient les yeux écarquillés.

Il tourna la tête en direction du jappement aigu.

— Est-ce que...

— Biscuit ! conclut-elle.

Ils s'élancèrent vers Cumberland Gate, appelant le nom du chien en même temps. Le terrier apparut sur le chemin, ses courtes pattes le portant bien plus vite qu'on ne l'aurait cru possible, la laisse en cuir marron traînant derrière lui.

Arabella prit le chien dans ses bras en poussant un cri de soulagement.

— Te voilà, espèce de cornichon !

Un rire masculin parcourut sa nuque tandis que l'homme se rapprochait d'elle.

— Cornichon ? Biscuit, je pense que tu vas avoir des ennuis.

Il baissa la tête et gratta la tête du chien. Puis il croisa à nouveau le regard d'Arabella.

— Vous ne serez pas trop dure avec lui, n'est-ce pas ? Je crains d'avoir un faible pour les chiens, même les cornichons.

Arabella déposa un baiser sur la tête soyeuse de Biscuit.

— Il sera couvert de friandises quand nous rentrerons à la maison, alors, à votre place, je ne m'inquiéterais pas trop pour lui.

Il fixa Arabella du regard, ou plus précisément sa bouche, pendant un moment, avant de cligner des yeux. Il se racla la gorge et détourna son regard vers la porte.

— Je suis ravi de savoir qu'il est en sécurité. Veuillez accepter mes excuses pour avoir fait tomber votre coiffe. Lorsque je m'entraîne, je me concentre sur une seule chose. Je ne vous ai pas entendue approcher.

Il la regarda encore, et elle remarqua le léger rosissement de ses joues. Le fait qu'il éprouve des remords et peut-être même un peu de gêne la rendait curieuse.

Qui était-il ?

Oh, mon Dieu ! Elle avait beau ignorer qui il était, il s'agissait visiblement de *quelqu'un.* Elle allait sûrement le croiser au cours de la saison, et que dirait-il alors ?

« Pourquoi une domestique assiste-t-elle à un bal ? »

Arabella baissa la tête comme si cela pouvait effacer son visage de la mémoire de l'homme.

— Je dois y aller.

Elle se détourna de lui, et, dans sa précipitation, faillit trébucher.

Il la saisit par le coude et la maintint debout.

— Faites attention.

Elle lui jeta un rapide coup d'œil appréciateur.

— Merci. Euh… au revoir.

Se dégageant de sa main, elle serra Biscuit contre elle et quitta le parc en toute hâte. Le chien se tortilla et jappa.

— Chut ! lui intima Arabella. N'as-tu pas causé assez d'ennuis pour aujourd'hui ? Si je te pose, me promets-tu d'être sage ?

Biscuit aboya en réponse.

— Bon garçon.

Arabella le posa par terre, tenant fermement la laisse. Elle le conduisit jusqu'à Oxford Street et marcha rapidement vers Holles Street, où ils vivaient au coin de Cavendish Square.

C'était une maison étroite et sans prétention qu'ils pouvaient à peine s'offrir. Quand Arabella rendait visite à sa voisine, Mlle Phoebe Lennox, qui vivait dans une grande maison élégante sur la place au coin de la rue, elle se rendait compte de la déchéance de sa famille. L'année précédente, ils avaient loué une plus grande maison, et ils employaient dix domestiques. En outre, ils avaient un carrosse à quatre chevaux. L'année encore avant, la maison était beaucoup plus grande, et ils avaient quatorze domestiques. Pour Arabella, il était désormais évident qu'ils avaient vécu un moment au-dessus de leurs moyens. La perte de leur petite propriété de campagne, la maison où elle était née, l'année précédente, avait été un coup dur. Et c'était sans doute ce qui avait conduit au déclin brutal de son père.

Elle aurait aimé être comme Phoebe, qui avait hérité d'une fortune l'année passée. La jeune femme s'était déclarée vieille fille, et s'était installée à Cavendish Square.

Si Arabella héritait d'une fortune, elle pourrait sauver sa

famille, remettre son père sur pied et peut-être même savourer l'indépendance dont jouissait Phoebe. Mais c'était un rêve, un rêve impossible. S'il y avait eu un héritage à recevoir, elle l'aurait déjà eu, et sa famille n'aurait pas été dans la situation désastreuse dans laquelle elle se trouvait à présent.

Arabella descendit les marches jusqu'à l'entrée des domestiques et pénétra dans la maison. La cuisinière l'interpella depuis la cuisine.

— Mademoiselle Arabella, est-ce vous ?

— Oui, madame Woodcock.

Elle détacha la laisse de Biscuit et laissa le chien se diriger vers la cuisine. Elle retira ensuite sa coiffe et son manteau qu'elle accrocha à une patère près de la porte.

Elle entra à son tour dans la cuisine au moment où la domestique déposait par terre un bol de nourriture pour Biscuit. Mme Woodcock fronça les sourcils.

— Vous êtes partie longtemps.

— Biscuit s'est enfui, expliqua Arabella, posant un regard affectueux sur le chien qui engouffrait son petit déjeuner.

— Encore ? Il a fait la même chose à Millie la semaine dernière.

Millie était la fille de Mme Woodcock. La cuisinière observa la tenue d'Arabella.

— Vous feriez mieux de vous changer pour le petit déjeuner. Millie va bientôt l'apporter.

Même si Millie était aide-cuisinière, elle aidait souvent leur seule autre domestique, Janney, qui accomplissait les tâches d'une bonne et d'une femme de chambre. En réalité, chaque domestique de la maison effectuait toutes sortes de travaux. Ils n'avaient pas le choix. Tout comme Arabella qui aidait à la cuisine et faisait toute la couture.

— Merci, madame Woodcock.

Arabella emprunta l'escalier de service menant au premier étage, où se trouvait sa chambre. La chambre de ses parents se trouvait au même niveau, et elle prendrait le petit déjeuner dans leur salon avec sa mère, et son père s'il s'en sentait capable.

Elle retira rapidement ses vêtements de servante pour passer une simple robe de jour. Le modèle était vieux de trois ans, elle l'avait donc relégué au rang de robe de travail, et elle prévoyait de retoucher une robe du soir après le petit déjeuner, afin d'avoir quelque chose de frais à porter au bal des Thursby, plus tard dans la semaine.

Lorsqu'elle arriva dans le salon de ses parents, elle trouva sa mère en train de faire les cent pas devant les fenêtres qui donnaient sur la rue en contrebas. Ce n'était jamais bon signe. Faire les cent pas indiquait généralement que l'état de son père avait évolué.

— Qu'est-ce qui ne va pas? demanda Arabella sans préambule.

Sa mère aimait aller à l'essentiel.

Mariah Stoke s'arrêta, le visage pâle et pincé. Des mèches blanches commençaient à se mêler à ses cheveux blonds, et de nouvelles rides apparaissaient autour de ses yeux vert foncé.

— Il a vomi ce matin et il y avait du sang. Je voudrais appeler le médecin, mais il m'a fait promettre de ne pas le faire.

Parce qu'ils n'avaient pas d'argent. Ou peu d'argent. Ils parvenaient à peine à subvenir aux besoins du ménage avec la maigre pitance qui leur restait.

— Que pouvons-nous vendre d'autre? demanda Arabella, même si elle craignait la réponse.

Ils avaient vendu leur carrosse, toutes les décorations de valeur, y compris quelques peintures, une sculpture et de l'argenterie, ainsi que la plupart de la petite collection de bijoux de sa mère.

— Les perles de ma grand-mère. Ton père n'appréciera

pas, mais il faut le faire, répondit sa mère, le regard triste. Je suis vraiment désolée, ma chérie. J'espérais que tu pourrais au moins les avoir.

Un an plus tôt, Arabella aurait peut-être éprouvé de la tristesse, mais cela faisait bien longtemps que l'époque où elle se souciait des choses matérielles était révolue. Elle vendrait n'importe quoi pour sauver son père. Tous trois formaient une famille unie depuis que ses trois frères et sœurs aînés étaient tous morts, sans avoir atteint l'âge de douze ans. Ils s'accrochaient les uns aux autres de la manière la plus primitive et vitale, comme si leur survie en dépendait.

Arabella traversa la pièce et prit la main de sa mère. Elle lui adressa un sourire encourageant.

— Tout va bien. Les diamants me vont mieux de toute façon.

Cela eut l'effet escompté, car sa mère éclata de rire, et les rides de son visage s'estompèrent. Cependant, cette chaleur fut de courte durée, car les traits de sa mère retrouvèrent leur expression sombre.

— Je m'occuperai du collier plus tard dans la journée, après avoir envoyé chercher le médecin.

— Que vas-tu dire à papa? s'enquit Arabella. Que notre bienfaiteur paie pour cela?

C'était une pure invention. Ils n'avaient pas de bienfaiteur, pas de famille riche ou non, pas d'ami bienveillant qui leur prêterait des fonds.

Sa mère souffla.

— Que pouvons-nous dire d'autre?

Qu'il croie qu'il existait un bienfaiteur démontrait qu'il n'avait pas les idées claires. Comment pouvait-il réfléchir alors qu'il passait le plus clair de son temps à dormir? Ou bien à regarder par la fenêtre, l'air découragé? Il se sentait terriblement coupable de les avoir entraînés dans cette situation à cause d'un mauvais plan d'investissement et de ses goûts dispendieux.

— Arabella, il est plus urgent que jamais que tu convoles. Tu dois absolument trouver un mari. Rapidement.

Pas n'importe lequel, un époux riche.

Lorsque leurs difficultés financières avaient débuté un an et demi plus tôt, son père avait annoncé qu'il était temps pour elle d'épouser le fils de son meilleur ami, le comte de Saint-Ives. L'ancien comte, l'ami en question, avait donné son accord peu avant sa mort. Cependant, même si l'actuel comte avait promis d'honorer la volonté de son père, le mariage n'avait pas eu lieu. Il était tombé amoureux d'une autre personne et l'avait épousée.

Si Arabella s'était sentie soulagée d'avoir échappé à une union arrangée, elle était aussi bien consciente de la déception de son père. Sur le moment, elle n'avait pas réalisé l'ampleur de son désespoir. Ils étaient au bord de la faillite et ce n'était qu'une question de temps avant qu'ils ne soient condamnés à l'emprisonnement civil. Du moins, c'était ce que disait son père. Il refusait qu'elle ou sa mère consultent leurs comptes, affirmant qu'il n'était pas approprié qu'elles aient à s'en préoccuper. Mais, comment auraient-elles pu ne pas le faire ?

Arabella réprima son irritation. Elle détestait cette situation, mais elle ne pouvait rien y changer. Toutefois, elle pouvait y remédier en épousant un riche gentleman. Dommage qu'aucun ne lui ait fait de demande.

— Il y aura forcément quelqu'un au bal des Thursby, dit-elle à sa mère avec un sourire radieux.

L'image du gentleman qu'elle avait rencontré dans le parc surgit dans son esprit. Serait-il présent au bal ? Elle l'espérait. Avec un peu de chance, il était riche et se déclarerait amoureux d'elle. Il se moquerait qu'elle se soit fait passer pour une servante et insisterait pour qu'ils se marient immédiatement grâce à un permis spécial. Tous leurs problèmes seraient résolus.

Elle aurait préféré choisir un mari en tenant compte d'autres facteurs que la sécurité financière, mais à en juger par leur brève rencontre ce matin-là, il était serviable, attentionné et presque dangereux avec une épée. Et il était d'une beauté à couper le souffle.

En fait, elle préférerait ne choisir personne. Alors qu'elle espérait épouser quelqu'un et que l'on attendait maintenant d'elle qu'elle épouse *n'importe qui*, l'idée de devenir membre de la Société des Femmes de tête lui paraissait bien plus séduisante.

— Il doit bien y avoir quelqu'un, insista sa mère, serrant les mains jusqu'à ce que ses jointures blanchissent. Si tu ne reçois pas d'offre rapidement, il se pourrait que nous devions envisager d'en imposer une.

Arabella se figea.

— Tu n'es pas en train de suggérer… ?

Elle ne pouvait se résoudre à prononcer ces mots.

Sa mère hocha fermement la tête, et laissa retomber ses mains sur le côté.

— Un compromis. Ce n'est pas idéal, bien sûr, mais nous sommes dans une situation désespérée.

Certes, mais allaient-ils vraiment sombrer si bas ?

— Je ne sais pas si je peux faire ça, dit Arabella d'une voix douce.

— Moi non plus, répondit sa mère qui explosa soudain en sanglots, laissant échapper un flot de larmes.

La jeune femme se précipita pour la prendre dans ses bras, lui caressant le dos en décrivant des cercles apaisants.

— Nous trouverons un moyen. Je te le promets.

Au bout de quelques instants, sa mère se ressaisit et se dégagea de l'étreinte d'Arabella en lui tapotant le dos.

— T-tu ne p-peux pas le d-dire à qui que c-ce soit, répéta-t-elle à sa fille pour la centième fois. P-personne ne d-doit savoir. Si quelqu'un l'apprend, tu n'auras *jamais* d'offre.

— Oui, je sais.

Sinon, pourquoi travaillerait-elle si dur à remodeler sa garde-robe désuète et à étudier les dernières tendances en matière de mode et de coiffure ? Elle faisait de son mieux pour donner l'impression qu'ils n'étaient pas démunis et estimait qu'elle y réussissait assez bien. Mais quelqu'un allait finir par le découvrir, surtout en remarquant que sa mère et elle se rendaient aux bals dans une calèche avec, à l'arrière, un *tigre*, leur jeune palefrenier.

Mariah renifla.

— Nous manquons de temps. Ton père pourrait très bien mourir, et alors, où irions-nous ? Si je ne finis pas en prison, nous devrons nous en remettre à mes cousins du Hertfordshire, qui ne sont guère en mesure de nous aider. Quel genre d'avenir serait-ce pour toi ? Un destin sombre, dans une ferme au milieu de nulle part, où tu passerais probablement ta vie seule, dit-elle en secouant la tête. Ce n'était pas ainsi que les choses devaient se passer. Tu aurais dû épouser ce gentleman lors de ta première saison. Quel était son nom, déjà ?

— Miles Corbett.

Son père avait refusé la demande en mariage de Miles, insistant sur le fait qu'elle épouserait le comte de Saint-Ives lorsque ce dernier serait prêt.

Il lui avait proposé de s'enfuir à Gretna Green, mais elle n'avait pas trouvé le courage de quitter sa famille. Non, ce n'était pas tout à fait ça. Elle n'avait pas eu la volonté de les décevoir. Elle ne regrettait pas sa décision. La plupart du temps.

— Que lui est-il arrivé ? s'enquit sa mère.

— Il a quitté l'Angleterre pour faire fortune.

Car son père lui avait clairement fait comprendre qu'il

n'était pas digne d'Arabella. Elle se demandait parfois ce qui lui était arrivé, car il resterait à jamais son premier amour.

— Ah… de toute manière, il n'aurait pas les moyens de nous sauver de notre malheur.

Était-ce un malheur si son père avait eu la possibilité de l'éviter ?

Arabella se raidit. De telles pensées ne menaient à rien. Telle était leur réalité. Ils devaient y faire face.

— Je me marierai bientôt, maman. Je te le promets.

Elle n'avait tout simplement pas d'autre choix.

CHAPITRE 2

Enfer et damnation !
        Mince !
Merde alors !

Une dizaine d'autres jurons traversèrent l'esprit de Graham Kinsley alors qu'il sortait de la banque en direction du cheval de louage qu'il venait de héler. Après avoir indiqué sa destination au conducteur, il grimpa dans le véhicule, l'air renfrogné.

Le prêt hypothécaire restait impayé depuis trois ans et la banque était arrivée à bout de patience. L'établissement prévoyait de saisir Brixton Park s'il n'était pas en mesure de payer ses dettes. Il était question d'une somme astronomique, et comme Halstead Manor, sa propriété, n'était pas rentable et que l'ancien duc lui avait laissé une montagne de dettes, il n'y avait tout simplement aucun moyen d'empêcher cela.

Bon sang... Bon sang !

Graham se passa une main sur le visage et jeta son chapeau sur le siège à côté de lui. Il devait y avoir un moyen. Il refusait de perdre Brixton Park. Le troisième duc de

Halstead avait construit cette superbe maison de campagne juste à côté de Londres, et le septième n'allait pas la perdre à cause de la stupidité du sixième.

La prise de conscience que lui, Graham Kinsley, fils d'un secrétaire et secrétaire lui-même encore six mois auparavant, était désormais le duc de Halstead, le submergea à nouveau, aussi improbable et incroyable que lorsqu'il avait entendu pour la première fois la nouvelle qu'il était l'héritier présomptif.

Les conseils du directeur de la banque résonnaient dans son esprit.

— *Vendez Brixton Park avant que nous ne vous le prenions.*

Vendre la chose à laquelle le père de Graham tenait le plus, en dehors de sa défunte femme et de son fils bien-aimé ? Il ne pouvait s'y résoudre. Si son père et lui n'y avaient jamais vécu, l'endroit représentait leur héritage, la vie qui leur avait été volée. Leur attachement au domaine était très personnel et très réel. Il y avait forcément un autre moyen.

Deux autres, en réalité. Le premier consistait à récupérer l'argent que l'ancien duc avait investi dans une terrible affaire. Il avait perdu une véritable fortune, somme qu'il n'avait pas, parce qu'il était déjà endetté jusqu'au cou. Graham avait étudié les registres une centaine de fois et ne savait toujours pas auprès de qui il avait placé l'argent, et le secrétaire du duc prétendait l'ignorer lui aussi.

S'il ne récupérait pas l'investissement, il n'avait plus qu'une option : épouser une héritière.

Graham venait d'hériter d'un duché. Sa vie entière avait été bouleversée. Trouver une femme était bien loin de ses préoccupations. Enfin, il aurait préféré que ce soit le cas. Il savait qu'il devrait se marier un jour, à cause de son devoir, mais pour l'instant, il voulait simplement retomber sur ses pieds.

Le véhicule s'arrêta devant la résidence de l'ancien

employeur et meilleur ami de Graham. Il régla le chauffeur et s'avança vers la maison du comte de Saint-Ives. Le major-dome de ce dernier, Trask, ouvrit la porte et le salua.

— Lord Saint-Ives est dans son bureau, si vous souhaitez vous joindre à lui. Et madame est dans le salon avec Lady Northam et Lady Ware.

— Merci, Trask.

Graham tendit son chapeau et ses gants au majordome, puis s'engagea dans l'escalier menant au premier étage.

La porte du salon se trouvant juste à gauche, il s'y arrêta pour saluer les dames avant de se rendre dans le bureau de David.

— Eh bien ! Voilà donc le nouveau duc de Halstead ! s'exclama la marquise de Northam, grande amie de Fanny, la comtesse de Saint-Ives, avec un sourire accueillant. Fanny nous racontait justement que vous alliez passer la nuit ici. Louez-vous une maison pour la saison, ou Brixton Park est-il suffisamment proche pour que cela ne soit pas nécessaire ?

Il se laissa tomber dans un fauteuil.

— Ce n'est absolument pas nécessaire. Brixton Park n'est qu'à huit kilomètres d'ici.

— J'espère que vous prévoyez d'organiser un événement, dit la marquise. Le dernier duc n'envoyait jamais d'invitations.

Sans doute parce qu'il avait vendu petit à petit tout l'intérieur de la maison pour payer ses créanciers.

— Elle veut étudier les roches du domaine, expliqua Lady Ware, assise sur un canapé à côté de la marquise.

Graham se souvint que Lady Northam était géologue.

— Je suis sûr que vous aurez l'occasion de l'explorer.

Mais pas cette saison. Il faudrait du temps et de l'argent pour restaurer le domaine comme il le méritait, comme il l'avait été autrefois, comme son ancêtre l'avait construit.

— Quand comptez-vous faire vos débuts en tant que duc ? s'enquit Lady Northam.

— J'ai tenté de le convaincre d'assister au bal des Thursby, intervint Fanny, jetant un regard dans sa direction avant de se tourner vers ses amies. Six mois, c'est une période de deuil appropriée, surtout pour un membre de la famille qu'il ne connaissait pas.

— Vous ne connaissiez pas du tout l'ancien duc ? demanda Lady Ware.

Graham secoua la tête.

— Je ne l'ai jamais rencontré. Nous n'avions qu'un lien de parenté lointain. Personne n'a été plus choqué que moi lorsque je suis devenu l'héritier présomptif l'été dernier.

C'était à l'époque du décès soudain de son père, quelques semaines seulement après qu'il fut lui-même devenu l'héritier présomptif. Le duc l'avait suivi deux mois plus tard,

Période pendant laquelle le duc aurait pu, et aurait dû, inviter Graham à visiter les domaines dont il allait hériter, à passer les comptes en revue, à le préparer à la dette écrasante qu'il était sur le point d'endosser. Mais il n'en avait rien fait. Il l'avait ignoré autant que lui et ses prédécesseurs avaient négligé la lignée de Graham depuis quatre générations. Tout cela à cause d'un mensonge.

Le visage de Fanny s'assombrit.

— À propos du bal des Thursby…, commença-t-elle avant de s'interrompre. Peu importe. Je vais laisser David vous expliquer.

Elle retrouva son habituel sourire rayonnant.

— Vous serez le célibataire le plus recherché de la saison, affirma-t-elle avec un regard en direction de Lady Ware. Avec Anthony, bien sûr.

Anthony était le frère de Lady Ware, le vicomte Colton.

— Anthony est peut-être recherché, mais lui ne recherche

personne, répondit Lady Ware, fronçant les sourcils. Il a encore du mal à se remettre de la mort de nos parents.

Elle retrouva soudain son sourire, car elle ne voulait manifestement pas s'attarder sur ce triste souvenir : leurs parents avaient été assassinés par un bandit de grand chemin l'année précédente. Elle se concentra sur Graham.

— Et vous ? Allez-vous chercher une épouse tout de suite ?

Lady Northam s'esclaffa.

— Il n'aura pas à chercher très loin. Les jeunes femmes vont se précipiter sur lui, j'en suis sûre, affirma-t-elle, plissant légèrement les yeux. Vous n'êtes pas un horrible séducteur comme le marquis de Ripley, n'est-ce pas ?

Graham n'était pas totalement au fait des titres et des réputations de chacun, mais il avait entendu parler de Ripley. Il l'avait même vu chez Brooks la veille au soir, avec le vicomte Colton. Il décida de ne pas en parler.

— Je ne suis pas un séducteur. Du moins, je ne pense pas l'être.

— Néanmoins, vous serez l'objet d'études et de discussions, soyez-en averti, dit Lady Northam.

— Merci ? dit-il en éclatant de rire. Si je dois être disséqué, j'aimerais autant savoir de qui je dois me méfier. *Si* je m'intéressais au marché du mariage, ce qui n'est pas le cas. Je préférerais ne pas me retrouver avec la corde au cou pour l'instant.

Malheureusement, il y avait une différence entre l'envie et le besoin, et il avait besoin d'une héritière. Peut-être allaient-elles pouvoir l'aider sans se rendre compte de ce qu'il recherchait.

— Ne vous approchez pas de celles qui en sont à leur première saison, l'avertit Lady Ware. Ce sont les plus avides. Vous serez plus en sécurité avec des femmes plus mûres.

Lady Northam acquiesça.

— Comme Phoebe, même si je pense qu'elle n'assistera pas à beaucoup d'événements.

Lady Ware prit un gâteau sur la table devant le canapé.

— Pas depuis qu'elle a créé la Société des Femmes de tête.

— Mais qu'est-ce que cela peut bien être ? s'enquit Graham.

— Cela a commencé par une plaisanterie, lorsque quelqu'un a qualifié Phoebe, enfin, Mlle Lennox, de vieille fille, et qu'elle a dit qu'elle était plutôt une femme de tête, expliqua Fanny. Elle a hérité d'une grosse somme d'argent l'année dernière et a acheté une maison à Cavendish Square. Elle vit de façon indépendante.

— C'est merveilleux, constata Lady Northam dont le ton reflétait un profond respect et une grande admiration. Si je n'avais pas rencontré Beck, j'aurais volontiers rejoint son club. Et elles ont besoin de plus de membres, vu qu'il n'y a que Jane Pemberton, la voisine de Phoebe, et elle-même.

Graham entendait ce qu'elles disaient, mais son esprit était plutôt concentré sur une partie : Phoebe Lennox avait hérité d'une grosse somme d'argent. Elle semblait parfaite : mûre, peu intéressée par le mariage, et riche. Enfin, il fallait bien qu'elle soit au moins vaguement intéressée par le mariage, mais peut-être pourraient-ils trouver un arrangement mutuellement bénéfique. L'argent de la jeune femme contre son… quoi ? Elle n'avait pas l'air d'être du genre à se laisser impressionner par un titre, pas même celui de duchesse.

Oh, bon sang ! Il était face à un défi de taille.

Mais Graham n'avait jamais reculé devant un défi… Toutefois, ces femmes avaient également dit que Mlle Lennox n'assistait pas aux événements sociaux. Peu importait. Il allait simplement lui rendre visite.

David, le comte de Saint-Ives, entra dans le salon avec un sourire.

— Il me semblait t'avoir entendu, *votre Grâce*.

Bien entendu, David n'avait pas besoin de recourir à un langage aussi formel, mais il s'agissait d'un jeu, que Graham avait initié. Ils étaient amis depuis toujours, et ils s'étaient toujours appelés par leurs prénoms. Jusqu'à ce que David hérite du comté, ce qui était prévu, bien sûr. Graham persistait à l'appeler *my lord* la plupart du temps, alors que David lui avait demandé de ne pas le faire. À présent, il prenait un malin plaisir à s'adresser à son ami, qui ne s'était jamais attendu à devenir duc, en l'appelant *votre Grâce*.

Graham s'y était habitué. Il sourit à David.

— Oui, c'est vrai, mon titre est plus élevé que le tien.

— Tout à fait, répondit son ami en étouffant un sourire. Cependant, je préside une commission au sein des Lords, ce qui n'est pas ton cas.

David venait d'être nommé responsable des routes.

Graham plaqua ses mains contre les bras du fauteuil.

— Dieu merci. Si je devais gérer quelque chose comme cela en ce moment, en plus de tout le reste…

Il s'interrompit avant de dire quelque chose qu'il n'avait pas prévu. Il se leva ensuite.

— Nous ennuyons les dames.

— Pas du tout, dit Fanny.

— Laisse-les s'en aller pour que nous puissions parler des perspectives du duc après leur départ.

Lady Northam adressa un clin d'œil à Graham, qui rit en réponse.

— S'il vous plaît, dites-moi comment je m'en sors, leur demanda-t-il avant de quitter le salon avec David.

Ils entrèrent dans son bureau de l'autre côté du couloir.

— Comment s'est passé ton rendez-vous ? s'enquit David.

Graham avait envisagé plus d'une fois de parler à David

de ses problèmes financiers, mais les mots ne passaient jamais de son cerveau à sa langue. C'était lui qui avait obtenu les meilleures notes en mathématiques à Oxford, lui qui s'était mis à gérer les affaires de son ami, comme s'il l'avait fait pendant des années. Certes, il avait appris aux côtés de son père, mais la transition s'était faite sans heurt.

Désormais, Graham possédait un domaine en ruine, une maison rutilante et un parc qu'il était sur le point d'abandonner. C'était plus qu'humiliant, même si rien n'était de sa faute.

— Oui, ça s'est bien passé.

Aussi bien que vous pourriez vous y attendre en apprenant que votre héritage était sur le point de vous filer entre les doigts.

— J'apprécie que tu me permettes de rester. Je serai bientôt en route pour Brixton Park.

David s'assit dans un fauteuil près de l'âtre.

— Tu es le bienvenu ici, tu peux rester maintenant et n'importe quand.

Graham le savait, mais cela ne changeait rien. Cela ne faisait pas un an que David avait épousé Fanny, et ils étaient très amoureux. Ils n'avaient surtout pas besoin qu'il traîne dans les parages.

— Je ne m'imposerai pas longtemps, affirma Graham, prenant place sur l'autre fauteuil près de la cheminée.

— Tu ne t'imposes pas.

— Dis ça à Fanny, répondit-il avec un clin d'œil, et David leva les yeux au ciel.

— Fanny serait la première à insister pour que tu restes.

Dans ces conditions, il n'arriverait pas à trouver d'autres choses à vendre à Brixton Park. Il était bien difficile d'essayer de liquider ses biens tout en tâchant de ne pas ébruiter sa situation financière. Il ne voulait pas que tout le monde sache que le duché était au bord de la faillite. S'il devait trouver une héritière, mieux valait ne pas annoncer qu'il en avait *besoin.*

— J'ai de quoi m'occuper à Brixton Park, déclara Graham.

— J'imagine bien. J'apprécie le temps que tu consacres à mon nouveau secrétaire.

Graham avait travaillé avec le jeune homme pour le mettre à niveau pendant les fêtes de fin d'année.

— Il s'en sortira très bien.

— Qu'en est-il de tes domestiques ? demanda David. As-tu pu évaluer Brixton Park et Halstead Manor ?

— Pas complètement.

C'était un mensonge. Il en savait assez pour déduire que Halstead Manor était un tas de pierres délabré et négligé, avec des locataires qui avaient désespérément besoin d'un propriétaire qui s'intéresse à eux. Brixton Park, en dépit de sa splendeur, avait besoin de quelques réparations et fonctionnait actuellement avec une fraction de son nombre habituel d'employés. Nombre d'entre eux étaient partis ou avaient pris leur retraite à la mort de l'ancien duc. Et bien sûr, Graham ne pouvait pas se permettre d'en embaucher d'autres. Toute cette situation était tellement accablante.

Il devait se concentrer sur son premier besoin : l'argent. Ce qui signifiait qu'il devait trouver une héritière.

David l'observa un moment.

— T'ai-je vraiment entendu parler de mariage avec ces dames ?

— Seulement dans un sens général. Elles m'ont terrifié en parlant de jeunes femmes qui allaient me courir après !

Une lueur amusée passa dans les yeux de son ami.

— Tu es un duc.

— Aussi improbable que cela paraisse, c'est le cas. Je suppose que je dois envisager le mariage.

— Tu ne devrais pas te précipiter. À moins que tu n'en aies envie ?

— Je n'y tiens pas particulièrement.

Mais, encore une fois, il y avait une différence entre ce qu'il voulait et ce dont il avait besoin.

— Fanny et les autres ont parlé de femmes plus mûres qui ne cherchent pas désespérément à se marier. Elles me semblent plus attirantes que celles qui se pâment en entendant mon titre.

David éclata de rire.

— C'est vraiment arrivé ?

— Pas encore, mais je n'ai jamais assisté à un événement de la bonne société. Sur la recommandation de Fanny, j'ai accepté l'invitation au bal des Thursby, dit-il en posant un regard ferme sur son ami. J'attends de toi que tu me guides. Ne m'abandonne pas aux loups.

David inclina la tête.

— Ce n'est pas si terrible que ça. Cependant, je vais devoir t'abandonner. J'emmène Fanny à Huntwell en attendant la naissance. Je crains que nous n'ayons décidé plus tôt dans la journée de partir le matin du bal des Thursby.

Il grimaça, attendant la réaction de Graham.

Celui-ci gémit, basculant sa tête contre le dossier du fauteuil.

— Tu es un piètre ami.

— Je sais. Fanny se sent particulièrement mal, vu qu'elle t'a convaincu d'assister au bal, dit David avec un hochement de tête encourageant. Ça va aller : tu aimes danser, et tu as toujours été le gentleman le plus populaire dans les assemblées de notre district.

Graham haussa une épaule, mais il savait que son ami avait raison. Il aimait effectivement danser, et il appréciait la compagnie des femmes. C'était peut-être l'absence de sa mère, car elle était morte en couches lorsque Graham avait deux ans, qui l'avait poussé à rechercher la compagnie des femmes.

— Comment est ta garde-robe ? s'enquit David.

Petite.

— Si tu me demandes si j'ai un costume prêt pour le bal, la réponse est oui. Je ne suis pas un barbare. Cependant, certains le croiront, n'est-ce pas ?

— J'en doute. Tu as beaucoup d'amis bien placés, que ce soit depuis l'école ou depuis la saison dernière, lorsque tu gérais les paris pour les courses de Ware.

C'était vrai. Graham avait rencontré énormément de personnes de la bonne société.

— Ware peut m'aider si j'en ai besoin.

David grimaça à nouveau.

— Je crains que non. Ware et Northam quittent également la ville. J'ai demandé à Anthony de t'apporter son soutien.

— Merveilleux, répondit Graham avec un regard taquin, puis il lui sourit. Comme tu l'as dit, ça ira.

De toute façon, Graham devait se concentrer sur ses problèmes, et il aurait du mal à les cacher à David s'il restait en ville.

Il remua sur son fauteuil, légèrement mal à l'aise de ne pas discuter de sa situation avec son meilleur ami. Il se doutait que David lui proposerait de l'argent, mais il n'accepterait pas autre chose qu'un prêt. Et, pour l'instant, il ne pouvait pas se le permettre.

— Je suis ravi pour Fanny et toi, et mieux vaudrait que je sois la première personne à qui tu écriras après la naissance de l'enfant, exigea Graham d'un ton faussement sévère.

— Bien évidemment ! Maintenant, laisse-moi t'ennuyer avec la liste des prénoms que Fanny envisage.

Ses yeux brillaient d'impatience. Comment Graham pourrait-il s'ennuyer alors que son ami le plus cher faisait preuve d'un enthousiasme si contagieux ?

Peu de temps après, Graham quitta Londres pour Brixton Park. Plus il y réfléchissait, plus il se disait qu'une héritière résoudrait ses problèmes. Pas n'importe quelle héritière, mais celle dont Lady Northam avait parlé : Mlle Phoebe Lennox. Une vieille fille autoproclamée, dotée d'une énorme fortune et n'ayant aucune envie de se placer sur le marché du mariage.

Elle avait l'air absolument parfaite.

CHAPITRE 3

— *P*renons le thé et les gâteaux dans la « salle jardin », suggéra Jane Pemberton.

Arabella regardait avec envie les étagères en construction dans la pièce que Phoebe était en train de transformer en bibliothèque.

— Tu te rends compte qu'un jour je pourrais venir visiter ta bibliothèque et ne plus jamais en repartir ? dit-elle à son amie.

— Tu serais la bienvenue. Tu *es* la bienvenue, quand tu veux, lui répondit Phoebe avec un sourire chaleureux.

— Lorsque tu te seras lassée du marché du mariage, ce qui ne saurait tarder, j'espère que tu rejoindras officiellement la Société des Femmes de tête, dit Jane en sortant de la bibliothèque pour se rendre à l'arrière de la maison, dans la fameuse salle jardin.

Le premier projet de Phoebe après l'achat de cette maison avait été de transformer cette salle de petit déjeuner en salle jardin. Elle avait fait poser de grandes fenêtres et une porte vitrée qui donnait sur le jardin. Les murs étaient recouverts de boiseries vertes et d'un papier peint floral, de sorte que l'on avait l'impression d'être assis dans le jardin plutôt que de le regarder. Des plantes en pot venaient parfaire l'ensemble, et il était aisé de comprendre pourquoi cette pièce était celle que Phoebe préférait dans la maison.

Arabella avait vingt-trois ans et Phoebe en avait deux de plus, mais lorsqu'elle avait hérité d'une fortune l'année précédente, elle avait soudain paru encore plus âgée. Ou bien peut-être était-ce dû à la confiance et à la sérénité qu'elle dégageait à présent. Elle avait échappé à un mariage avec un gentleman coureur de jupons qu'elle avait quitté devant l'autel l'année passée, puis elle s'était enfuie de Londres. Elle était partie chez sa grand-tante, morte quelques mois plus tard, léguant à Phoebe tout ce qu'elle possédait.

— Je ne me suis pas encore lassée du marché du mariage, mentit Arabella. J'ai bon espoir que cette année sera celle de ma réussite.

Il le fallait.

Jane lui jeta un regard sceptique alors qu'elles prenaient place autour d'une table circulaire située dans le coin près des fenêtres.

— Es-tu certaine que c'est ce que tu veux ? Tu pourrais abandonner le marché comme Phoebe et moi l'avons fait.

— On pourrait avancer que ce n'est pas tant nous qui avons abandonné le marché que le marché qui nous a reléguées à l'arrière-plan, dit Phoebe, avant que ses lèvres ne se retroussent en un sourire espiègle. Non pas que cela me dérange.

Elle se calma en regardant Arabella.

— Je comprends que tu préfères le mariage à cette situation. Devenir un paria n'est pas à la portée de tout le monde.

— Ma mère ferait une crise si je quittais le marché du mariage, constata Arabella.

Et pas seulement en raison de l'impact négatif que cela aurait sur leur situation financière. Elle trouvait décevant le statut de vieille fille de Phoebe, et elle serait sans doute horrifiée si Arabella suivait son exemple.

— Elle dirait que je ne serai pas heureuse, que je me sentirai seule sans mari. Mon père et elle sont très amoureux, elle s'attend donc à ce que je connaisse la même chance.

Phoebe l'étudia attentivement.

— Tu n'as pas l'air d'être d'accord.

Le majordome apporta un plateau garni de thé et de gâteaux, ainsi que de biscuits au beurre, les préférés d'Arabella. Après avoir servi les tasses de chacune, il leur demanda si elles avaient besoin de quelque chose de plus.

— Pas pour le moment. Merci, Culpepper.

Phoebe sourit au majordome d'âge moyen, qui inclina la tête avant de s'en aller.

Arabella prit un biscuit au beurre dont elle croqua aussitôt un morceau. Un délice feuilleté se répandit sur sa langue, et elle faillit fermer les yeux de ravissement. Après avoir avalé, elle annonça :

— Si je vivais ici, je demanderais ces biscuits tous les jours. Tous. Les. Jours.

Jane éclata de rire.

— Pourquoi crois-tu que je viens si souvent ?

— C'est vrai, dit Phoebe. Elle ne vient absolument pas pour ma compagnie. Je te donnerai la recette pour que ta cuisinière puisse t'en faire.

À cet instant, Arabella ressentit une jalousie totale et non dissimulée. Ce n'étaient pas que les biscuits. C'était la complète autonomie de Phoebe.

— Tu as habilement contourné le commentaire de Phoebe, remarqua Jane. Es-tu à la recherche d'un mari parce que tu crains la solitude ? Tu nous auras toujours.

Elle tendit la main pour tapoter celle d'Arabella.

— Oui, acquiesça Phoebe. Tu es un membre de la Société des Femmes de tête, que tu le veuilles ou non.

L'émotion obstrua la gorge d'Arabella pendant un moment.

— Merci. Je chéris tellement notre amitié ! Pour répondre à ta question, même si l'indépendance m'attire énormément, je crois que j'aimerais tomber amoureuse.

C'était un mensonge : elle ne pensait pas que cela lui arriverait à nouveau, et elle ne s'attendait pas à ce que l'amour joue un rôle dans les rencontres qu'elle aurait la chance de faire. Cependant, elle ne pouvait pas leur dire qu'elle voulait se marier pour l'argent sans leur expliquer pourquoi.

— Encore, ajouta-t-elle avec une pointe de sourire.

Elle n'avait jamais parlé de Miles Corbett à qui que ce soit.

— Encore ? répétèrent Phoebe et Jane à l'unisson, au moment où l'une était sur le point de croquer un bout de gâteau et l'autre buvait une gorgée de thé.

Elles fixaient Arabella avec une curiosité effrontée.

— Je suis tombée amoureuse de quelqu'un il y a six ans. Hélas, mes parents n'ont pas approuvé sa cour.

Phoebe fronça les sourcils.

— C'est affreux. Qu'est-il devenu ?

— Il a quitté l'Angleterre pour tenter sa chance. Il croyait que s'il était riche, il pourrait les convaincre de revenir sur leur décision, même s'il n'avait pas de titre.

— Tu n'as plus jamais entendu parler de lui ? l'interrogea Jane, posant sa tasse de thé.

Arabella secoua la tête.

— J'espérais qu'il reviendrait, et j'ai réussi à tenir les prétendants à distance pendant que j'attendais. Cependant, cela fait quelques années que j'y ai renoncé.

Phoebe lui adressa un doux sourire d'encouragement.

— C'est quand même extraordinaire d'avoir été amoureuse ! Puis-je te demander ce que tu as ressenti ?

Arabella craignait d'évoquer cette envie désespérée qu'elle avait ressentie à l'époque.

— Je me souviens avoir pensé qu'il était l'homme le plus gentil, le plus beau, le plus merveilleux que j'avais jamais rencontré. Il se montrait attentif et prévenant. Il me donnait l'impression d'être le centre de l'univers... de son univers.

Elle ne ressentait plus rien pour lui, mais elle se rendait compte que cette sensation lui manquait, ce sentiment d'être amoureuse.

Jane soupira.

— C'est merveilleux.

— Il m'a l'air d'être un gentleman particulier, constata Phoebe. Je suis désolée qu'il ne te soit pas revenu.

Arabella avait été désolée elle aussi, mais ce temps était révolu.

— C'était il y a longtemps, et nous étions très jeunes.

Et stupides. Elle n'aurait pas dû se comporter de cette manière.

Malgré tout, elle ne le regretterait jamais. Même si elle ne se mariait jamais.

Mais il le fallait ! Les personnes qu'elle aimait le plus dépendaient de cela. Elle brûlait de dire la vérité à Phoebe et à Jane pour qu'elles puissent l'aider à trouver le mari dont elle avait besoin. Ce qui était absurde. Elles ne pouvaient pas l'aider. Elles n'iraient pas plus à un bal ou à une fête qu'elles n'iraient chez Almack.

— Sans vouloir changer de sujet, je me demandais si tu pouvais me rendre un service, dit Phoebe en attrapant un biscuit au beurre.

Arabella acquiesça.

— Bien sûr, tout ce que tu voudras.

Phoebe avala son morceau de biscuit avant de continuer.

— Si la Société des Femmes de tête n'est peut-être pas faite pour toi, elle sera probablement utile à d'autres jeunes femmes. J'ai l'intention d'organiser des réunions sociales bihebdomadaires, l'après-midi, pendant toute la saison.

— Mais seulement pour les femmes non mariées, déclara Jane.

— Comme c'est charmant. J'aimerais pouvoir venir.

— Tu es la bienvenue, mais je pense que ces événements seront considérés comme des réunions non officielles de la Société des Femmes de tête, répondit Phoebe, pinçant les lèvres d'un air résigné, avant de lever sa tasse. Non pas que cela me dérange personnellement, mais je veux que tu sois pleinement consciente du fait qu'on pourrait t'associer avec notre scandaleux club.

L'humour faisait briller ses yeux, et une nouvelle fois, Arabella ressentit une pointe de jalousie. Comme il devait être merveilleux de ne pas se soucier de ce que les gens pensaient ou disaient !

— Quelqu'un a-t-il dit cela ? s'enquit Arabella.

Jane grimaça.

— La duchesse de Holborn, mais c'est une horrible snob. Lady Satterfield, quant à elle, était absolument adorable lors de son bal.

Arabella s'en souvenait, puisqu'elle était présente également. Lady Satterfield était extrêmement populaire et ne manifestait pas la moindre cruauté ni la moindre suffisance, d'après ce qu'elle avait pu constater.

Phoebe posa sa tasse.

— Si tu rencontres quelqu'un qui pourrait apprécier de participer à mes événements, n'hésite pas à m'en faire part afin que je puisse l'inviter.

— Je le ferai. Tu es incroyablement attentionnée et gentille.

Culpepper revint.

— Mademoiselle Lennox, vous avez un visiteur. J'ai

essayé de lui dire que vous étiez occupée, mais il a insisté pour livrer ses fleurs en personne.

Ce fut Jane qui répondit.

— *Il ?*

— Le duc de Halstead, répondit Culpepper.

Phoebe se tourna vers Jane.

— Est-ce lui qui vient d'hériter ?

Jane acquiesça.

— Je l'ai rencontré la saison dernière aux courses de Ware. Il était le secrétaire du comte de Saint-Ives.

Arabella avait entendu parler de Halstead, mais elle ignorait qu'il avait été secrétaire.

— Il est maintenant duc ? Comment cela s'est-il produit ?

Une étincelle de curiosité anima les yeux de Phoebe, et sa bouche s'inclina en un sourire malicieux.

— Devrions-nous lui demander ? En temps normal, je l'aurais renvoyé, mais cela me paraît être une bonne histoire.

— Oh, oui ! Invite-le à entrer, demanda Jane qui se levait déjà de table pour se diriger vers le coin salon au centre de la pièce.

Phoebe se leva à son tour et s'adressa au majordome.

— Faites-le venir, Culpepper.

Avec un signe de tête, ce dernier se retourna et s'en alla. Lorsqu'il revint quelques instants plus tard, Arabella avait pris place sur le canapé, tandis que Phoebe et Jane occupaient les fauteuils qui le flanquaient.

— Sa Grâce, le duc de Halstead, annonça Culpepper.

Arabella écarquilla les yeux. C'était l'homme à l'épée.

Il avait l'air différent maintenant qu'il était totalement habillé, et elle n'était pas tout à fait sûre que ce soit mieux. Ses cheveux noirs étaient soigneusement coiffés, sa cravate d'une blancheur aveuglante et rigoureusement amidonnée, et ses bottes d'ébène étincelaient.

Il posa les yeux sur elle et la reconnut instantanément. Allait-il dire qu'ils s'étaient déjà rencontrés ? Ce serait un scandale, car elle était sortie sans chaperon, et elle l'avait trompé sur son identité. Cependant, ni Phoebe ni Jane ne s'en soucieraient. En fait, elles trouveraient sans doute l'histoire délicieuse.

Toutefois, il eut le mérite de s'incliner devant chacune d'entre elles.

— Bonjour, mesdames. Je vous remercie d'avoir accepté ma visite, mademoiselle Lennox.

Son regard passa avec curiosité de Jane à Phoebe, et enfin à Arabella. Elle comprit qu'il ignorait qui était qui.

— Permettez-moi de vous présenter mes amies, dit Phoebe, en faisant d'abord un geste vers Jane. Voici Mlle Pemberton. Et voici Mlle Stoke.

Elle désigna Arabella.

— Je suis heureux de toutes vous rencontrer.

Il s'inclina à nouveau, puis s'avança vers le fauteuil de Phoebe pour lui tendre un magnifique bouquet de jonquilles.

— Elles sont pour vous.

— Merci, répondit Phoebe, dont le regard dériva au-delà de lui, vers Culpepper. S'il vous plaît, pourriez-vous les mettre dans un vase ?

Le majordome s'approcha et prit les fleurs, puis s'en alla.

— Asseyez-vous, je vous en prie, proposa ensuite Phoebe à Halstead.

Il pouvait prendre place à côté d'Arabella, ou sur le fauteuil vacant. Il choisit le canapé.

La colonne vertébrale de la jeune femme se mit à picoter malgré les quinze centimètres qui les séparaient.

Il lui jeta un regard en coin, et elle se rendit soudain compte qu'il était duc. *Duc.* Elle avait rencontré un *duc* ce matin-là sans même le savoir. De plus, elle lui avait fait croire qu'elle était une domestique. Il pourrait être la réponse aux prières de sa famille, et elle avait sans doute gâché toutes ses chances.

— C'est plutôt audacieux de votre part de me rendre visite, dit Phoebe. Je ne crois pas que nous nous soyons déjà rencontrés.

Arabella se demandait si Phoebe était consciente qu'il ignorait qui elle était, mais peut-être essayait-elle de le découvrir sans le mettre dans l'embarras.

— Ah non ? J'étais certain que nous nous étions rencontrés l'année dernière lors des courses de Ware. Je gérais les paris.

Phoebe secoua la tête.

— Je n'y ai pas assisté. J'avais quitté la ville à cette époque. Peut-être ignorez-vous que j'ai abandonné mon fiancé devant l'autel, expliqua-t-elle, baissant la voix pour prendre un ton de conspirateur. Je suis un peu une paria.

— Eh bien, je pense que cela vous rend intéressante.

Était-il en train de flirter avec Phoebe ?

Les yeux de cette dernière se mirent à briller et elle rit doucement.

— Vous êtes passé du statut de secrétaire à celui d'héritier d'un duché. Cela vous rend *fascinant*. S'il vous plaît, expliquez-nous comment cela s'est produit.

Halstead remua légèrement et Arabella eut l'impression qu'il n'était pas très enthousiaste à l'idée de répondre à cette question.

— Je crains que ce ne soit pas une histoire très *fascinante*. J'étais un cousin éloigné de l'ancien duc et, à la mort de son fils et de mon père, je suis devenu l'héritier présomptif. J'ai à peine eu le temps de m'adapter à ce rôle que le duc a rejoint son fils dans l'au-delà.

— Et il n'y a plus d'autres membres de la famille ? s'enquit Phoebe.

— Il y a un grand nombre de tantes et de cousins qui ne

sont pas dans la ligne de succession, répondit-il avec une grimace. Il y en a plus que je ne peux les compter, en vérité.

— Vous avez dit que vous étiez un cousin éloigné du duc, remarqua Jane. Vous n'avez rencontré aucune de ces personnes ?

— Non. Ma branche de la famille s'est éloignée de la leur au fil des ans, expliqua-t-il avec un coup d'œil vers Arabella.

— Comment êtes-vous devenu secrétaire ? l'interrogea Jane.

Arabella ressentait un étrange besoin d'aider le duc. Pour quelle raison, elle n'en était pas sûre, mais il semblait mal à l'aise. Elle sourit et parla d'un ton plein d'humour.

— Est-ce une histoire tout aussi banale, Votre Grâce ?

— Tout à fait. Mon père était secrétaire du comte de Saint-Ives, comme son père avant lui, et le sien avant.

— J'imagine que cela nécessite un temps d'adaptation, dit Phoebe. Je sais ce que c'est que de voir sa richesse évoluer en un clin d'œil.

L'horloge sonna l'heure et Arabella se rendit compte qu'il était temps qu'elle rentre chez elle. Sa mère n'appréciait que modérément ses visites à Phoebe, et elle lui avait promis qu'elles resteraient brèves.

— J'ai peur de devoir partir.

Arabella aurait voulu ne pas paraître déçue, mais elle n'avait pas envie de s'en aller. C'était un duc ! Il était sans doute riche. Sauf qu'il semblait s'intéresser à Phoebe. Pourquoi lui avait-il rendu visite ?

Halstead se leva rapidement et lui tendit la main. Elle la prit, regrettant qu'il porte des gants, car elle n'en avait pas.

— C'était un plaisir de vous rencontrer, mademoiselle Stoke.

Son regard se planta dans le sien lorsqu'il prononça son nom, et elle sut qu'il voulait lui demander pourquoi elle avait menti.

Elle haussa légèrement une épaule.

— Je me réjouis de vous revoir bientôt. Peut-être assisterez-vous au bal des Thursby ?

— En fait, oui. Je me réjouis de vous y retrouver.

Il relâcha sa main, et elle ressentit une nouvelle pointe de déception. Mais elle ne fut que passagère, car elle le reverrait d'ici deux jours.

Cela lui laissait deux jours pour évaluer sa situation financière, qui devait être plus qu'acceptable, et deux jours pour élaborer un plan. Elle grimaça intérieurement : cela semblait si calculateur. Pourtant, les choses en étaient arrivées là. Elle devait trouver un partenaire.

Arabella dit au revoir à ses amies et sortit par la porte menant au jardin. Alors qu'elle rentrait chez elle en franchissant le portail que Phoebe avait installé entre leurs jardins, elle pensa au duc et à la chance qu'elle avait eue de croiser son chemin. Bien qu'elle le connaisse à peine, elle le trouvait séduisant, et il l'avait effectivement aidée à attraper Biscuit. Peut-être que trouver un mari ne serait pas aussi terrible que ce qu'elle craignait. La chance lui souriait peut-être.

Il était temps.

~

Lorsque Graham était entré dans ce que le majordome avait appelé la *salle jardin*, il avait vu Mlle Stoke et avait cru qu'il s'agissait de Mlle Lennox et qu'elle avait menti sur son identité l'autre matin. Elle avait effectivement menti. Et pourquoi ? Il mourait d'envie de le savoir, et peut-être l'inviterait-il à danser au bal juste pour le découvrir.

Toutefois, ce n'était pas la femme qu'il recherchait, ce qui était un brin décevant. Quelque chose chez elle persistait dans ses pensées. Une chose sur laquelle il ne parvenait pas à mettre le doigt.

Quelque chose qu'il *devait* chasser de son esprit parce qu'elle n'était pas Mlle Lennox, l'héritière qu'il devait courtiser. Elle était assise devant lui, avec des yeux verts pleins d'intelligence et un beau visage qu'il se voyait bien contempler pendant les cinquante prochaines années.

Vraiment ? Ou bien essayait-il de se convaincre des avantages du mariage ? S'il était honnête avec lui-même, c'était la seconde solution, mais cela avait-il de l'importance ? Il n'avait pas d'autre choix que de faire ce qu'il fallait pour éveiller l'enthousiasme. Jusqu'à présent, Mlle Lennox s'était montrée charmante, bien que trop curieuse. Il avait apprécié l'aide apportée par Mlle Stoke pour détourner l'interrogatoire, et, pour cette raison, il était désolé de la voir partir. *Simplement pour cette raison ?* lui demanda une petite voix intérieure.

Oui, juste cette raison.

Mlle Lennox plissa le front, et s'assit au bord de son fauteuil.

— J'espère que vous ne me trouverez pas grossière, mais je dois vous demander la raison de votre visite. Peu de gentlemen me rendent visite. En fait, aucun ne le fait.

— Je m'attendais à ce que vous me posiez la question, dit-il.

Cependant, il n'avait pas anticipé une telle franchise de sa part.

— Vous devez me pardonner. Je suis novice en la matière et je ne m'y prends sans doute pas de la bonne manière. Je vais me montrer tout aussi franc que vous. Le marché du mariage me terrifie. En tant que duc, je dois maintenant réfléchir à la personne que je pourrais prendre pour duchesse, et je préférais de loin rencontrer quelqu'un comme vous plutôt qu'une jeune femme fraîchement sortie de l'école, expliqua-t-il, plissant légèrement les yeux. Est-ce horrible de ma part ?

Elle échangea un regard avec Mlle Pemberton, puis elles éclatèrent rapidement de rire.

Graham sourit avec elles, mais il ignorait ce qu'il y avait de si amusant.

Mlle Lennox reprit son souffle.

— Mes excuses, Votre Grâce. Ce n'est pas de vous dont nous nous moquons, mais de la situation. Le mariage ne m'intéresse absolument pas, même avec un duc. Cependant, si c'était le cas, vous seriez précisément le genre d'homme que j'envisagerais. Il n'y a guère de choses que j'apprécie plus que l'honnêteté, et un homme qui est prêt à mettre en jeu sa virilité pour venir ici et dire franchement ce qu'il veut est incroyablement rafraîchissant.

Elle regarda son amie.

— N'est-ce pas, Jane ?

— C'est vraiment étrange, constata Mlle Pemberton qui l'étudia un instant. Combien de sœurs avez-vous ?

— Aucune.

— J'aurais parié la moitié de la fortune de Phoebe que vous en aviez au moins cinq.

— Heureusement que tu ne peux pas faire ça ! dit Mlle Lennox, faussement horrifiée, à Mlle Pemberton, avant d'éclater à nouveau de rire. Je vois ce que tu veux dire. Les hommes qui ont de nombreuses sœurs sont les plus appréciables.

— Je crains d'être un peu perdu. Je suis toujours bloqué sur la partie « mettre en jeu ma virilité ». Comment diable ai-je fait cela ?

— En avouant que le marché du mariage vous terrifie, répondit Mlle Lennox. Je me doute que cela effraie la plupart des hommes, mais ils ne l'admettraient jamais. En tout cas, pas devant une femme.

— Je ne suis pas comme la plupart des hommes, déclara Graham. Je suis prêt à dire si quelque chose m'effraie, en particulier la perspective de m'exposer dans le but de faire la cour.

Il essaya de ne pas frémir et échoua.

Elles se remirent à rire.

— Oh, bonté divine ! s'exclama Mlle Pemberton, avant de respirer profondément. Il faut que vous vous rendiez compte à quel point il est amusant d'entendre *un homme* dire ce genre de choses. C'est nous qui devons choisir la bonne garde-robe et perfectionner les meilleures compétences. Nous devons être belles, pleines d'esprit, charmantes, flirter sans pour autant avoir des mœurs légères et, surtout, nous devons nous montrer *malléables*.

Elle grimaça et s'adossa à son fauteuil.

Mlle Lennox acquiesça vigoureusement.

— Voilà pourquoi j'ai renoncé au mariage. Cela ne peut pas valoir la peine de faire de si monstrueux efforts, lui dit-elle avec un regard compatissant. Je suis désolée que vous deviez prendre part à ce cirque, mais je comprends qu'un duc a un devoir à accomplir.

Elle tourna la tête vers Mlle Pemberton et sa bouche afficha un large sourire.

— Oh ! Comme il est agréable d'être une vieille fille dont personne ne se soucie !

Mlle Pemberton lui sourit en retour et Graham ne put s'empêcher de se sentir exclu. Il ne pouvait pas non plus s'empêcher de se sentir complètement dépassé. Mlle Lennox avait clairement fait savoir qu'elle n'était pas intéressée par le mariage. Et pourtant, elle avait dit que, dans le cas contraire, Graham serait exactement le genre…

Elle le tira de ses pensées.

— Et moi qui pensais que vous me rendiez visite pour

discuter de la façon dont je me suis adaptée après avoir hérité d'une fortune.

Il rebondit sur cette idée.

— Je pensais effectivement que c'était une chose que nous aurions en commun, affirma-t-il, lui offrant son plus charmant sourire. Je comprends que vous avez hérité assez soudainement ?

— Oui. Ma grand-tante a modifié son testament après que je suis allée vivre avec elle. Alors qu'elle était mourante, elle m'a dit qu'au cours de ses derniers mois, je l'avais rendue plus heureuse qu'elle ne l'avait été depuis des années.

Mlle Lennox se détourna brièvement, clignant rapidement des yeux.

— Je suis désolé pour votre perte.

Elle s'éclaircit délicatement la gorge.

— Merci. Maintenant, je me demande si je peux vous aider.

Il haussa un sourcil, curieux.

— De quelle manière ?

— J'ai beau ne pas être intéressée par le mariage, je connais peut-être d'autres femmes qui pourraient l'être. Des jeunes femmes plus matures, comme celles que vous préféreriez rencontrer. Des femmes d'esprit ou… des femmes de tête.

Elle étouffa un rire, qui se termina par un gloussement.

Mlle Pemberton sourit, puis posa brièvement le bout de son doigt sur sa joue.

— Je ne suis pas une paria comme Phoebe… pas encore. Je suis sûre que je peux trouver au moins quelques ladies qui pourraient être intéressées par une rencontre avec un duc.

Il avait besoin de plus qu'une rencontre. Il avait besoin d'une cour et d'un mariage. Et encore, la cour n'était pas nécessaire. Mais il fallait que ce soient de riches femmes de tête. Ou au moins, une.

— J'apprécierais, merci.

Dans l'intervalle, cet arrangement lui permettrait de revoir Mlle Lennox, et il pourrait peut-être trouver un moyen de la faire changer d'avis sur le mariage.

Mlle Pemberton entreprit d'énumérer des noms, et Mlle Lennox participa ; elles arrivèrent à sept. Il avait envie de demander si l'une d'entre elles était une héritière, mais cela aurait révélé ses intentions. Il allait devoir mener des recherches secrètes.

— Je suppose que vous ne pouvez pas me dresser une liste écrite ? s'enquit-il.

— Bien sûr que si.

Mlle Lennox se leva et se dirigea vers un petit bureau, où elle s'assit et rédigea rapidement la liste.

Graham se rendit compte que c'était la deuxième fois cette semaine que des femmes lui en suggéraient d'autres. Que lui était-il arrivé ? Ce n'était pas la vie à laquelle il était habitué. Il flirtait avec les femmes. Il les charmait. Il couchait avec elles. Point. Bon sang ! Il était peut-être un séducteur, finalement. Il l'ignorait.

Mlle Lennox se leva du bureau et Graham se mit rapidement debout. Elle lui tendit le parchemin plié.

— Faites-moi savoir si je peux vous être utile. Vous semblez être une personne agréable.

Mlle Pemberton se leva tout à coup.

— Oh ! Qu'en est-il d'Arabella ? Pourquoi ne l'avons-nous pas mise sur la liste ?

— Eh bien, là, je me sens maintenant incroyablement stupide, dit Mlle Lennox en secouant la tête. Oui, ajoutez Mlle Stoke. Elle est charmante et vous la connaissez déjà.

— D'accord.

Et, s'il se montrait honnête, il voulait mieux la connaître, ne serait-ce que pour comprendre pourquoi elle lui avait menti. Non, s'il se montrait honnête, il voulait savoir si c'était une héritière. Une héritière qui se faisait passer pour une domestique afin de pouvoir promener le chien de sa maîtresse. Sauf qu'elle n'avait pas de maîtresse. Biscuit lui appartenait-il ?

Il avait tant de questions ! Et il était impatient d'obtenir les réponses.

Peut-être que cette chasse à l'héritière ne serait pas aussi terrible qu'il s'y attendait. À l'inverse, cela pourrait tourner au désastre total, surtout si sa situation désespérée venait à se savoir.

En quittant la maison de Mlle Lennox, il était certain de deux choses : il ne se rapprochait que peu à peu de son but, et il était une véritable imposture.

CHAPITRE 4

— On dirait que tu préférerais être n'importe où ailleurs, chuchota Arabella à sa mère alors qu'elles entraient dans la salle de bal des Thursby après avoir salué leurs hôtes.

— Pas n'importe où ailleurs, juste à la maison avec ton père, répondit-elle.

Elle prit une grande inspiration, détendit son front, mais ne sourit pas pour autant.

— J'espère qu'il va manger en notre absence.

La journée avait été difficile. Certains jours, il mangeait ; d'autres, il grignotait ; et parfois, comme aujourd'hui, il n'arrivait pas à avaler la moindre nourriture. Mme Woodcock avait préparé son pudding préféré pour le dîner, et elles espéraient qu'il le mangerait.

— Ne pensons pas à cela, dit sa mère en redressant sa colonne vertébrale. Nous devons nous concentrer sur l'affaire en cours, qui aura pour but ultime d'améliorer la santé de ton père : te trouver un mari.

Arabella avait dressé dans sa tête une liste de célibataires éligibles, et le duc de Halstead était tout en haut. Lorsqu'elle avait appris que le bel épéiste qu'elle avait rencontré dans le parc était un duc, l'excitation lui avait presque donné le vertige. Ou du moins, le soulagement. Elle l'avait trouvé intéressant, ce qui n'était pas le cas de la plupart des hommes qu'elle rencontrait.

Cependant, c'était à Phoebe qu'il avait rendu visite, et Arabella n'avait pas encore pu en découvrir la raison. Elle avait été trop occupée à gérer la maison pendant que sa mère se concentrait sur son père, et elle n'avait pas eu le temps de rendre une autre visite à Phoebe.

Sa mère regarda Arabella d'un œil critique.

— J'aurais aimé pouvoir t'offrir une nouvelle robe de bal, murmura-t-elle. Mais tu t'es bien débrouillée avec celle-ci.

Arabella avait pris l'une des deux nouvelles robes achetées la saison précédente et avait changé les rubans des manches ainsi que les ornements de l'ourlet et du corsage. C'était toujours la même robe rose foncé, mais les nouveaux rubans dorés et les fleurs en perles dorées étincelantes lui donnaient une nouvelle vie.

— Ton bandeau est particulièrement ravissant, observa sa mère.

Celui-ci était entièrement nouveau, fait d'une soie dorée provenant d'une des anciennes robes de sa mère, et orné de roses et de perles. Arabella porta sa main à l'arrière de sa tête et caressa doucement sa nuque.

— Janney se débrouille de mieux en mieux avec mes cheveux.

La partie « femme de chambre » de son travail n'était pas son point fort, mais elle apprenait, tout comme Arabella.

Sa mère poursuivit à voix basse tandis que la salle de bal commençait à se remplir.

— C'est vrai. J'attends avec impatience le moment où elle n'aura plus à travailler aussi dur. Où plus aucun de nous n'aura à le faire.

Les conversations avaient débuté autour d'elles, mais il y eut une soudaine accalmie. Les têtes se tournèrent vers l'entrée principale, et tout le monde dévisagea le duc de Halstead lorsqu'il fit son entrée. Avec le sourire, il remarqua l'attention qui lui était portée et il fut aussitôt accaparé par un groupe d'invités. Les conversations reprirent, et Arabella entendit le même mot en boucle : *Halstead.*

Elle n'avait pas raconté à sa mère qu'elle l'avait rencontré. Non seulement parce qu'elle n'aurait pas dû le rencontrer chez Phoebe, mais aussi parce qu'elle ne voulait pas susciter les espoirs de sa mère. Mais si Halstead concrétisait ce qu'il avait dit l'autre jour et demandait à Arabella de danser...

L'arrivée de la comtesse de Satterfield interrompit ses pensées. Âgée d'une cinquantaine d'années, Lady Satterfield était une matrone très appréciée. Son beau-fils était le duc de Kendal et elle avait la réputation d'aider les jeunes femmes à s'intégrer dans la société, y compris sa belle-fille. La duchesse avait réintégré la bonne société en tant que dame de compagnie de Lady Satterfield, des années après un scandale, et s'était rapidement retrouvée mariée au duc. C'était une histoire d'amour émouvante que les jeunes femmes comme Arabella souhaitaient vivre à leur tour.

Après les avoir saluées, Lady Satterfield jeta un coup d'œil vers la foule qui entourait Halstead.

— On dirait que nous avons un nouvel Insaisissable en titre.

Arabella avait entendu parler de ce nom : quelques années plus tôt, un groupe de jeunes femmes avait pris l'habitude de surnommer *Insaisissables* les célibataires les plus convoités, mais les plus réticents à se marier. Ils portaient souvent des surnoms tels que le duc des Désirs ou le duc Ravageur.

— Halstead a-t-il un surnom ? demanda-t-elle à la comtesse.

Lady Satterfield éclata de rire.

— Je ne crois pas. Je suppose qu'il serait le duc Surprise.

— Ou peut-être le duc Inattendu, suggéra la mère d'Arabella en souriant.

C'était agréable de la voir s'amuser, d'autant plus qu'elle ne paraissait pas faire semblant.

— Oh! J'aime bien celui-ci! s'exclama Lady Satterfield. L'avez-vous rencontré?

— Non, répondit la mère d'Arabella, ce qui obligea la jeune femme à faire comme si ce n'était pas son cas non plus.

Avec un peu de chance, il jouerait le jeu. S'il leur parlait ce soir-là.

— Je veillerai à vous présenter. C'est un homme charmant, très sincère. Hériter d'un duché alors qu'on ne s'y attendait pas peut faire ressortir ce qu'il y a de pire chez quelqu'un. Or, cela ne semble pas être le cas du duc.

— Je suppose qu'il n'est pas encore à la recherche d'une duchesse? demanda la mère d'Arabella, une note d'espoir indéniable dans la voix.

Elle conclut d'un rire léger, comme si elle plaisantait.

Lady Satterfield se tourna vers Arabella.

— Le marché du mariage est-il une priorité pour vous cette année?

— Oui.

Les yeux de l'autre femme s'écarquillèrent brièvement.

— Mon Dieu! Je ne voulais pas donner l'impression que vous n'aviez pas accordé la priorité à cette question; même si le fait de se marier, et le moment où on le fait ne regardent personne, la plupart des membres de la société s'en mêlent. Vous savez que je ne suis pas du genre à faire des commérages, je me contente de faire la conversation.

Arabella adressa un sourire chaleureux à la comtesse.

— À ma connaissance, vous possédez le cœur le plus généreux de toute la bonne société. Votre question n'est pas un affront, loin de là. La vérité, c'est que j'ai eu du mal à me démarquer parmi les autres jeunes femmes. Je crains de ne pas être aussi…, commença-t-elle avant de s'interrompre, cherchant le mot juste.

— Agressive ? proposa judicieusement Lady Satterfield.

C'était le mot parfait.

— Exactement. Je suppose que j'ai été naïve de croire que le bon gentleman croiserait mon chemin par hasard. Cette saison, j'ai l'intention d'être un peu plus… concentrée, dit-elle, adressant un clin d'œil à la comtesse qui rit doucement.

— Bonne idée, ma chère. Si je peux vous être utile, j'espère que vous me le direz. Vous devriez rencontrer Halstead. Comme je l'ai dit, il est tout à fait charmant, et c'est peut-être le gentleman que vous attendiez.

Elle tourna la tête, cherchant manifestement le duc.

Arabella observa le regard de la comtesse qui semblait croiser celui de Halstead. Quelques instants plus tard, il se dirigea vers elles.

— Comment avez-vous fait ? s'étonna la mère d'Arabella.

Lady Satterfield haussa l'une de ses fines épaules.

— Pour une raison que j'ignore, les plus jeunes réagissent à mon égard.

Le duc arriva, attirant l'attention sur lui. Cependant, il l'ignora et s'inclina devant la comtesse.

— Bonsoir, Lady Satterfield. C'est un plaisir de vous voir.

La comtesse fit la révérence.

— De même, monsieur. Puis-je vous présenter Mme Stoke et sa fille, Mlle Arabella Stoke ?

Arabella et sa mère firent la révérence. La jeune femme retint son souffle, attendant de voir si le duc ferait comme s'ils ne s'étaient jamais rencontrés. Il s'inclina en retour, d'abord devant la mère d'Arabella, puis devant elle, semblant se prêter à la ruse.

— C'est un plaisir pour moi de faire votre connaissance.

Expirant, Arabella se détendit.

— Bonsoir, Votre Grâce. C'est un honneur de vous *rencontrer*.

Elle insista légèrement sur le mot *rencontrer*, pour confirmer qu'ils devaient faire comme si c'était la première fois qu'ils se voyaient.

— Lady Satterfield était en train de vanter vos mérites, déclara la mère d'Arabella.

— Vraiment ? demanda-t-il, son sourcil gauche s'arquant brièvement tandis qu'il jetait un regard à la comtesse.

Arabella essayait de ne pas le dévisager, mais il lui était impossible de le regarder sans imaginer sa chemise ouverte lors de sa première rencontre avec lui, avant qu'elle ne sache qu'il était duc. Mais ce soir, il était complètement couvert et encore plus resplendissant qu'il ne l'avait été chez Phoebe. Sa veste sombre était impeccablement taillée, et elle se demanda ce qui se passerait s'il prenait son épée. Lorsqu'il parerait, la couture se briserait-elle ou le vêtement bougerait-il en épousant sa silhouette athlétique ?

— Je suis heureuse de le faire, affirma Lady Satterfield. Je suis toujours désireuse d'aider les autres, surtout les jeunes gens, à trouver leur chemin dans ce labyrinthe déroutant. Est-ce que vous appréciez la saison jusqu'à présent, monsieur ?

— Disons que *labyrinthe déroutant* est une description appropriée. Mais je me débrouille. J'ai la chance de compter le comte de Saint-Ives parmi mes amis proches.

— Eh bien, lorsqu'il escortera Lady Saint-Ives à la campagne pour qu'elle s'y repose, n'hésitez pas à faire appel à Lord Satterfield et à moi-même si vous avez besoin d'aide, ou même si vous n'en avez pas besoin. Vous pouvez également faire appel à Kendal. Il en sait bien plus que moi sur le métier de duc.

— En fait, le comte et la comtesse sont partis ce matin. J'apprécie votre soutien et j'accepterai volontiers tout conseil que vous voudriez m'offrir, répondit-il avant de reporter son attention sur Arabella. Pourrais-je profiter de votre compagnie pour la première danse ?

Arabella faillit expirer de soulagement une seconde fois.

— J'en serais honorée.

Elle jeta un coup d'œil vers sa mère, qui semblait sur le point d'éclater de joie.

Halstead offrit son bras à Arabella et la conduisit sur la piste de danse au moment où les musiciens se préparaient à jouer.

— Merci d'avoir fait comme si nous ne nous étions pas rencontrés, dit Arabella.

— Quelle fois ? lui demanda-t-il avec un sourire ironique. Je commence à me demander si vous n'êtes pas une menteuse en série.

Elle se tendit et s'efforça d'empêcher ses muscles de se crisper. D'une certaine manière, elle était une menteuse, étant donné les efforts qu'elle déployait pour cacher le dénuement de sa famille. Les mensonges, ou du moins les demi-vérités, allaient se poursuivre...

— Mes excuses. Biscuit est le chien de ma mère, et j'aime bien le promener moi-même de temps en temps. Je sais que ce n'est pas très convenable, c'est pour cela que je m'habille en domestique.

— Pour pouvoir être anonyme. Je peux comprendre, et *apprécier* cela.

La musique débuta, un menuet, et ils prirent position pour la danse. Elle posa une main dans celle du duc.

— Merci, Votre Grâce. Je n'ai jamais eu l'intention de vous duper.

— Pas moi personnellement, non, mais vous vouliez protéger votre identité pour des raisons de bienséance, et je ne trouve rien à redire à cela.

Son bon sens et sa normalité étaient rafraîchissants. La

plupart des personnes qu'elle rencontrait au sein de la bonne société auraient été horrifiées, mais elle ne leur aurait jamais révélé quoi que ce soit.

Elle avait eu de la chance de tomber sur Halstead plutôt que sur quelqu'un qui aurait raconté qu'elle avait promené le chien seule. Elle devait se montrer plus prudente, ou devait arrêter de promener le chien. Comme elle ne s'attendait pas à ce que leur situation change de sitôt, elle devrait se contenter de la première solution.

— Oui, pour des raisons de bienséance. Voilà pourquoi il était également nécessaire de ne pas révéler que nous nous étions rencontrés chez Phoebe, dit-elle. Ce n'était pas non plus une introduction convenable.

Il grimaça.

— Pour être honnête, je n'y avais pas pensé. Je crains que mes compétences sociales ne soient pas irréprochables.

— Je serai heureuse de vous aider, si vous le souhaitez. Si vous avez des questions spécifiques.

— Merci, c'est vraiment très gentil.

Il enchaînait sans effort les pas de danse tout en discutant.

— Et pourtant, j'imagine que la plupart des jeunes femmes seraient impatientes de raconter à leur mère qu'elles ont rencontré un duc, dit-il, croisant le regard d'Arabella. Je ne suis pas surpris d'apprendre que vous n'êtes pas comme la plupart des jeunes femmes.

Alors qu'une chaleur intense la traversait, la submergeant d'une bouffée de conscience, elle se concentra sur ses pas pour ne pas le percuter.

— Vous êtes un excellent danseur, Votre Grâce.

— Dans le Huntingdonshire, je manquais rarement un rassemblement.

Elle l'imaginait en train d'éblouir toutes les femmes du district avec son caractère agréable et ses traits séduisants, ainsi qu'avec ses talents de danseur.

— Tous ces rassemblements, et vous n'êtes pas marié ?

Il haussa les épaules.

— Le mariage n'était pas ma priorité.

Elle faillit rire en se rappelant le commentaire de Lady Satterfield.

— La mienne non plus.

— Et maintenant ? s'enquit-il, la fixant brièvement du regard.

— J'espère me marier cette saison.

— Je vois. Je devrais probablement le faire aussi, dit-il avec désinvolture, lui donnant l'impression que *probablement* était le mot le plus important de sa phrase.

Cela signifiait-il qu'il cherchait activement une duchesse, ou qu'il était simplement ouvert à l'idée ? Elle ne voulait pas insister.

— Cela ne devrait pas être trop difficile pour vous. Je crois que toutes les jeunes ladies de la salle ont les yeux rivés sur vous.

Cette fois, lorsqu'il planta son regard dans celui d'Arabella, il le soutint.

— En faites-vous partie ?

Alors qu'il la dévisageait, que leurs mains se touchaient, un lien se forgea entre eux. Elle faillit trébucher, et se trompa assurément dans ses pas.

— Désolée, marmonna-t-elle.

Il les ramena aisément à l'endroit où ils devaient être.

— Ne le soyez pas.

Une fois qu'elle eut retrouvé ses repères, elle répondit à sa question.

— Je pourrais me montrer coquine et dire que, bien sûr que j'ai les yeux rivés sur vous, et peut-être même un peu trop, vu que j'ai failli nous faire tomber tous les deux sur la piste de danse, dit-elle, retroussant les lèvres en un sourire séducteur. Mais je vais être plus directe. Oui, vous m'intéressez. Quelle jeune femme ne voudrait pas attirer l'attention d'un duc ?

— Ne suis-je qu'un titre à vos yeux, alors ? demanda-t-il, l'air légèrement déçu.

— Pas du tout. Après vous avoir rencontré à plusieurs reprises, j'ai constaté que vous me *plaisiez*. Je ne peux pas en dire autant de beaucoup de gentlemen, qu'ils soient ducs ou non.

Elle flirtait parce qu'il le fallait, mais elle le pensait vraiment. Même s'il représentait un moyen de parvenir à une fin cruellement nécessaire, elle l'appréciait *réellement*.

Il lui adressa un sourire rusé.

— C'est très plaisant à entendre, Mlle Stoke, car je vous aime bien aussi.

S'agissait-il pour lui de lui donner un indice sur ses intentions ? Le cœur d'Arabella s'emballa, et elle s'efforça de contenir son excitation. Elle ne devait pas paraître trop enthousiaste. C'était une chose d'être franche, c'en était une autre d'être désespérée.

Mais elle *était* désespérée.

Avec un peu de chance, elle n'aurait pas à le révéler. Si elle le faisait, elle gâcherait ses chances avec lui, et avec quiconque.

Le morceau s'acheva et ils quittèrent bientôt la piste de danse, la main d'Arabella autour du bras de Halstead.

— Voudriez-vous faire une promenade autour de la salle de bal avant que je vous ramène à votre mère ? demanda-t-il.

— Oui, merci.

Sa mère allait être absolument ravie, mais Arabella ne voulait pas se faire trop d'illusions. Toutefois, ses propres espoirs s'intensifiaient.

— Puisque vous m'avez offert votre assistance, je me demandais si vous pourriez m'aider à identifier quelqu'un, un gentleman du nom de Piers Tibbord.

Arabella faillit dire non, mais le nom lui titillait l'esprit.

— Ce nom me dit quelque chose, mais je crains de ne pas pouvoir me souvenir de son visage ni de la manière dont je l'ai connu, dit-elle, levant les yeux vers lui d'un air d'excuse. Cela ne vous aide pas vraiment, n'est-ce pas ?

Il rit doucement.

— Non, mais ce n'est pas grave. J'ai une excellente mémoire des noms. Cependant, il m'arrive parfois de ne pas pouvoir les associer à un visage. Ainsi, lorsque je vois quelqu'un qui me semble familier, si son nom ne me vient pas à l'esprit, je dois me creuser les méninges pour le trouver. Parfois, j'y parviens, parfois je fais semblant.

Halstead adressa un clin d'œil à Arabella, et il lui fut difficile de ne pas laisser son espoir grandir.

Avant qu'ils ne retournent auprès de sa mère, elle voulait lui poser une question précise.

— Si j'emmène bientôt Biscuit pour une promenade matinale, y a-t-il une chance que je vous voie vous entraîner avec votre épée ?

— Malheureusement, non. Je n'ai pas de maison en ville. Cela me semblerait idiot parce que j'ai une propriété, Brixton Park, à seulement huit kilomètres d'ici.

Un sentiment de déception l'envahit, mais elle se contenta de hocher la tête. Ils étaient maintenant terriblement près de sa mère.

— Merci pour la danse, dit-elle, sans savoir s'il demanderait à lui rendre visite.

Son estomac se noua par anticipation.

— Merci, répond-il en la conduisant vers sa mère.

Lady Satterfield n'était plus avec elle.

La mère d'Arabella leur sourit, son excitation visible sur ses traits.

— Vous voilà ! Vous étiez ravissants ensemble.

Arabella la regarda fixement, la suppliant en silence d'arrêter, avant de dire quelque chose comme : *Vous devriez vous marier* !

Retirant sa main du bras de Halstead, Arabella s'éloigna de lui avec beaucoup de réticence. Il sentait très bon, dégageant un parfum de bois de santal et d'épices. C'était... agréable d'être à ses côtés.

Mais maintenant, c'était à côté de sa mère qu'elle se trouvait, et il leur souhaita une bonne soirée avant de s'en aller. Il ne lui avait laissé aucune indication sur le fait qu'ils pourraient passer ne serait-ce qu'un autre moment, seuls, ensemble.

Pourtant, lorsqu'elle lui avait demandé si elle le reverrait dans le parc, il avait choisi d'employer le mot *malheureusement*, laissant entendre qu'il aurait préféré la croiser à nouveau. Était-ce volontaire de sa part ? Elle décida que c'était possible, et ce possible était suffisant pour l'instant.

Sa mère se retourna pour lui faire face.

— Vite, avant qu'il ne soit temps pour toi de danser avec quelqu'un d'autre ! Raconte-moi tout !

— Il essaie de trouver sa voie en tant que nouveau duc, dit Arabella avec pragmatisme, tâchant d'empêcher ses émotions de prendre le dessus. En son for intérieur, elle était en proie à l'impatience et à l'appréhension. Elle repensa à la danse.

— Il a dit qu'il m'aimait bien.

Une sensation de chaleur bouillonnait en elle, ajoutant à son impatience plus qu'à son appréhension. Il l'avait dit. Peut-être pensait-il ne pas pouvoir déjà demander à lui rendre visite. Comme il l'avait admis, il n'était pas très doué pour le jeu social.

Sa mère lui adressa un sourire rayonnant.

— Eh bien, c'est spectaculaire ! Va-t-il te rendre visite ?

— Il ne l'a pas dit, mais il essaie encore de prendre ses marques.

— Exact. Nous allons nous efforcer de te mettre le plus

possible sur son chemin, répondit-elle avant de marquer une courte pause pour réfléchir. Sais-tu où il habite ?

— Dans sa propriété en dehors de la ville, Brixton Park.

— Bien sûr, dit sa mère, pinçant les lèvres. Il te sera difficile de te promener devant. Nous trouverons d'autres moyens. Il va certainement devenir un habitué de ce genre d'événements. J'espère seulement que nos invitations suivront. Les gens se montrent très compatissants à l'égard de la maladie de ton père. De nombreuses ladies sont venues me voir ce soir pour lui souhaiter de se rétablir, dit-elle, baissant davantage la voix. Personne ne semble être au courant de notre situation réelle.

On sentait son soulagement dans sa voix.

Arabella était heureuse de l'entendre. Elle se demandait ce que Halstead penserait s'il savait qu'ils étaient sans ressources. Peut-être s'en moquerait-il. Et, si c'était le cas, peut-être tomberait-il éperdument amoureux d'elle et ignorerait ce genre de futilités.

Leur avenir était en jeu. Il ne s'agissait pas de futilités.

Arabella se souvint du nom qu'il avait mentionné et s'adressa à sa mère.

— Connais-tu quelqu'un du nom de Piers Tibbord ?

Le visage de sa mère se vida complètement de ses couleurs.

— Pourquoi parles-tu de lui ? murmura-t-elle, serrant les dents.

— Le duc a parlé de lui, et je n'arrivais pas à me rappeler comment je le connaissais.

— C'est l'ignoble scélérat qui a escroqué ton pauvre père ! gronda sa mère, dont la détresse était palpable.

Arabella se sentit idiote de ne pas s'en être souvenue.

— Je suis vraiment désolée d'en avoir parlé. Pardonne-moi, maman.

Elle toucha le bras de sa mère, dont le teint revenait lentement à la normale.

— Pourquoi le duc a-t-il parlé de lui ? s'enquit cette dernière. S'il est de mèche avec ce scélérat...

— Il ne semblait pas le connaître, dit rapidement Arabella, espérant apaiser la colère de sa mère avant qu'elle ne soit hors d'elle. Il essaie simplement de garder en mémoire les noms et les visages.

Elle se rappela ce qu'il avait dit à propos du fait qu'il connaissait des noms, mais sans pouvoir les associer à des visages. Peut-être le connaissait-il... Pourtant, elle ne pouvait imaginer qu'il puisse s'associer à une personne aussi méprisable.

— J'espère que ce n'est que cela, car si Halstead est lié à Tibbord, aucune somme d'argent ne saurait justifier une union avec lui. Cela tuerait ton père.

Les lèvres de Mariah Stoke se figèrent en une ligne dure, et les rides d'inquiétude qui ornaient presque constamment son front revinrent en force.

Arabella lui caressa le bras.

— Allons, maman, nous devons rester optimistes. Les choses vont s'arranger.

Il le fallait.

Elle balaya la salle de bal du regard et faillit pleurer de soulagement en voyant Sir Ethelbert Plessey s'approcher d'elles. Elle l'avait rencontré au bal de Lady Satterfield, et même s'il n'était pas incroyablement riche, il avait une situation suffisante pour sauver sa famille. Probablement. À supposer qu'il ne s'enfuie pas en courant en apprenant leur insolvabilité.

Mieux valait qu'elle n'y pense pas.

∾

*L*orsque Graham quitta le bal des Thursby, il avait dansé cinq morceaux, fait trois promenades et esquivé d'innombrables tentatives de flirt, ainsi que deux propositions clairement sexuelles de la part de femmes mariées. Il était épuisé.

Mais il ne pouvait pas encore rentrer chez lui. Il devait d'abord se rendre chez Brooks pour voir s'il pouvait trouver quelqu'un qui connaissait Piers Tibbord. Graham avait trouvé ce nom griffonné dans la marge de l'un des registres de l'ancien duc.

Avec un peu de chance, il rencontrerait Colton. Si David n'était pas retourné à Huntwell ce matin-là, Graham serait allé le voir directement.

Il se passa la main sur le visage tandis que son carrosse parcourait les rues de Mayfair en direction de Saint-James, où il était désormais, de manière inexplicable, du moins pour lui, membre de plusieurs clubs de gentlemen. Ce nouveau monde restait à découvrir pour lui.

Il aurait vivement souhaité que quelqu'un lui présente le duché. Pas le fait d'être un duc, car il pouvait se débrouiller avec un peu d'aide, mais plus particulièrement, le fait d'être celui de Halstead. Mais cela n'était jamais arrivé. Depuis que son arrière-arrière-grand-oncle avait banni l'arrière-arrière-grand-père de Graham de la famille, les ancêtres de ce dernier avaient travaillé comme secrétaires des comtes de Saint-Ives tout en continuant à vouer une haine tenace aux ducs de Halstead, et le sentiment avait été réciproque. Ainsi, il n'avait jamais eu d'interaction avec le duc, même après avoir été nommé héritier présomptif. Comme le duc n'avait pas vendu la propriété ni légué celle-ci à l'un des autres membres de la famille, c'était comme s'il avait voulu que Graham hérite d'un cauchemar et qu'il soit le plus désavantagé possible.

Bien joué, marmonna-t-il. *Si telle était ton intention, tu as merveilleusement réussi.*

Il plissa les yeux en fixant l'obscurité.

Toutefois, je ne suis pas du genre à me rendre si facilement.

Graham n'allait pas renoncer à se battre pour Brixton Park. Cet endroit existait grâce au travail acharné de ses ancêtres, et il entendait revendiquer l'héritage qui avait été refusé à sa lignée pendant quatre générations, tout cela à cause d'un mensonge.

Il ignorait si Piers Tibbord était lié à l'investissement massif que le duc avait fait l'année précédente, mais jusqu'à présent, il n'avait pas été en mesure de trouver d'autres traces que l'entrée du registre qui indiquait seulement « plan d'investissement », avec la somme d'argent faramineuse qui figurait à côté. Une somme d'argent qu'il était impossible de financer si le projet tournait mal, ce qui était apparemment le cas.

Graham ne savait même pas où l'ancien duc avait obtenu l'argent. La comptabilité était catastrophique, tant pour Brixton Park que pour Halstead Manor, qui ne dégageait même pas assez de revenus pour assurer sa subsistance. S'il n'avait pas été retenu par ses fonctions parlementaires, il se serait rendu sur place pour tenter de redresser la situation. Pour l'instant, il allait gérer depuis Londres, puis passer l'été et l'automne dans l'Essex et veiller à ce que Halstead Manor devienne rentable. S'il le pouvait.

Non, il refusait de penser ainsi. Contre vents et marées, Graham réparerait les erreurs de l'ancien duc. Avant tout, il devait trouver où était passé l'argent, et déterminer ce qui était arrivé. Il ne pouvait pas être impossible de le récupérer. Le duc n'aurait pas pris une décision financière aussi épouvantable, n'est-ce pas ?

Malheureusement, il n'avait personne à qui poser la question. Le duc était mort, bien sûr, et la plupart de ses serviteurs avaient pris leur retraite ou étaient partis, y compris son secrétaire qui s'était installé à Bath. Du moins, c'était ce que l'on avait dit à Graham. Les lettres qu'il lui avait adressées étaient restées sans réponse et il allait devoir envisager de lui rendre visite.

Comme s'il avait le temps pour cela ! Il n'avait pas de temps pour quoi que ce soit. L'hypothèque devait être payée, sans quoi il perdrait Brixton Park.

Ce qui le ramenait à sa mission : récupérer l'argent de cet investissement, s'il le pouvait, ou épouser une héritière. Il évoqua l'image de Mlle Stoke, ce qui ne lui demanda pas beaucoup d'efforts. Elle avait constitué la meilleure partie du bal. Charmante, séduisante, et d'une honnêteté rafraîchissante, elle était une jeune femme à part sur le marché du mariage.

Même si son père n'avait pas de titre, Graham se prenait à espérer qu'il était incroyablement riche. Pourrait-il avoir la chance de trouver une charmante jeune femme qui soit tout ce dont il avait besoin ?

Certains penseraient qu'il avait déjà eu la chance d'hériter d'un duché. Cependant, personne ne connaissait la vérité, et, parfois, Graham aurait voulu redevenir le secrétaire de David.

Était-ce vraiment la vérité ? Oui et non. La simplicité de se préoccuper de la fortune de quelqu'un d'autre manquait à Graham. C'était une tout autre sorte d'engagement lorsque l'argent ne vous appartenait pas et que votre subsistance n'était pas en jeu. À bien des égards, c'était beaucoup plus facile, car il n'y avait pas d'attachement émotionnel. Ce qui était le cas pour Brixton Park. S'il n'avait pas été attaché à l'endroit, il aurait fait ce que lui conseillait le banquier, et il l'aurait vendu tout de suite. Mais Graham ne pouvait pas décevoir son père. Il n'était peut-être pas là pour le voir, mais il avait bien l'intention de récupérer ce qui avait été volé à sa famille.

Par sa famille. Quelle situation tordue !

Le carrosse s'arrêta devant chez Brooks et le cocher ouvrit la portière pour que Graham puisse sortir.

— Merci, Lowell.

Le cocher inclina la tête et lui demanda s'il devait attendre ou revenir plus tard.

— Je n'en ai aucune idée, réfléchit Graham. Pourquoi n'attendriez-vous pas ?

— Très bien, Votre Grâce.

Il entra dans le club pour la deuxième fois seulement. Le grand escalier et le bruit des conversations animées de la salle réservée aux membres de l'association le dépassaient un peu. Alors qu'il se dirigeait vers l'escalier, il aperçut le vicomte Anthony Colton.

Il était grand, avec des cheveux sombres ondulés et des yeux bleus tristes ; tristes, car ils semblaient avoir perdu leur étincelle depuis la mort de ses parents l'année précédente. Il sourit en apercevant Graham.

— Voici donc le nouveau duc de Halstead. Bonsoir, monsieur.

Le marquis de Ripley l'accompagnait encore. Il n'était pas aussi grand que Colton, mais ses cheveux étaient plus foncés et ses yeux bleu foncé reflétaient la vivacité qui avait disparu de ceux de son ami. En fait, ce soir-là, comme l'autre soir lorsque Graham avait fait sa connaissance, Ripley donnait l'impression de préparer quelque chose. Quelque chose de décadent et sans doute scandaleux. Ou peut-être était-ce parce que Graham était au courant de la réputation sulfureuse du marquis.

Il s'avança vers eux.

— Bonsoir, Ripley, Colton. Quel heureux hasard de vous croiser ! Je cherchais justement de la compagnie.

Les lèvres de Ripley se retroussèrent en un sourire diabolique.

— Tu as croisé le bon chemin. Nous étions sur le point d'aller trouver de la compagnie féminine en nous rendant dans un cercle de jeux. Joins-toi à nous.

Bon sang ! Il ne voulait pas parler de compagnie féminine. Il aurait dû dire qu'il voulait trouver des camarades. Bon, il pouvait sans doute aller au cercle de jeux et s'excuser ensuite.

— Mon carrosse est juste devant.

— C'est effectivement un heureux hasard, dit Anthony qui s'avança vers Graham pour lui donner une tape sur l'épaule. Tu nous évites d'avoir à trouver un véhicule.

Le trio sortit et Graham les conduisit à son carrosse.

— Tu as un joli carrosse, même s'il est un peu démodé, remarqua Ripley. Si tu cherches un modèle plus récent, je peux te recommander quelqu'un.

Graham se contenta d'un simple *merci*. Il aurait de la chance s'il pouvait survivre à la saison sans avoir à vendre ce fichu véhicule.

Ripley indiqua au cocher de se diriger vers Covent Garden avant de monter à l'intérieur et de s'installer sur le siège orienté vers l'avant. Colton prit place en face de lui. Graham monta en dernier, s'asseyant à côté du marquis.

— Alors, quelle est la probabilité que tu te maries d'ici Pâques ? s'enquit Colton en s'adossant à la banquette.

Le carrosse se mit en marche et Graham cligna des yeux. Qu'avaient-ils bien pu entendre ? Personne ne savait qu'il lui fallait absolument trouver une femme.

— Pourquoi cette question ?

Ripley s'installa dans le coin de la banquette, se tournant légèrement vers Graham.

— N'es-tu pas au courant du pari ?

— Quel pari ?

— Dans le registre de chez White, l'informa Anthony. Les gens parient pour savoir si tu seras marié avant Pâques.

Les muscles de Graham se relâchèrent sous l'effet du soulagement.

— Et que disent les gens ?

Ripley haussa une épaule.

— La plupart disent que tu seras marié, mais il est encore tôt. Le pari a été placé cet après-midi.

Graham était au courant du registre des paris, même s'il n'y avait jamais participé. Cela devait signifier qu'il faisait complètement partie de la bonne société maintenant.

— Au moins, le pari ne porte pas sur la *personne que* je vais épouser.

Colton s'esclaffa.

— Oh, cela viendra peut-être.

Ripley observa Graham un moment.

— Il est trop tôt pour le dire, car personne ne te connaît suffisamment pour deviner. Quel est ton type de femme ? Une grande beauté ? Une réputation irréprochable ? Une femme de lettres ? Une héritière ? Une timide ?

C'était peut-être pour lui une excellente opportunité. Le pouls de Graham s'emballa, et il sourit malicieusement.

— Toutes.

Colton éclata de rire et, avec un temps de retard, Ripley se joignit à lui.

Lorsqu'ils se calmèrent, le regard de Graham passa de l'un à l'autre.

— Qui cela pourrait-il être ?

— Que veux-tu dire ? lui demanda Colton, fronçant les sourcils.

— Je veux dire, qui possède toutes ces caractéristiques ?

Il gardait un ton ironique, mais il était tout à fait sérieux : il voulait savoir qui était une héritière, et c'était une façon efficace de le faire sans demander : « *Qui sont les femmes les plus riches du marché du mariage ?* »

— Tu as donc l'intention de te marier ? s'enquit Ripley avec intérêt.

Anthony regarda ce dernier.

— Nous devrions y retourner et placer nos paris.

— Pas nécessairement.

Il était toujours important que Graham ne donne pas l'impression d'être pressé, de peur que les gens ne pensent qu'il était désespéré et qu'ils ne cherchent à savoir pourquoi.

Ripley sourit à Colton.

— Il est timide, dit-il en reportant son attention sur Graham. Je ne vois personne qui puisse correspondre à toutes ces descriptions.

— Mlle Phoebe Lennox, proposa Colton. En fait, non. Sa réputation n'est pas très brillante depuis qu'elle a abandonné son fiancé devant l'autel la saison dernière.

— Oh ! Elle serait tout à fait *mon* type ! affirma Ripley, les yeux brillants.

Colton ricana.

— Pas vraiment. Ce n'est pas une veuve. Ni une courtisane, rétorqua-t-il, jetant un coup d'œil vers Graham. Ripley ne s'embarrasserait pas d'une jeune femme vertueuse comme Mlle Lennox.

L'intéressé fronça les sourcils.

— Mais tu as dit que sa réputation était détruite.

— Je n'ai pas dit cela. J'ai dit qu'elle n'était pas très brillante. Ma sœur la connaît. Elle est très gentille, c'est du moins ce que dit Sarah. Laisse-la tranquille, Rip.

Le marquis leva les mains en signe de reddition.

— Je ne voudrais pas vivre avec quelqu'un comme elle. Nous ne faisons que nous amuser. Maintenant, laisse-moi, je réfléchis…

— Et Mme Billingford ? suggéra Colton.

Les lèvres de Ripley s'étirèrent en un large sourire de pécheur.

— Halstead n'a pas dit qu'il voulait une tigresse dans son lit.

Graham ne put s'empêcher de dire :

— Halstead n'a pas dit qu'il n'en voulait *pas*.

Les rires fusèrent dans le carrosse, et il fallut un long moment avant que Ripley réplique :

— Nous nous rendons donc au bon endroit.

— La maison de Mme Billingford ? demanda Graham d'un air innocent.

Sa question fut accueillie par de nouveaux rires.

— Vous imaginez ? demanda Colton. Si nous nous présentions tous les trois ?

Ripley lissa ses cheveux sur sa tempe.

— Je suis sûr qu'elle serait ravie de nous accueillir.

Bon sang ! Graham resta sans voix.

— Eh bien, nous pouvons en discuter si nous le souhaitons, mais je préférerais goûter au stock de Mme Alban, dit Ripley, fixant son regard sur Graham. Elle possède le bordel au-dessus du cercle de jeux. En fait, elle est aussi propriétaire du cercle. Nous allons jouer un peu, puis nous passerons à l'étage. Ou je suppose que tu peux monter directement, si tu préfères.

Il préférait retourner à Brixton Park. Il n'était pas d'humeur pour le « stock » de Mme Alban – quelle description affreuse ! – et il n'allait certainement pas jouer. Il n'avait pas un shilling à perdre.

— Je devrais sans doute rentrer chez moi après vous avoir déposés au cercle, annonça-t-il. J'ai un peu de route à faire pour rejoindre Brixton Park.

— Tu peux rester chez moi, lui proposa Ripley. À condition que tu ne voies pas d'inconvénient à ce que ta réputation soit entachée.

En fait, il y voyait beaucoup d'inconvénients. Son nom était à peu près tout ce qui lui restait pour l'instant.

Colton s'esclaffa.

— Rip ne plaisante pas. Je sais que ma réputation en a pris un coup depuis que nous sommes devenus amis, même si je m'en moque. J'ai séjourné chez lui *une fois*, et on croirait que j'ai tué quelqu'un au cours d'un duel.

Le carrosse entra dans Covent Garden, et Graham se rendit compte qu'il n'avait pas posé sa question la plus importante.

— Je suppose qu'aucun d'entre vous ne connaît Piers Tibbord ?

Ripley haussa les épaules, mais Colton répondit.

— C'est un escroc. Du moins, c'est ce que j'ai entendu dire. Je ne l'ai jamais rencontré et, à ma connaissance, personne ne l'a fait. Il mène toutes ses affaires par le biais d'un intermédiaire, précisa Colton, plissant les yeux en regardant Graham. J'espère que tu n'es pas impliqué dans quoi que ce soit avec lui.

Bon sang ! Graham ne pouvait pas leur révéler la vérité sur l'endroit où il avait lu ce nom.

— J'ai entendu ce nom, et il me semblait familier. Visiblement, je me trompais.

Son esprit s'emballa tandis qu'il essayait de réfléchir à ce qu'il allait faire. Il ne pouvait pas vraiment demander où il pourrait trouver Tibbord, pas après ce que Colton venait de révéler.

Le carrosse s'arrêta.

— Tu es sûr que tu ne veux pas te joindre à nous ? s'enquit Colton.

Apparemment, Tibbord avait été oublié. Tant mieux.

— J'en suis sûr, mais j'apprécie l'invitation, répondit Graham, bâillant pour faire bonne mesure. Je suis toujours en train de trouver mes marques à Londres.

La portière s'ouvrit, et Colton descendit le premier.

Ripley tapota le haut de l'épaule de Graham.

— Fais-moi savoir si tu as besoin d'un endroit où séjourner, ma porte t'est ouverte.

Il contourna Graham et sortit du carrosse.

Il leur souhaita une bonne nuit et prit rapidement la route vers Brixton Park.

Les événements de la soirée et les informations qu'il avait glanées défilaient dans son esprit. Comment trouver Piers Tibbord si personne ne l'avait jamais rencontré ? Il devrait peut-être demander à Lord Satterfield ou au duc de Kendal. Lady Satterfield lui avait semblé sincère en lui proposant son aide.

Mais il faudrait alors qu'il invente une raison qui ne soit pas la vérité. S'il déclarait que l'ancien duc avait peut-être fait affaire avec lui, la réalité de la situation de Graham risquait de s'ébruiter. Ou pas… à condition qu'il se montre prudent. Il allait devoir sérieusement y réfléchir.

Trouver Tibbord allait être difficile, voire impossible. Il devait penser à d'autres moyens de retrouver l'investissement du duc. Récupérer l'argent de l'investissement, ou même comprendre de quel genre d'investissement il s'agissait, lui semblait être une tâche insurmontable.

Même s'il retrouvait Tibbord, comment ferait-il pour reprendre l'argent du duc ? Il ne voulait pas y songer pour l'instant. Il devait d'abord localiser l'escroc, ou du moins se rapprocher de cet objectif.

Ce qui le ramenait à une héritière. Phoebe Lennox restait sa meilleure option.

Pourtant, Arabella Stoke lui revenait sans cesse à l'esprit, ainsi que l'espoir que son père soit fabuleusement riche. Elle serait la réponse à tous ses problèmes, et il voyait déjà de nombreux avantages à faire d'elle sa duchesse, qui n'avaient rien à voir avec son argent.

Il avait refusé une invitation dans un bordel, et pourtant il était en train de fantasmer sur Mlle Stoke. Sur la douce inclinaison de ses lèvres lorsqu'elle lui souriait. À la courbe élégante de son cou quand elle dansait avec lui. Au délicieux parfum de pois de senteur qui l'avait envahi alors qu'il l'escortait autour de la salle de bal. Fermant les yeux, il bascula la tête en arrière et s'imagina en train de retirer les épingles de ses cheveux châtain clair. Des fils d'or se mêlaient au brun, lui rappelant la riche couleur du blé mûr et foncé. Ses yeux verts étaient teintés de brun au centre, ce qui leur donnait un aspect terreux et séduisant.

Bon sang ! Il était déjà en train de raidir, et son érection s'aggravait de minute en minute, rien qu'en pensant à elle. Il s'efforça de penser plutôt à son manque d'argent. C'était un moyen efficace, bien que déprimant.

Ses efforts prendraient du temps. Dommage qu'il en ait aussi peu qu'il avait d'argent.

CHAPITRE 5

*M*ariah Stoke entra dans le petit salon situé à l'arrière de leur petite maison de ville.

— Ton père a bien déjeuné. En fait, il est assis dans son lit et prendra un bain plus tard.

Arabella sourit en entendant la chaleur et le bonheur dans la voix de sa mère.

— Merveilleuse nouvelle. Je monterai le voir dans un moment.

— Cela lui fera plaisir.

La mère d'Arabella s'installa dans son fauteuil préféré près de la cheminée et prit le journal qu'elle avait posé plus tôt.

— Peut-être pourrais-tu lui lire un passage de son roman.

Elle faisait référence au *Château d'Otrante*, le livre préféré du père d'Arabella.

— Bien sûr.

La jeune femme se concentra sur la robe de bal qu'elle était en train de broder. Elle avait dessiné des grappes de fleurs et les piquait sur les manches pour remettre au goût du jour ce vêtement vieux de deux ans.

Leur majordome, Baxter, entra et présenta une carte à la mère d'Arabella.

— Sa Grâce, le duc de Halstead.

Les doigts d'Arabella se figèrent et sa colonne vertébrale se raidit. Elle posa le regard sur sa mère, qui contemplait la carte, les yeux écarquillés. Puis elle passa rapidement la pièce en revue.

— Sommes-nous présentables ? demanda-t-elle, se tournant vers sa fille. Cache cette robe pour qu'il ne puisse pas voir ce que tu fais.

Pourquoi, parce que les dames ne brodaient pas leurs robes ? Arabella se leva et le majordome s'avança.

Il prit le vêtement.

— Je vais le donner à Janney.

— Merci, Baxter.

— Ensuite, faites entrer le duc, s'il vous plaît.

Mariah Stoke se leva et cacha le journal sous le coussin de son fauteuil. Elle cligna des yeux tandis que les habituelles rides d'inquiétude se dessinaient sur son front.

— À moins que nous ne montions dans le grand salon ?

Mais, si elles le faisaient, on les verrait monter l'escalier depuis l'entrée, et quel en serait l'intérêt ?

— Je pense que nous pouvons très bien le recevoir ici, dit Arabella. C'est une belle pièce.

— Oui, mais c'est peut-être trop... confortable, protesta sa mère en fronçant les sourcils. Peu importe... aucune de nos pièces n'est aussi splendide qu'elle devrait l'être.

Elle semblait au bord des larmes, et Arabella détestait cela.

— Je vais apporter une assiette de biscuits au beurre frais, proposa Baxter. Ainsi, il se souviendra à jamais de cette visite.

La cuisinière des Stoke avait essayé la recette de celle de

Phoebe l'autre jour, et même le père d'Arabella en avait mangé.

La mère de la jeune femme se détendit légèrement, et elle arbora un léger sourire.

— C'est vrai. Merci, Baxter.

Il inclina sa tête aux cheveux argentés en sortant du salon avec la robe d'Arabella.

Mariah se tourna vers sa fille.

— Pour quelle raison crois-tu qu'il est ici ?

— Pour nous rendre visite ?

Arabella ne voulait pas paraître désinvolte, mais pour quelle autre raison pourrait-il être ici ?

— Oui, oui, bien sûr, dit sa mère, souriant malgré la légère note d'exaspération dans sa voix.

— Son expression remonta le moral d'Arabella.

— Je veux dire, que devrions-nous penser de sa visite ?

Des bruits de pas se firent entendre derrière la porte.

— Je suis sûre que nous allons le découvrir, murmura Arabella.

Sa mère se hâta de se poster à côté d'elle et chuchota à son tour :

— N'oublie pas que tu dois découvrir pourquoi il t'a posé des questions sur Tibbord.

Elle s'empressa d'afficher un sourire accueillant au moment où le duc entra.

Halstead s'inclina.

— Bonjour, mesdames.

Elles lui firent la révérence et le saluèrent à leur tour.

— C'est un honneur de vous accueillir dans notre maison, dit la mère d'Arabella. Asseyez-vous, je vous en prie.

Elle fit un geste vers le canapé, puis lança un regard à sa fille qui lui indiquait clairement qu'elle devait s'asseoir près de lui.

Arabella prit place, et il s'installa à côté d'elle. C'était un petit canapé, qui ne laissait que quelques centimètres entre eux. Le sentiment familier de conscience qu'éveillait sa proximité l'envahit.

— C'est un plaisir de vous revoir toutes les deux, déclara le duc. J'ai eu tellement de plaisir à danser avec Mlle Stoke l'autre soir que je me suis dit qu'il fallait que je vienne la remercier en personne.

Il tourna la tête vers la jeune femme.

— Merci.

Arabella jeta un regard vers sa mère, qui semblait sur le point de pleurer de joie. Elle reporta son attention sur le duc.

— Vous allez vous régaler, car la cuisinière vient de préparer des biscuits au beurre, et ce sont peut-être les meilleurs que vous aurez jamais mangés.

Il agita les sourcils en la regardant.

— J'en frémis d'impatience.

C'était tout juste un flirt, mais le simple fait qu'il soit là prouvait qu'il était au moins intéressé par le fait de mieux la connaître. Arabella était prête à tout faire pour satisfaire aux critères du duc.

Baxter entra avec l'assiette de biscuits ainsi qu'une théière et trois tasses. Il déposa les objets du plateau sur une petite table basse au milieu d'eux trois.

— Dois-je servir ? demanda-t-il à la mère d'Arabella.

— Ce ne sera pas nécessaire. Merci, Baxter.

Après le départ du majordome, la mère d'Arabella incita le duc à goûter un biscuit. Retirant ses gants, il tendit la main vers la table en demandant :

— Où passez-vous vos étés ? J'imagine que vous avez une maison de campagne ?

Arabella craignait de regarder sa mère et de lire la détresse briller dans ses yeux. L'année précédente, ils avaient vendu leur maison de campagne, où Arabella avait passé son enfance. Malheureusement, elle ne leur avait pas rapporté d'argent, car elle avait été hypothéquée au maximum.

— Non, répondit Mariah Stoke d'un ton étonnamment doux. Nous préférons Londres.

C'était une réponse assez simple et crédible.

Elle poursuivit :

— Vous possédez deux maisons de campagne, n'est-ce pas ? Votre siège dans l'Essex et la magnifique propriété de Brixton Park ? Vous devez sans doute avoir également un hôtel particulier à Mayfair.

— Vous avez raison, dit-il, terminant son premier biscuit en se tournant vers Arabella. C'est effectivement le meilleur biscuit au beurre que j'aie jamais mangé ! Je ne crois pas que ma cuisinière à Brixton Park en fasse, mais je le lui demanderai.

Il reporta ensuite son regard sur la mère d'Arabella.

— Je ne vois pas l'utilité d'une maison en ville, alors que Brixton Park est si proche.

— C'est un choix raisonnable et sage, approuva chaleureusement Mariah Stoke.

Arabella pouvait pratiquement voir l'intérieur de l'esprit de sa mère qui en déduisait qu'il devait être responsable avec son argent s'il choisissait de ne pas le dilapider dans une maison à Londres alors que beaucoup d'autres gentlemen dans sa position l'auraient fait.

— J'aimerais beaucoup voir Brixton Park. J'ai entendu dire que c'était assez grandiose.

Le duc se tourna vers Arabella.

— Vous montez à cheval ?

Zut, encore une question qui pourrait provoquer la panique de sa mère.

— Oui, mais j'admets que je me suis désintéressée de la

question ces dernières années, lorsque j'ai commencé à me concentrer sur la saison, déclara Arabella.

— Son cheval a été mis au pâturage il y a quelques années, et nous n'avons jamais eu le temps de le remplacer, n'est-ce pas, ma chérie ? demanda sa mère, ajoutant un petit rire pour conclure son affabulation.

Ces dernières années, ils avaient discrètement vendu leurs chevaux, car le père d'Arabella avait commencé à trop jouer et à s'intéresser à des investissements coûteux censés accroître leur fortune. Il avait espéré se remettre d'une série de lourdes pertes aux tables de jeu, mais il n'avait réussi qu'à les endetter davantage. Alors que le duc était peut-être doué pour l'argent, le père d'Arabella était exceptionnellement *mauvais*.

Elle ne jugea pas utile de répondre à la question ; à la place, elle préféra l'interroger.

— Montez-vous à cheval, Votre Grâce ?

Cela semblait logique, d'autant plus qu'il vivait à l'extérieur de la ville.

— Oui.

— Et avez-vous une passion pour les véhicules rapides, comme beaucoup de jeunes gentlemen ? s'enquit la mère de la jeune femme. Peut-être avez-vous un phaéton haut perché.

— Je n'ai ni l'un ni l'autre, déclara-t-il. Je n'ai pas été élevé dans l'opulence et je n'ai donc pas nécessairement tous les attributs que l'on peut attendre d'un duc.

Il parlait d'un ton égal, mais il y avait quelque chose de tendu sous la surface, comme un sentiment de frustration.

La mère d'Arabella l'interrogeait en quelque sorte, même si elle s'efforçait de le faire sous couvert d'une conversation décontractée. En réalité, on aurait pu dire qu'il faisait la même chose, en posant des questions sur leur maison de campagne et en demandant si elle montait à cheval. Arabella commençait à éprouver un vague sentiment de malaise, ce qui était idiot. Ce n'était pas parce qu'elles tentaient de connaître sa situation financière qu'il essayait de faire de même.

Sauf que... c'était possible. Surtout s'il avait envie de se marier. N'est-ce pas un sujet dont les familles discutaient dans le cadre d'un contrat de mariage ? Seulement, son père n'était pas en mesure de discuter de telles questions, et même s'il l'avait été, qu'aurait-il pu dire d'autre que « *Nous sommes insolvables, mais s'il vous plaît, épousez quand même ma fille* » ?

— J'avais oublié que vous n'aviez hérité que récemment. Vous étiez secrétaire avant cela, n'est-ce pas ? s'enquit Mariah Stoke avec un intérêt sincère et sans la moindre once de dédain pour le passé de roturier du duc.

D'un autre côté, eux-mêmes étaient des roturiers, et c'était par pure chance que l'amitié du père d'Arabella avec l'ancien comte de Saint-Ives les avait élevés dans la société.

— C'est exact, confirma Halstead. J'ai beaucoup aimé être secrétaire, et comme je travaillais pour le comte de Saint-Ives et que je le considère comme un ami proche, j'ai été éduqué en parallèle avec la noblesse. Je suis allé à Oxford avec lui, et nous avons appris les mêmes choses.

D'une certaine manière, la relation de Halstead avec le comte reflétait celle du père d'Arabella avec le père du comte. Tous deux avaient bénéficié de l'amitié des Saint-Ives.

La mère de la jeune femme semblait impressionnée, ses yeux s'illuminèrent.

— Vous l'ignorez peut-être, mais le père d'Arabella était très proche de l'ancien comte. Ils sont allés à l'école ensemble et sont restés de bons amis jusqu'à la mort de ce dernier.

— Je suis au courant, dit doucement le duc.

Arabella observa la réaction de sa mère. Heureusement, elle se contenta de répondre d'un hochement de tête serein avant de poursuivre.

— J'imagine que cela demande une certaine adaptation de

passer de secrétaire à duc, remarqua-t-elle. Qu'est-ce qui vous plaît le plus dans le fait d'être duc ? Est-ce la possibilité d'acquérir tout ce que vous voulez ?

Eh bien, voilà qui était un peu *trop* évident, n'est-ce pas ? Arabella étudia la réaction du duc, et, une fois encore, elle eut l'impression que les questions de sa mère le décourageaient.

— Je ne suis pas certain d'avoir songé à cela, affirma Halstead, prenant un autre biscuit. Pour l'instant, je crois que ce sont ces biscuits que je préfère.

Il sourit avant de le mettre dans sa bouche.

C'était une réponse absurde, comme si leurs biscuits avaient quelque chose à voir avec le fait d'être un duc. Mais elle supposa que l'on pouvait dire que s'il ne l'était pas devenu, il n'aurait pas eu l'occasion de se trouver dans ce salon avec les délicieuses douceurs de Mme Woodcock.

Arabella en prit un à son tour.

— À propos de Brixton Park…, reprit sa mère, crispant la jeune femme.

Il l'avait déjà ignorée lorsqu'elle avait affirmé qu'elle adorerait voir son domaine.

— … pouvons-nous espérer que vous y teniez un événement ? Ce serait un endroit merveilleux pour organiser un pique-nique, étant donné la proximité de la ville. J'ai entendu dire que le parc et les jardins sont extraordinaires.

Arabella remarqua que les muscles de la mâchoire du duc étaient contractés. Elle baissa les yeux sur ses mains qui semblaient tendues. Au lieu de les garder posées sur ses cuisses, ou du moins dans une position décontractée, elles étaient légèrement repliées. Son corps tout entier semblait vibrer, parcouru d'une énergie intense. La jeune femme craignait que sa mère ne le pousse à bout et qu'il parte pour ne plus jamais revenir. Que feraient-elles alors ?

Il adressa un sourire placide à Mariah Stoke, qui semblait

en contradiction avec ces petites choses qu'Arabella avait remarquées.

— Je ne pense pas avoir le temps d'organiser un tel événement, pas avec tout ce que je dois apprendre.

— Il vous faut une duchesse, déclara-t-elle d'un ton joyeux, posant les yeux sur Arabella d'une manière tout sauf subtile.

— Pourquoi n'irions-nous pas nous promener dans le jardin ? suggéra brusquement Arabella en se levant aussitôt du canapé. Il est petit, mais la journée est trop agréable pour ne pas en profiter. Tu pourras nous regarder par la fenêtre, d'accord, maman ?

Le duc se leva rapidement et offrit son bras avant que Mariah ne réponde.

Comme si elle allait refuser...

— Allez-y ! Prenez votre temps, les encouragea-t-elle, posant sur sa fille un regard pressant qui voulait sans doute dire plusieurs choses : *demande-lui de vous parler de Tibbord ! Découvre combien il vaut ! Décroche une demande en mariage !*

Même si elle appréciait le duc, Arabella se sentait gênée. Car, quelle que soit la transaction qui pourrait intervenir entre eux, ce serait par nécessité, pas par envie, et elle détestait cela.

Dès qu'ils sortirent, elle commença à se détendre.

— C'est un très petit jardin, dit-elle, pointant du doigt l'arrière de la maison de Phoebe. Vous pouvez voir la maison de Mlle Lennox là-bas.

Il regarda l'endroit qu'elle montrait.

— Euh, oui. Il se peut que je lui rende visite quand j'aurai terminé ici.

Ce qui revenait à dire : « *Vous n'êtes pas la seule jeune femme que j'envisage.* » Ce qui était logique. Pourquoi se focaliserait-il sur elle alors qu'il y avait de bien meilleures options ? Des filles de ducs, ou au moins de comtes. De belles jeunes débutantes comme Mlle Dahlia Wemple. De riches héritières comme Phoebe.

Ou peut-être disait-il : « *Cette visite s'est mal passée. Votre mère est ridicule. J'ai été ravi de vous connaître.* »

Arabella essaya de réparer une partie des dégâts causés par sa mère.

— Je suis désolée pour les questions de ma mère. Elle est parfois surexcitée, surtout lorsque des ducs lui rendent visite.

Il haussa un sourcil sombre en la regardant.

— Cela arrive-t-il souvent ?

— Jamais, en fait.

Il se détendit visiblement, et une partie de la tension s'envola de ses épaules alors qu'ils faisaient le tour du jardin.

— Ah ! Eh bien, je ne voulais pas provoquer de remous.

— C'est très bien. J'espère qu'elle ne vous a pas offensé.

Un sourire se dessina sur les lèvres de Halstead.

— Bien sûr que non, répondit-il, jetant un coup d'œil autour de lui. Il semble que nous ayons presque terminé notre promenade dans le jardin.

Elle rit doucement.

— Je vous avais prévenu qu'il était petit ! Nous pouvons le parcourir à nouveau, proposa-t-elle, car elle devait au moins lui poser des questions sur Tibbord.

Elle n'avait pas l'impression qu'il voulait la demander en mariage.

— Je voulais vous interroger au sujet de M. Tibbord.

Halstead se tendit à nouveau. Il se raidit brièvement, et elle se demanda s'il s'efforçait de le cacher. Était-ce à cause de Tibbord ? Ou bien était-elle en train d'interpréter sa réaction parce qu'elle savait ce qu'était Tibbord ?

— Que vouliez-vous demander ?

Sa voix manquait un peu de force, et elle commença à douter que son comportement soit une invention de son esprit.

Elle s'arrêta et se tourna vers lui, gardant la main sur son bras. C'était un pari risqué, mais elle décida de se lancer pour pouvoir étudier sa réaction et connaître la vérité…

— Tibbord est un escroc. Je suis curieuse de savoir comment vous le connaissez.

Et voilà. Ses yeux s'écarquillèrent brièvement, ses narines se dilatèrent, et sa mâchoire se contracta.

— Comment êtes-vous au courant ? Je ne peux imaginer que vous soyez associé à quelqu'un comme lui.

Il l'observa attentivement, fixant son regard perçant sur le sien.

Il semblait, *peut-être*, qu'il savait que Tibbord était un voleur. S'il savait ce qu'elle savait, avait-il… ? Elle interrompit le flot de ses pensées et lança :

— Vous a-t-il escroqué vous aussi ?

Trop tard, elle se rendit compte de ce qu'elle avait fait. Avant qu'elle trouve un moyen de retirer ses paroles, il se rapprocha.

— Il vous a escroqué ? Comment ?

— Je ne sais pas précisément, répondit-elle doucement, la poitrine serrée dans un étau d'angoisse. Je vous en prie, vous ne pouvez le dire à personne. Ma mère sera dévastée, et mon père…

Elle ne pouvait se résoudre à terminer.

Le regard de Halstead s'adoucit, et il posa sa main sur celle d'Arabella qui tenait son bras.

— Je n'en ferai rien. Les questions que posait votre mère… Vous cherchez à épouser un homme riche, n'est-ce pas ?

Elle ne se sentait pas capable de parler. Non, elle ne pouvait pas parler. Elle se sentait aussi mortifiée que désespérée. Elle hocha la tête.

Il pinça la bouche en une grimace sinistre.

— Je suis navré de vous dire que je ne peux pas être ce

gentleman. Vous avez raison de dire que Tibbord m'a escroqué. Enfin, pas moi, l'ancien duc. Et je n'ai pas un sou à mon
nom que je ne doive à quelqu'un d'autre.

Et ce fut ainsi que le fantasme d'Arabella mourut. Son
avenir ne lui avait jamais paru aussi sombre.

~

Graham observa le jeu des émotions sur le visage de
Mlle Stoke. Depuis l'horreur quand elle avait révélé
par erreur qu'ils avaient été escroqués jusqu'à la
tristesse, en passant par l'humiliation et enfin par la dévasta-
tion totale. Il voulait faire plus que toucher sa main, mais
maintenant, plus que jamais, il ne le pouvait pas.

Il avait ressenti une palette d'émotions similaires, dont le
point culminant était la déception profonde qu'elle n'était
pas l'héritière dont il avait besoin. Cependant, ils pouvaient
peut-être s'entraider d'une autre manière…

Mlle Stoke le regarda en clignant des yeux.

— Vous êtes en faillite ?

Sa formulation le hérissa : *il* n'était pas en faillite. Il dispo-
sait d'un petit pécule qu'il devait utiliser pour entretenir son
nouveau statut au nom des apparences, et pour ne pas avoir à
vendre Brixton Park tout de suite. Mais il ne durerait pas très
longtemps. Être un duc était coûteux, surtout lorsqu'on
essayait d'attirer une héritière.

— Le duché l'est, oui. Cependant, j'essaie d'y remédier.

— En épousant une héritière, dit-elle, et il vit sur ses traits
le moment où elle comprit. Voilà pourquoi vous avez rendu
visite à Phoebe.

Merde ! Comme il ne s'agissait pas d'une question, il n'y
répondit pas.

— J'apprécierais que vous gardiez le secret sur ma situation, tout comme je le ferai pour la vôtre.

Elle acquiesça rapidement.

— Bien sûr. Je comprends parfaitement.

Il poursuivit l'idée qui lui trottait dans la tête.

— Comme je l'ai dit, j'essaie de rectifier le tir, et pas seulement par le mariage. Je préférerais éviter cela, si je le peux.

— Vous ne voulez pas vous marier ?

Elle posa cette question avec une curiosité sincère, et il ne vit pas de raison de ne pas lui répondre clairement.

— Pas maintenant, et pas pour de l'argent.

Le désir qu'il éprouvait pour Mlle Stoke l'envahit. Il préférait se marier pour des raisons bien différentes. Mais il n'allait pas aborder *ce sujet* clairement.

— Nous sommes d'accord sur ce point, déclara-t-elle.

Il détesta entendre la résignation dans la voix de la jeune femme. Elle était empreinte de tristesse, et il aurait aimé pouvoir lui dire qu'elle n'était pas obligée de se marier pour l'argent. Il allait devoir se contenter de faire au mieux de ce qu'il pouvait.

— J'espère pouvoir retrouver ce voleur de Tibbord et récupérer ma fortune. Et la vôtre. Il ne peut pas s'en tirer en escroquant les gens.

Elle inspira brusquement.

— Vous pensez pouvoir le faire ?

Il contracta la mâchoire.

— J'y suis déterminé. Si nous travaillons ensemble, si nous combinons nos connaissances, peut-être pourrons-nous le trouver.

— Je crains de ne pas savoir qui il est. Je ne me souvenais même pas de son nom lorsque vous l'avez mentionné l'autre soir. J'ai interrogé ma mère à ce sujet et elle a failli avoir une attaque. Je ne pense pas qu'elle sache grand-chose non plus. Mon père a fait l'investissement avec Tibbord et il a refusé de nous dire quoi que ce soit à ce sujet.

Graham vit l'angoisse dans son regard, et il ressentit le besoin de l'en chasser pour toujours.

— Quand cet investissement a-t-il eu lieu ? s'enquit-il.

De petits plis se formèrent sur le front d'Arabella.

— Je ne sais pas exactement. Il y a peut-être un an.

— Je crois que le duc a fait le sien à la fin du printemps ou de l'été dernier. Il y a peu d'informations, ce qui est frustrant. Simplement la trace de l'investissement et le montant comptabilisé dans un registre. J'ai trouvé le nom de Tibbord griffonné dans la marge d'un tout autre registre.

— Mais vous sembliez savoir que c'était un escroc, dit-elle. Ai-je tort ?

Là encore, il ne voyait pas de raison de lui mentir, surtout s'ils pouvaient s'entraider.

— Non. J'ai interrogé quelques amis à son sujet, comme je l'ai fait avec vous au bal des Thursby, et l'un d'eux m'a dit que c'était un voleur connu. Il m'a également dit que personne ne le connaissait vraiment, qu'il agissait toujours par l'intermédiaire d'une autre personne, sans toutefois préciser qui, expliqua Graham, qui avait l'intention de suivre cette piste auprès de Colton. Était-ce le cas de votre père ?

Elle secoua la tête et grimaça.

— Je l'ignore.

— Pourrions-nous lui poser la question ?

Arabella resserra brièvement la main sur le bras de Graham.

— Il est très malade. Je crains que lui poser des questions sur Tibbord ne fasse qu'aggraver son état. Je suis désolée.

Eh bien, c'était vraiment décevant !

— Il doit y avoir un moyen de retrouver cette canaille.

— Le secrétaire du duc ne pourrait-il pas nous aider ?

Graham fronça les sourcils.

— Malheureusement, il a déménagé à Bath à la mort du

duc et n'a pas répondu à mon courrier. Il se peut que je doive lui rendre visite.

Là encore, il n'avait pas vraiment le temps, mais il n'avait plus le choix. Comment pourraient-ils retrouver Tibbord autrement ? Il ne cessait de revenir au père d'Arabella.

— Je suis navré que votre père soit aussi malade.

Graham caressa le dessus de la main de la jeune femme avec son pouce.

— Son état de santé s'est aggravé à mesure que notre situation financière se détériorait. Il ne quitte plus guère sa chambre à coucher, expliqua-t-elle, le regard inquiet. Je crains qu'il ne soit plus de ce monde très longtemps.

Le ventre de Graham se tordit. Qu'adviendrait-il d'elle et de sa mère si son père décédait ? Elles n'avaient sans doute pas d'argent en fiducie ni de moyens de subsistance.

— Mademoiselle Stoke, j'aimerais beaucoup vous aider, si vous me le permettez. Cependant, nous avons désespérément besoin de savoir tout ce que votre père pourrait nous apprendre sur Tibbord et leur transaction si nous voulons avoir un quelconque espoir de récupérer votre argent.

— Vous pensez vraiment que c'est possible ? demanda-t-elle, un mince filet d'espoir perceptible dans sa voix. Les investissements tournent mal régulièrement ; ce n'est pas la première fois que mon père perd de l'argent.

— Même si c'est vrai, il y a quelque chose qui ne va pas. Je le sens. J'ai géré des investissements et des transactions financières pour le comte de Saint-Ives en tant que secrétaire, comme l'a fait mon père avant moi. La somme d'argent que le duc a investie auprès de Tibbord est beaucoup trop importante. Soit le duc était un imbécile, soit Tibbord l'a dupé d'une manière ou d'une autre.

— Malheureusement, mon père *est* un imbécile, dit-elle à voix basse. Même si cela me fait mal de le dire.

Graham n'était que trop conscient de son contact et de sa

proximité. Et de son désir de la prendre dans ses bras, de la serrer, de l'apaiser, de l'embrasser…

L'embrasser ?

Oui, il avait envie de l'embrasser, et sans doute plus que cela. Mais il ne pouvait pas. En fait, il n'aurait même pas dû se tenir aussi près d'elle. Que devait penser sa mère ?

— Nous sommes ici depuis un certain temps. Je parierais que votre mère est déjà en train de préparer votre trousseau de mariage.

— Réglé avec de l'argent que nous n'avons pas, remarqua-t-elle avec un sourire triste. Je suis vraiment désolée que vous soyez pauvre.

Il n'était pas tout à fait sûr qu'elle le dise uniquement parce qu'elle ne pourrait pas bénéficier de son aide financière. Il sentait que, comme lui, elle avait espéré quelque chose de plus.

— Pas plus désolé que moi, répondit-il en retirant sa main de celle d'Arabella. Nous devrions rentrer pour que je puisse prendre congé.

— Oui, dit-elle, semblant aussi réticente que lui. Je vais apprendre tout ce que je peux auprès de mon père. Comment pourrai-je vous faire savoir que j'ai une information à partager avec vous ?

— Peut-être devrions-nous fixer l'heure et le lieu de notre prochaine réunion.

— Je pourrais retourner promener Biscuit dans le parc, suggéra-t-elle. Ou bien, je pourrais vous retrouver chez Phoebe.

Ce serait sans doute mieux chez Mlle Lennox, pour des raisons de bienséance. Cependant, Graham ne voulait pas que cette dernière pense qu'il s'intéressait à Mlle Stoke. Même si Mlle Lennox avait dit qu'elle ne souhaitait pas se marier, Graham nourrissait un petit espoir de la faire changer d'avis.

— Le parc, je pense. Tôt, comme la dernière fois, et au même endroit. Si nous disions mercredi matin, aurez-vous eu le temps de parler à votre père ?

Elle jeta un coup d'œil vers une fenêtre de la maison, peut-être celle de la chambre de son père.

— Je n'en suis pas sûre. Cela dépendra de son état, et, honnêtement, je ne vois pas comment je vais pouvoir m'y prendre sans le bouleverser.

Bien qu'il soit peiné de la voir s'inquiéter à ce sujet et qu'il n'ait aucune envie de causer de la peine à son père, il ne voyait pas d'autre solution.

— Je ne vous l'aurais pas demandé s'il y avait eu un autre moyen.

— Je comprends. Et je suis d'accord, c'est trop important.

Elle marqua une pause, jetant à nouveau un coup d'œil vers la maison.

— Peut-être dirai-je à mon père qu'un enquêteur nous a contactés.

— N'aurez-vous pas besoin d'inclure votre mère dans une telle ruse ?

— Je ne peux pas, pas sans révéler ce que nous faisons, et il ne faut pas qu'elle sache que vous êtes au courant de la vérité. Si mon père l'interroge au sujet de cet enquêteur, elle pensera qu'il divague. Ce qui lui arrive, malheureusement, dit-elle, et Graham vit le doute dans son regard. Il est possible qu'il ne soit pas en mesure de nous aider. Son esprit n'est pas toujours présent.

— Je suis vraiment désolé, mademoiselle Stoke, affirma-t-il, et il le pensait. J'ai perdu mon père l'année dernière, et c'était incroyablement difficile. Il me manque tous les jours.

Le regard d'Arabella s'adoucit, et elle leva sa main libre, mais la laissa retomber avant de le toucher.

— Je vous présente mes condoléances. J'ai l'impression que vous l'aimiez beaucoup.

— C'est vrai, répondit-il.

Il avait envie de la réconforter… et de se réconforter lui-même.

— Mais, écoutez-nous… nous sommes les personnes les plus désolées de Londres ! Nous n'avons pas le temps pour cela, affirma-t-il avec un sourire réconfortant. Je vais faire tout ce que je peux pour traquer Tibbord et récupérer notre argent.

La lumière et l'espoir réchauffèrent les traits d'Arabella qui lui sourit en retour.

— Ce serait merveilleux. Nous devrions rentrer. Je ne sais pas du tout ce que je vais dire à ma mère. Elle doit penser que vous m'avez fait une demande, ou que vous n'allez pas tarder, vu le temps que nous avons passé ici. Au lieu de cela, je dois lui dire que nous ne nous convenons pas.

— Ne faites pas ça, dit-il rapidement en regardant vers la maison. Pas encore. Il se peut que je doive à nouveau vous rendre visite ou danser avec vous. Ou que nous nous promenions… nous devons pouvoir échanger nos informations.

— Vous avez de bons arguments, dit-elle, et cette attitude charmeuse qu'il avait appris à anticiper chez elle se glissa dans ses yeux et dans sa voix. S'il *le faut*.

Graham rit doucement en la raccompagnant vers la maison.

Après une brève conversation avec Mme Stoke, au cours de laquelle elle lui donna la recette des biscuits au beurre copiée à la hâte, Graham prit congé. Alors qu'il reprenait les rênes de son cheval des mains du jeune garçon d'écurie, il s'émerveilla de la façon dont les Stoke avaient réussi à camoufler leur situation financière. Lui aussi, mais ils faisaient cela depuis bien plus longtemps que lui. Il se demanda si quelqu'un avait commencé à le remarquer. Il devait aider Mlle Stoke, c'était vital.

Peut-être que s'il parvenait à rétablir leur sécurité financière à tous les deux, il pourrait lui faire la cour. Il s'arrêta un instant avant de monter à cheval. Avait-il envie de lui faire la cour ?

Non. Il voulait d'abord s'habituer à son nouveau statut. Il n'avait pas le temps d'avoir une femme, aussi charmante que soit Mlle Stoke. Malheureusement, le moment était mal choisi, et il fallait qu'il garde cela à l'esprit. La relation entre lui et Mlle Stoke devait rester purement professionnelle.

Graham monta sur son cheval et prit la direction de Brixton Park. Les allers-retours deviendraient sans doute fastidieux, et il pouvait sûrement loger chez David, maintenant que Fanny et lui étaient retournés à Huntwell. L'endroit pourrait au moins lui servir de base pour ne pas avoir à retourner à Brixton Park avant de sortir chaque soir lorsqu'il avait des engagements. C'était une chose à envisager.

Pour le moment, il devait se rendre à Brixton Park, puis revenir en ville ce soir-là pour discuter avec Anthony. À bien y réfléchir, s'il pouvait trouver Anthony dès maintenant, il pourrait éviter un autre déplacement dans la soirée, puisqu'il n'avait pas d'obligations.

Un sentiment de lassitude l'envahit. Il n'avait jamais rien demandé de tout cela. Pourtant, quand il pensait à son père, Graham savait qu'il devait se battre. À la mort du fils du duc, il avait été ravi d'être nommé héritier présomptif. Leur branche de la famille allait enfin regagner son héritage.

Graham entendait encore la voix de son père : « Il ne s'agit pas du duché. Il s'agit de notre droit, en tant que Kinsley, de faire partie de la famille. Plus important encore, nous pouvons enfin revendiquer notre place à Brixton Park, que *mon* arrière-grand-père a construit. »

Oui, Graham devait se battre. Pour son père, la personne qui avait le plus compté au monde. Maintenant qu'il était seul, c'était tout ce qui lui restait.

Tu n'es pas obligé d'être seul.

La voix dans le coin de sa tête le harcelait comme un moucheron agaçant.

Non, il n'était pas obligé d'être seul, et, s'il ne parvenait pas à récupérer l'argent auprès de Tibbord, il ne pourrait pas se permettre de l'être. Il devait retrouver ce satané type. Et Graham le ferait payer pour avoir volé un vieil homme et avoir ruiné l'avenir d'une jeune femme.

CHAPITRE 6

*L*e lendemain, après le déjeuner, la mère d'Arabella emmena Biscuit se promener à Cavendish Square. Elle ne s'absenterait que peu de temps ; la jeune femme allait donc devoir faire vite.

Se rendant dans la chambre de son père, elle s'arma d'une assiette de biscuits au beurre, qui étaient rapidement devenus sa friandise préférée. C'était la seule chose qu'il avalait à coup sûr.

— Papa, je suis venue avec des biscuits, annonça-t-elle en entrant dans sa chambre obscure.

Les rideaux n'étaient qu'à moitié ouverts.

Il était assis dans son lit où il venait de retourner après avoir avalé un demi-bol de soupe au canard pour le déjeuner. Le journal était posé à côté de lui, plié.

— Qu'as-tu dit, ma chérie ?

Sa voix s'était affaiblie au cours des derniers mois. Arabella priait pour qu'elle retrouve sa force profonde lorsque sa santé s'améliorerait enfin. *Si* elle s'améliorait.

Non, elle refusait de penser ainsi.

— Je n'ai pas vraiment envie de voir Biscuit en ce moment.

Il parlait du chien qu'il trouvait pénible depuis qu'il était tombé malade. Biscuit pouvait se montrer surexcité lorsqu'il entrait dans sa chambre, sans doute parce qu'il lui manquait. Par conséquent, son père préférait qu'il reste dehors. C'était déconcertant, car Arabella était persuadée que l'animal pouvait améliorer son état. Il était impossible de ne pas sourire quand il posait sa tête sur vos genoux et qu'il laissait pendre sa langue pendant que vous le grattiez sous le menton.

— Pas Biscuit, papa. Une assiette de *biscuits au beurre.*

Arabella referma la porte et alla poser l'assiette sur la table à côté du lit. Une chaise était installée à côté, sa mère y passait une grande partie de son temps, et Arabella s'y asseyait pour lui faire la lecture.

Son père rit, et même si c'était un son ténu, il était merveilleux.

— Ceux-là, je suis ravi de les voir.

Arabella prit place sur la chaise.

— Maman est partie promener Biscuit. Mais je suis sûre que cela pourrait te faire du bien s'il venait te voir. Les chiens ont de mystérieuses qualités thérapeutiques.

Son père prit un biscuit et répondit par un grognement évasif.

Arabella regrettait d'avoir abordé le sujet du chien. Elle ne voulait pas partir du mauvais pied. Aujourd'hui, il était plus lucide que ces derniers jours, ce qui tombait à point nommé pour ce qu'elle devait faire. Il fallait qu'elle en profite pleinement.

Elle grimaça intérieurement. Elle ne voulait pas profiter de lui, mais elle ne pouvait pas s'empêcher de penser que c'était exactement ce qu'elle était en train de faire.

Non, tu le fais pour lui. Pour vous tous.

— Papa…

— Raconte-moi ta saison, ma chérie, commença-t-il en l'interrompant.

— Elle le laissa poursuivre.

— Ta mère m'a dit que le duc de Halstead était passé hier. Je suis navré de l'avoir manqué.

Son regard devint triste alors qu'il mangeait son biscuit. Heureusement, cette impression ne dura pas ; il semblait apprécier la pâtisserie.

— La saison se déroule bien, papa. Le duc est charmant, mais il n'est pas le seul gentleman à me montrer de l'intérêt.

Elle ne voulait pas qu'il se fasse de faux espoirs, surtout qu'elle n'avait pas d'avenir avec le duc.

Les sourcils de son père s'arquèrent brièvement.

— C'est vrai ? Qui d'autre t'a rendu visite ?

Soudain, elle eut l'impression de n'intéresser personne.

— Personne.

— Ah, eh bien, cela n'a aucune importance, du moment qu'il y a un duc ! Ce serait merveilleux si tu pouvais obtenir ses faveurs.

Il plissa les yeux et sourit.

— J'aimerais voir ce que Saint-Ives aurait à en dire, cette canaille !

C'était un sujet de conversation familier. Non, pas de conversation, parce qu'Arabella ne l'encourageait pas. Diatribe était une meilleure façon de décrire la situation.

— Ce n'est pas une canaille.

Il était simplement tombé amoureux de quelqu'un d'autre, et Arabella ne pouvait pas lui en vouloir pour cela.

Son père ricana.

— Il est pire que cela pour t'avoir abandonnée ! Son père doit se retourner dans sa tombe. Ce garçon a menti à son père sur son lit de mort ! s'exclama-t-il, secouant la tête. C'est impardonnable !

Arabella ne voyait pas l'intérêt d'essayer de défendre le comte auprès de son père. En outre, elle n'avait aucune envie de le perturber en ce moment, alors que la raison de sa visite suffirait amplement à le faire. Au lieu de cela, elle joua la carte du mépris à son tour.

— De toute façon, bon débarras, affirma-t-elle. Je ne peux pas dire que je l'aimais vraiment.

— Bien sûr que non, ma chérie. Tu as des goûts plus affûtés que cela.

Il lui fit un petit sourire et prit un autre biscuit.

Biscuit ! Sa mère n'allait pas tarder à revenir. Arabella n'avait pas un instant à perdre.

— Papa, j'ai rencontré un enquêteur à propos de... M. Tibbord.

Elle hésita brièvement avant de prononcer le nom de l'homme, le corps tendu alors qu'elle attendait la réaction de son père.

Il venait juste de prendre une bouchée de biscuit ; il se redressa pour cracher et tousser. Arabella se leva d'un bond et lui tapota le dos.

— Est-ce que tu vas bien ?

Elle s'en voulait d'avoir parlé précipitamment, sans faire attention au fait qu'il venait de manger un biscuit.

Il se calma et s'adossa.

— Un enquêteur ?

Elle hocha la tête et se rassit.

— Tibbord est un voleur, nous ne sommes pas les seuls qu'il a escroqués.

Elle songea à Halstead ; certes, *lui* n'avait pas été arnaqué, mais il était tout de même victime de la mauvaise conduite de cet homme.

— Bien sûr que non, dit son père. Qui a engagé l'enquêteur ?

— Je n'en suis pas certaine.

Elle détestait lui mentir, mais c'était nécessaire. C'était pour leur bien. Leur subsistance en dépendait.

— Mais nous pouvons aider si tu me racontes ce qui s'est passé.

Il secoua la tête.

— Je dois parler à l'enquêteur, pas à toi.

Elle avait prévu qu'il insisterait pour le rencontrer.

— Papa, ce n'est pas possible. Tu es trop malade. Maman ne le permettrait jamais.

C'était vrai.

Il plissa le front.

— Mais je suis le chef de cette famille.

— Certes, mais tu es aussi trop souffrant pour t'habiller, rétorqua-t-elle.

Elle s'avança sur sa chaise, serra ses mains l'une contre l'autre et le regarda d'un air suppliant.

— Tu dois te décharger d'une partie du fardeau. Je peux m'en charger. S'il te plaît.

Il garda le silence un long moment.

— Ce n'est pas normal.

Arabella retint son souffle. Le temps pressait avant que sa mère revienne.

Son père soupira.

— Si cela permet de punir Tibbord pour ce qu'il a fait, j'aiderai.

Intérieurement, une vague de soulagement l'envahit, et elle se détendit. Extérieurement, elle sourit.

— Merci, papa. L'enquêteur aimerait savoir comment Tibbord a réussi à te voler.

L'œil de son père tressaillit, et elle se sentit misérable d'avoir déterré cette histoire.

Il tourna les yeux vers la fenêtre.

— Il a gagné ma confiance. J'ai d'abord investi une petite somme, qui m'a rapporté un bon rendement : j'ai donc investi davantage. Tibbord en avait besoin pour rester dans le jeu. Si je ne lui donnais pas davantage, il allait trouver un autre volontaire et je perdais ma place. Quand j'ai perdu une grosse somme à la table de jeu, dit-il avec une grimace, j'ai investi davantage.

Tibbord s'était attaqué à un homme qui n'avait que peu de sens des affaires. Puis, lorsque son père s'était retrouvé en situation de détresse financière, il lui avait infligé le coup de grâce.

— Comment as-tu connu M. Tibbord ? demanda-t-elle d'une voix douce.

— J'ai entendu parler de lui dans un cercle de jeux... enfin, un établissement.

Il détourna le regard et croisa les mains sur ses genoux.

Arabella ne voyait pas quoi dire pour diminuer sa gêne. De plus, ce n'était pas à elle de soulager la conscience de son père. Elle lui avait peut-être pardonné d'avoir mis en péril leur bien-être avec ses jeux d'argent, mais elle n'oubliait pas si facilement.

— Je sais que tu fréquentais des établissements de jeux, papa. C'est le cas de la plupart des gentlemen. Comment as-tu rencontré M. Tibbord ? insista-t-elle, bien trop consciente du retour imminent de sa mère.

— Je ne l'ai pas rencontré, répondit-il, détournant le regard, et une légère rougeur remonta le long de son cou. J'ai mené toutes mes affaires par l'intermédiaire de son assistant.

L'entendre confirmer l'existence d'un intermédiaire n'était pas surprenant, mais pour elle c'était frustrant. Elle avait espéré que son père avait peut-être rencontré cet homme.

— Alors, comment as-tu entendu parler de Tibbord ?

— Tout le monde le connaissait au sein du cercle. Il était connu pour son habileté à gérer les investissements. Il était au courant de tous les derniers développements en matière de transport maritime et de construction. Les gentlemen avaient envie d'investir avec lui. Quand Osborne, son homme, s'adressait à vous, tout le monde vous regardait avec jalousie.

Ce ne pouvait plus être le cas, pas si la réputation de Tibbord était désormais celle d'un voleur.

— Cela a-t-il changé ? J'imagine que c'est le cas si quelqu'un enquête sur lui.

— Je ne suis pas le seul à avoir perdu beaucoup d'argent avec lui. Mais, bien sûr, nous sommes tous restés évasifs sur les détails.

Évidemment.

— Qui d'autre a perdu de l'argent à cause de lui ?

Son père pinça fermement les lèvres.

— Je ne te le dirai pas. Ce n'est pas à moi de révéler les secrets des autres.

Les aboiements de Biscuit leur parvinrent, et son père fronça les sourcils.

— Cela t'embêterait-il d'empêcher le chien d'entrer ?

— Maman ne le fera pas venir.

Arabella n'en avait pas encore fini avec ses questions, mais elle n'avait plus de temps. Se levant, elle demanda :

— Dans quel cercle as-tu fait la connaissance d'Osborne ?

— Au *Cerf Fougueux*, dit-il. À Covent Garden.

Le chien jappa de nouveau, et Arabella eut l'impression qu'ils se trouvaient dans le salon, juste à l'extérieur de la chambre à coucher. Elle regarda son père avec insistance.

— N'oublie pas : ne parle pas de cela à maman. Elle s'inquiéterait, et elle a déjà assez de soucis à se faire.

— Elle porte déjà un fardeau bien trop lourd, confirma-t-il, la voix triste et pleine de regrets.

Le cœur d'Arabella fondit. Elle s'avança à son chevet et lui prit la main.

— Les choses vont s'arranger. Peut-être que cet enquêteur pourra récupérer l'argent que tu as perdu.

Il lui adressa un sourire encourageant, mais qui n'atteignit pas ses yeux.

— Oui, ce serait bien, ma chérie, lui répondit-il, mais il ne pensait manifestement pas que c'était possible. Tu dois me tenir au courant de ce qui se passe. Promets-le-moi.

Il s'assit bien droit, le visage plus animé qu'elle ne l'avait vu depuis des semaines.

Elle lui serra la main.

— Oui, papa. Je le ferai.

Biscuit aboya à nouveau et Arabella sortit rapidement dans le salon, où sa mère était en train de confier le chien à Millie.

Elle tapota la tête de l'animal avant de se tourner vers sa fille.

— Tu étais avec ton père ?

— Je lui ai apporté des biscuits.

— Tu ne devrais pas l'épuiser. Il a besoin de se reposer.

Arabella n'était pas d'accord. Ce qu'il lui fallait, c'était de l'exercice. Cependant, cela ne valait pas la peine de se disputer avec sa mère.

Celle-ci entra dans la chambre à coucher et Arabella la suivit. Son père était sorti de son lit et se dirigeait vers sa penderie.

— Yardley, que fais-tu ? s'enquit Mariah, inquiète.

Je m'habille. J'aimerais sortir dans le jardin.

Alors qu'il disparaissait dans l'autre pièce, sa mère se tourna vers Arabella, les yeux écarquillés.

— Que s'est-il passé ?

Apparemment, elle lui avait donné une raison de se lever du lit. Arabella réfréna un sourire. Elle s'était tellement inquiétée de la façon dont la conversation avec Tibbord pouvait l'affecter négativement, qu'elle n'avait jamais imaginé qu'elle pourrait avoir l'effet inverse.

— Rien. Nous avons mangé des biscuits. Il les aime vraiment.

Mariah jeta un coup d'œil vers l'assiette sur le chevet. Il ne restait que deux biscuits, preuve qu'il en avait mangé plusieurs autres depuis qu'Arabella avait quitté la pièce. Elle réprima un autre sourire.

— Mariah, voudrais-tu bien m'aider ? appela son père.

— Bien sûr.

Tandis que sa mère s'empressait de le rejoindre, Arabella se retira dans le salon.

Les choses s'étaient passées bien mieux qu'elle ne l'avait espéré. Non seulement elle avait recueilli des informations essentielles, mais son père semblait stimulé par la venue d'un enquêteur. Dommage que cela ne soit pas la vérité.

Un sentiment de malaise envahit Arabella. Et si les investigations de Halstead n'aboutissaient à rien ? Et si rien ne changeait et qu'elle se retrouvait contrainte d'épouser un homme pour l'argent ? Pire encore, que se passerait-il si elle n'était pas en mesure de le faire ?

Un frisson glacial remonta le long de sa colonne vertébrale. Il ne fallait pas qu'elle pense de cette manière. L'enjeu était trop important. Elle serait de retour sur le marché du mariage le soir même. *Et* elle allait poursuivre Tibbord. Elle avait l'intention de les sauver à n'importe quel prix.

Avec l'aide de Halstead. Elle était impatiente de lui rapporter ce qu'elle avait appris : elle avait hâte d'être au lendemain.

❧

*S*iéger à la chambre des Lords était peut-être l'aspect le plus étrange de la nouvelle vie de Graham. Il était encore en train d'apprendre beaucoup de choses, mais l'importance et la responsabilité de la fonction de duc s'ancraient lentement, mais fermement dans son esprit. Il s'était tellement concentré sur ses problèmes financiers personnels qu'il n'avait pas accordé l'attention nécessaire à ses autres devoirs. Ce qui constituait une raison supplémentaire pour laquelle il devait résoudre ce problème une fois pour toutes.

Alors qu'il quittait une réunion de commission à Westminster, une voix inconnue l'appela. S'arrêtant, Graham se tourna et reconnut l'homme qui le cherchait.

— Lord Satterfield, c'est un plaisir de vous voir, dit-il.

Le comte devait avoir une soixantaine d'années, mais son visage était jeune en dépit de son crâne presque chauve. Ses yeux bruns se fixèrent sur ceux de Graham.

— Comment allez-vous ? Lady Satterfield m'a demandé de prendre de vos nouvelles, expliqua-t-il avec un sourire chaleureux. J'espère que cela ne vous dérange pas.

— Pas du tout, c'est très gentil de sa part. Tout se passe bien, merci.

Intérieurement, Graham rit à gorge déployée de ce mensonge flagrant. Il profita de l'occasion pour découvrir quelque chose sur Tibbord.

— Je me demandais si vous pourriez m'aider à faire quelque chose.

Il fit signe à Satterfield de le rejoindre sur le côté du vestibule.

— Je serais ravi de vous apporter mon aide dans la mesure du possible, dit Satterfield, le regard ouvert et enthousiaste.

Graham débuta par un autre mensonge.

— J'aide un ami à retrouver un homme peu recommandable, un gentleman du nom de Tibbord. Avez-vous entendu parler de lui ?

Les traits de Satterfield s'assombrirent.

— Je suis navré de vous dire que c'est le cas, si vous voulez parler du Tibbord qui est connu pour ses investissements douteux. Il a dépouillé un de mes amis l'année dernière. Heureusement, ce n'était pas trop grave, mais je crois savoir que d'autres n'ont pas eu cette chance.

— Vraiment ? Qu'avez-vous entendu ?

Le souffle de Graham se bloqua dans sa gorge alors qu'il attendait de savoir si Satterfield avait ouï quoi que ce soit qui puisse le présenter sous un jour défavorable sur le plan financier.

— Ce ne sont que des rumeurs. Je sais de source sûre qu'il a investi de l'argent pour mon ami, ou, du moins, qu'il a prétendu l'avoir fait. Qui sait à quoi il a réellement utilisé les fonds. Mon ami a touché un revenu pendant une courte période. Lorsqu'il a investi davantage, les choses ont commencé à changer. Ensuite, il a entendu des rumeurs selon lesquelles d'autres investisseurs avaient vécu la même chose. Puis Tibbord a disparu.

— Quand était-ce ? s'enquit Graham, espérant ne pas paraître trop impatient.

— À la fin de l'automne dernier, peut-être ? répondit Satterfield en secouant la tête. Je n'en suis pas tout à fait sûr. Je sais qu'il prenait pour cibles les gentlemen malchanceux aux tables de jeu. Vous pourriez vous renseigner dans quelques cercles. Je crois qu'il passait une grande partie de son temps à Covent Garden. Du moins, c'est là que mon ami le voyait toujours.

Graham était ravi d'en apprendre autant, mais il se demandait s'il n'y avait pas plus à glaner.

— Votre ami a-t-il rencontré Tibbord ? J'ai cru comprendre qu'il passait généralement par un intermédiaire.

— C'est également ce que j'ai compris. Je ne comprendrai jamais pourquoi quelqu'un consentirait à investir dans de telles circonstances, mais il est vrai que je ne me suis jamais trouvé en quête désespérée d'une manne financière.

Tout comme Graham l'était maintenant. Prendrait-il ce qui lui restait d'économies pour l'investir dans un tel projet s'il pensait pouvoir sauver Brixton Park ? Il ne le pensait pas, mais il avait l'avantage de savoir ce qui était arrivé aux victimes de Tibbord. Sans cette information, il aurait pu être suffisamment désespéré. C'était une pensée qui lui donnait à réfléchir et qui le déconcertait.

Satterfield le regarda avec curiosité.

— Vous cherchez Tibbord pour le compte d'un ami ?

— Oui, répondit Graham avec un petit sourire. Je crains qu'il me soit difficile de renoncer complètement à mon ancienne vie de secrétaire.

— Ah, c'est logique ! Vous êtes un bon ami, affirma Satterfield en hochant la tête d'un air approbateur. Allez-vous visiter quelques cercles à Covent Garden ?

Apparemment, il n'avait pas le choix. Alors qu'il semblait proche de trouver Tibbord, rechercher l'homme dans les cercles de jeux de Covent Garden semblait être une tâche colossale, surtout si on ne l'avait pas vu depuis des mois.

— Il est possible que je le fasse, répondit Graham. J'apprécie votre aide, Satterfield.

— C'est un plaisir pour moi. Serez-vous au club plus tard ? Kendal dispose d'une suite privée et nous nous y retrouvons souvent, si vous souhaitez vous joindre à nous.

— Merci. Je ne sais pas encore ce que je ferai ce soir, mais je passerai si je le peux.

En se rendant à Covent Garden, peut-être.

Après avoir pris congé de Lord Satterfield, il retourna à Brixton Park, l'esprit agité par tout ce qu'il avait appris. Si Tibbord s'attaquait aux hommes qui perdaient au jeu,

Graham devait déterminer où l'ancien duc avait joué ? Sans connaître son parent, il ne pouvait imaginer que l'homme avait fréquenté des cercles de jeux comme White ou Brooks.

Il mena son cheval à l'écurie, dans l'intention de parler au palefrenier en chef qui avait travaillé pour l'ancien duc. Dyster était un homme assez jeune, qui devait avoir un ou deux ans de moins que Graham. Avec sa chevelure d'un blond éclatant et son sourire de travers, il était d'une extrême gentillesse et excellait dans son travail. Ce qui était une très bonne chose puisque les employés de l'écurie se résumaient à lui, Lowell, le cocher et un garçon beaucoup plus jeune.

Dyster prit les rênes de la monture de Graham, le seul animal qu'il ne pourrait jamais se résoudre à vendre. Son père lui avait offert Uther six ans plus tôt, et il l'aimait autant qu'il avait aimé son chien, mort cinq ans auparavant.

— Bonjour, Votre Grâce, lui dit Dyster.

Graham descendit de cheval et caressa le cou d'Uther.

— Bonjour, Dyster. Prenez bien soin de lui pour moi.

— Toujours.

— Pourrais-je vous parler un instant ? s'enquit Graham.

— Bien sûr.

Le palefrenier inclina la tête vers le garçon d'écurie, qui s'avança pour prendre le cheval. Dyster se tourna alors vers Graham.

— Je suis à votre service.

— Que pouvez-vous me dire des habitudes de l'ancien duc en ce qui concerne ses déplacements en ville ?

L'autre homme fronça les sourcils.

— Je dirais qu'il se rendait en ville environ deux fois par semaine, surtout pour les affaires du Parlement, même s'il passait de temps en temps à son club, je crois.

Il croyait ? Graham insista pour obtenir plus d'informations.

— L'y conduisiez-vous ?

— Non. Il préférait que ce soit Rockley qui le conduise, mais il est parti après le décès de Sa Grâce.

— Rockley était le palefrenier en chef ? demanda Graham, et, voyant Dyster hocher la tête, il poursuivit. Savez-vous si Sa Grâce s'est déjà rendue à Covent Garden ? Plus précisément, fréquentait-elle les cercles de jeu ?

Dyster écarquilla brièvement les yeux.

— Je ne peux imaginer que Sa Grâce aurait pu faire une chose pareille. Cependant, il aimait faire des paris, il en faisait très souvent à son club. Je l'entendais parfois en discuter avec Rockley, expliqua Dyster avant de grimacer. Je vous demande pardon. Je n'aurais pas dû écouter.

— Je suis très heureux que vous l'ayez fait, le rassura Graham avec un sourire encourageant.

Ce n'était pas grand-chose, mais au moins, il savait que le duc avait aimé jouer. Il faudrait assurément qu'il se rende dans quelques cercles de jeux de Covent Garden, mais peut-être pas ce soir-là. Il n'était pas sûr d'avoir envie de retourner en ville, surtout qu'il devait y retrouver Mlle Stoke tôt le lendemain.

Graham remercia Dyster, puis rejoignit la maison, l'esprit rivé sur son rendez-vous matinal avec elle. Avait-elle appris quelque chose d'utile auprès de son père ? Graham l'espérait vivement.

En outre, il se réjouissait de la voir. Elle avait l'esprit vif et il appréciait sa volonté d'aider sa famille. Il ferait tout ce qui était en son pouvoir pour l'aider à éviter un mariage non désiré. En définitive, personne n'était mieux placé que lui pour l'aider dans cette entreprise, car il était tout aussi motivé pour éviter une union.

Son majordome, Hedge, l'accueillit lorsqu'il arriva. C'était un valet de pied qu'il avait promu lorsque l'ancien majordome, comme tant d'autres domestiques de Brixton Park, était parti à la mort du précédent duc. Il était jeune pour ce poste, du moins, dans l'esprit de Graham, mais il avait au moins cinq ans de plus que lui.

— Bonjour, Hedge.

— Bonjour, Votre Grâce. J'espère que vous avez passé une agréable journée en ville.

— C'est le cas, merci. Dites-moi, l'ancien duc passait-il beaucoup de temps à Londres ?

— Pas vraiment, pour autant que je sache, répondit Hedge, qui semblait réfléchir à la question. Il se rendait régulièrement à Westminster.

— Et qu'en était-il de ses divertissements ? Participait-il à de nombreuses activités sociales ? Il se rendait à son club ?

— Il me semble qu'il sortait au moins une fois par semaine. Je crains de ne pouvoir l'affirmer avec certitude ni de dire où il allait.

Graham lui tendit ses gants et son chapeau.

— Ne vous inquiétez pas. J'étais simplement curieux.

Hedge hocha la tête.

— J'ai déposé une pile de correspondance sur votre bureau.

— Parfait.

Graham grimpa à l'étage, dans le bureau qu'utilisait l'ancien duc. Situé à côté du salon menant à la chambre à coucher ducale, il complétait l'appartement de trois pièces où le duc passait apparemment une grande partie de son temps. Graham avait appris que le bureau avait été déplacé à l'étage pour faciliter la vie du duc qui souffrait d'arthrite et détestait les escaliers.

Pour l'instant, il ne prévoyait pas de le déménager au rez-de-chaussée. Il était bien trop concentré sur d'autres choses. D'ailleurs, pourquoi se donnerait-il tant de mal alors qu'il ne vivrait peut-être plus ici d'ici quelques mois ?

Arrête !

La voix de son père résonnait dans son esprit. Graham ne

pouvait pas se permettre d'avoir des pensées négatives. Les choses se dérouleraient comme elles le devraient.

Il se dirigea vers le bureau et passa les lettres en revue. La première provenait de la banque. Tout son corps se crispa à la lecture de la missive. Ils lui accordaient jusqu'à la fin du mois pour régler une somme considérable, faute de quoi ils le contraindraient à partir. Ce qu'ils étaient parfaitement en droit de faire, puisqu'ils détenaient l'acte de propriété. Le fait qu'ils n'aient pas encore pris possession du domaine témoignait de la foi qu'ils avaient envers l'ancien duc. Graham était à peu près certain qu'ils ne lui faisaient pas autant confiance.

Se passant la main sur le visage, il mit la lettre de côté et desserra sa cravate. Il allait peut-être *devoir* retourner en ville ce soir-là. Il ne pouvait pas se permettre de perdre de temps.

Oui, il allait s'y rendre, passer du temps à Covent Garden, puis il passerait la nuit dans la maison de David. Cela lui permettrait d'être près du parc pour son rendez-vous matinal avec Mlle Stoke.

Son corps frémit à l'idée de la revoir. Il se réprimanda mentalement. Peu importe ce qui avait jailli entre eux, il fallait l'oublier, comme tous les projets qu'il avait eus avant d'hériter de ce duché en faillite.

Graham prit la lettre suivante. Elle venait de Mlle Lennox. Son pouls s'emballa, mais pas de la même manière que pour Mlle Stoke.

Arrête !

Cette fois, cela venait de lui, et non de son père.

Il parcourut la note et fut heureux d'apprendre que Mlle Lennox souhaitait lui présenter une potentielle femme de tête. Il sourit en lisant les mots qu'elle avait employés. Il aimait ça. Sauf que, lorsqu'il y songeait, il pensait à Mlle Stoke. À une femme qui faisait fi des convenances et promenait le chien de sa mère, et qui faisait illusion devant toute la bonne société quand il était question de la santé financière de sa famille.

Arrête. Vraiment.

La femme de tête que Mlle Lennox voulait lui faire rencontrer était une veuve avec un jeune fils, un comte, qui avait besoin d'une figure paternelle pour le guider. Un comte… il y avait de fortes chances qu'elle soit riche.

Il poursuivit sa lecture. Oui, elle était « charmante, belle et riche, bien que légèrement excentrique ».

Elle avait l'air parfaite. Mais Mlle Lennox avait l'air parfaite, elle aussi, et elle ne l'était pas. Ou elle ne l'était pas encore. Graham se demandait encore s'il pourrait la faire changer d'avis au sujet du mariage. Il fallait qu'il passe plus de temps avec elle. Oui, ce serait une autre facette de son plan pour traquer Tibbord.

Mlle Lennox concluait sa lettre en l'invitant à rencontrer Lady Clifton vendredi. Il se rendrait évidemment à l'invitation. Il aurait ainsi la possibilité de courtiser deux femmes qui répondraient à ses besoins. Alors que Graham s'asseyait pour rédiger sa réponse, il repoussa la honte que lui inspirait son comportement de prédateur. Il ne faisait rien d'inhabituel, se disait-il. C'était ainsi que faisaient les gens qui participaient au marché du mariage. Du moins, c'était ce que faisaient la plupart d'entre eux.

Oh, il aurait tant voulu que ce ne soit pas nécessaire ! Mais c'était cela ou abandonner maintenant, et laisser la banque s'emparer de Brixton Park. Il sentit l'angoisse de son père lui broyer les os. Graham refusait d'abandonner.

Il rédigea une note à l'attention de Mlle Lennox, puis composa, plus lentement, une réponse à la banque, affirmant qu'il n'aurait aucun problème à respecter leur délai. Il ferait tout ce qui serait nécessaire : il fréquenterait les cercles de jeu, ferait la cour à des femmes riches et mariables, et il sacrifierait ses propres espoirs et désirs.

Le désir.

Ce mot fit surgir une vision de Mlle Stoke, et Graham dut se morigéner une troisième fois pour abandonner ces pensées futiles. Il ne pouvait pas la courtiser. Il ne pouvait même pas *envisager* de la courtiser. Et pourtant, il la verrait le lendemain, et il continuerait à la voir jusqu'à ce que ce désastre soit résolu.

Il espérait seulement que cela se terminerait comme ils le voulaient tous les deux, comme ils en avaient tous les deux *besoin*.

*A*rabella se rendit à l'endroit du parc où elle avait rencontré Halstead pour la première fois. Armée de friandises pour Biscuit, afin de l'attirer au cas où il s'enfuirait à nouveau, elle marchait rapidement et avec beaucoup d'impatience. Elle avait hâte de partager avec lui ce qu'elle avait appris.

Ou peut-être était-elle simplement impatiente de le voir faire de l'escrime. Ou les deux, et elle refusait d'en ressentir la moindre honte.

Si elle avait eu pour projet de s'approcher furtivement et de l'observer un instant, le jappement soudain de Biscuit, dès qu'il le vit, l'aurait anéanti. Halstead, qui pratiquait l'escrime, abaissa son épée et leur adressa un grand sourire en les voyant.

— Quelle bête féroce ! lança-t-il en regardant Biscuit, qui semblait bien content de le voir.

— En fait, c'est son aboiement joyeux, remarqua Arabella. Il vous aime bien, c'est certain.

Halstead rengaina son épée et l'appuya contre un arbre, puis s'accroupit pour caresser Biscuit, qui était plus qu'heureux de se faire gratter le menton. L'animal se laissa rapidement tomber sur le sol pour se faire caresser le ventre.

— C'est bien qu'il se souvienne de moi, mais, en réalité, les chiens ont une capacité étonnante à se rappeler les choses, et surtout les gens. Un vieil homme de Huntwell s'est occupé de mon chien un jour, alors que ce n'était qu'un chiot. Il s'était enfui après avoir été effrayé, cela ne faisait pas longtemps que je l'avais. Après cela, Zeus insistait pour que nous rendions régulièrement visite à cet homme. À sa mort, mon chien était très triste. D'ailleurs, lorsqu'il est tombé malade, il a semblé s'en rendre compte, et il est allé le voir le jour même.

— Zeus m'a l'air d'être un chien merveilleux. Je suppose qu'il n'est plus avec vous ?

Halstead cessa de caresser Biscuit, et il se redressa de toute sa hauteur.

— Cela fait un certain temps qu'il est mort, maintenant. Je l'ai eu quand je n'étais qu'un garçon. Nous avons vécu de nombreuses et merveilleuses aventures ensemble, avec David, expliqua-t-il, jetant un coup d'œil au loin. Saint-Ives, je veux dire.

Elle songea à cet instant gênant lorsqu'il lui avait rendu visite et que le nom de Saint-Ives était venu dans la conversation. Alors qu'elle regardait Halstead maintenant, et qu'elle voyait la gêne soudaine dans son expression, elle se dit qu'il y songeait aussi.

Peut-être devaient-ils aborder directement le sujet.

— Vous avez dit que vous avez été élevé avec Saint-Ives ? demanda-t-elle d'une voix douce.

— Nous étions aussi proches que des frères, en réalité, répondit-il avant de grimacer. Je suis terriblement désolé pour le tort qu'il vous a causé.

— Je n'ai pas été blessée. Je le connais à peine. De plus,

j'aurais détesté l'épouser s'il était amoureux d'une autre. Cela aurait été une situation terriblement tragique.

Elle avait de la chance de l'avoir évitée.

— Je suis heureux de l'apprendre. Il s'est senti vraiment très mal au sujet de toute cette histoire.

— Je le dirai à mon père, même s'il est probable qu'il ne lui pardonne jamais. Le précédent comte et lui étaient les meilleurs amis du monde, et mon père considère comme une trahison le fait que le comte actuel ne m'ait pas épousée.

Elle profita de l'occasion pour changer de conversation.

— En parlant de mon père, j'ai des nouvelles.

Il sourit, une lueur d'excitation dans le regard.

— J'espérais que vous diriez cela.

Lorsqu'il la regardait ainsi, elle avait des papillons dans le ventre, et son cœur battait la chamade.

Biscuit tira sur sa laisse, impatient d'aller explorer.

— Je vais attacher sa laisse à un arbre, dit Arabella.

— Permettez que je le fasse, proposa Halstead.

Elle lui tendit la laisse, sa main gantée effleurant celle du duc, nue. Il entraîna le chien vers un jeune arbre et s'accroupit pour attacher la laisse autour du tronc. Sous cet angle, il était impossible de ne pas admirer son postérieur.

Il se redressa et se retourna.

— Alors, votre père ?

Arabella se secoua pour ne pas le fixer, espérant qu'il ne l'avait pas vue faire.

— Oui. Il m'a été d'une grande aide. Il a dit avoir entendu parler de Tibbord dans un cercle de jeux à Covent Garden.

— J'ai appris la même chose auprès de Lord Satterfield, répondit Halstead, l'observant, un œil plissé. Je suppose qu'il ne vous a pas dit de quel cercle il s'agissait ?

— Le *Cerf Fougueux*.

Le visage du jeune homme exprima une telle joie qu'elle

ne put s'empêcher de sourire en réponse. Il avança d'un petit pas, comme s'il voulait faire quelque chose, mais il s'arrêta.

— Fantastique ! J'ai visité quelques cercles à Covent Garden hier soir, mais pas le *Cerf Fougueux*, et je n'ai rien appris. Personne n'avait entendu parler de Tibbord, ou du moins, personne ne voulait l'admettre.

— Ce n'était même pas Tibbord, déclara-t-elle. Mon père m'a confirmé qu'il passait par un intermédiaire, un homme du nom d'Osborne.

— Bon sang ! Votre père s'est montré sacrément utile ! s'exclama-t-il, avant de lui lancer un regard d'excuse. Je ne voulais pas dire cela devant vous. Je me suis laissé emporter par mon enthousiasme.

— Je comprends. J'étais tellement impatiente de tout vous raconter que j'ai eu du mal à attendre jusqu'à ce matin.

Le regard de la jeune femme se posa sur le sien, et l'air autour d'eux sembla se figer tandis qu'une compréhension mutuelle s'épanouissait entre eux. Un lien s'établit, puis, tout aussi rapidement, ils comprirent qu'il ne pourrait jamais se renforcer ou mener à quoi que ce soit.

Il toussa et détourna le regard vers Biscuit, occupé à renifler chaque centimètre carré du sol qu'il pouvait atteindre.

— Avez-vous appris autre chose ?

— Oui, il a dit que les investissements étaient plus modestes au début et qu'ils se sont très bien déroulés. Tant et si bien qu'il était impatient d'en faire d'autres, et qu'il devait le faire pour « rester dans le jeu ». C'est à ce moment-là que les investissements ont commencé à mal tourner et que mon père a connu ses premières grosses pertes d'argent.

— Cela correspond à ce que Satterfield m'a dit : il connaît des gentlemen qui ont perdu de l'argent. Satterfield a également confirmé l'existence d'un intermédiaire, expliqua-t-il, inclinant la tête sur le côté. Je suppose que votre père ne vous a pas décrit Osborne ?

Elle aurait dû le lui demander, mais elle avait ensuite manqué de temps lorsque sa mère était revenue après avoir promené Biscuit.

— Non, mais je vais le découvrir.

— Cela me serait très utile pour ma prochaine incursion à Covent Garden.

Elle sentit une vague de jalousie l'envahir. Elle aurait aimé pouvoir se rendre dans les cercles de jeux de Covent Garden et participer à l'enquête. Parfois, être une femme était vraiment horrible. Ou, en tout cas, une femme célibataire. Elle se demandait si Phoebe ou Jane ignoreraient les convenances et iraient. Tout à coup, c'était d'elles qu'elle était jalouse.

Elle se concentra à nouveau sur l'affaire en cours.

— Quand prévoyez-vous d'y aller ?

— Ce soir. J'ai des projets avec Lord Ripley et Lord Colton.

— Ripley ? Je suis surprise que vous le fréquentiez.

— Je ne le connais pas très bien. En fait, je connais à peine Colton, mais c'est un ami de David.

— Il grimaça et s'excusa à nouveau.

— Si vous vous excusez auprès de moi chaque fois que vous mentionnez le nom de Saint-Ives, cela va vite devenir ennuyeux. Manifestement, c'est l'un de vos amis les plus chers, et je ne vous le reproche pas.

De plus, ce n'était pas comme si leur association devait durer éternellement. Il était probable qu'elle ne tiendrait même pas la saison.

— Vous avez raison. Je vais m'efforcer de remédier à cette absurdité, promit-il en inclinant la tête, lui adressant un petit sourire charmeur. Comme je le disais, Colton est un ami de David et la femme de ce dernier est une amie proche de la femme de Colton.

— Lady Ware, dit Arabella.

Elle la connaissait vaguement, et bien sûr elle avait

rencontré brièvement Lady Saint-Ives l'année précédente lorsqu'elles cherchaient toutes les deux à gagner les faveurs de Saint-Ives lors d'une des courses de Lord Ware.

Halstead acquiesça.

— David ayant quitté la ville, il voulait s'assurer que j'avais quelqu'un qui me guiderait en cas de besoin.

— Et il a recommandé Colton ? Il est en train de se faire rapidement une réputation de séducteur, surtout depuis qu'il cabriole avec Ripley.

Il éclata de rire.

— Ils cabriolent ? Je n'ai nullement l'intention de *cabrioler* avec eux. Nous allons visiter quelques cercles, notamment le *Cerf Fougueux*, et j'espère retrouver cet Osborne.

— J'aurais aimé pouvoir venir avec vous.

Arabella n'avait pas eu l'intention de le dire à haute voix, mais les mots lui avaient échappé avant qu'elle puisse s'en empêcher.

Il haussa les sourcils.

— Pourquoi diable voudriez-vous faire cela ?

— Cela semble passionnant. Je ne fais jamais rien d'excitant.

À l'exception de ceci. Se déguiser en domestique pour promener le chien de sa mère, afin de rencontrer le duc de Halstead dans le parc au petit matin, était la chose la plus excitante qu'elle ait jamais faite.

Il l'étudia un instant.

— Apprendre à faire de l'escrime serait-il passionnant ?

Un frisson parcourut Arabella.

— Je pense que oui.

Surtout s'il était l'instructeur.

— Alors, permettez-moi de vous apprendre à faire de l'escrime, lui proposa-t-il, allant chercher son épée qu'il dégaina, lui faisant fendre l'air. Une leçon introductive, en quelque sorte.

C'était scandaleux et merveilleux, et jamais elle n'avait davantage désiré faire quoi que ce soit. Elle redressa les épaules.

— Dites-moi ce qu'il faut faire.

— Pour commencer, prenez l'épée. Elle n'est pas trop lourde. En tout cas, elle ne devrait pas l'être, lui dit-il en lui tendant l'arme.

Elle enroula la main autour de la poignée et la souleva pour en tester le poids.

— Non, elle n'est pas lourde.

Il lui adressa un sourire qui contenait une pointe d'arrogance.

— Attendez de l'avoir maniée quelques minutes.

Puis il lui décocha un clin d'œil, et elle craignit de se fondre en une flaque. Elle concentra son attention sur l'épée.

— Qu'allez-vous m'apprendre ?

— La bonne posture, pour commencer, annonça-t-il en se déplaçant derrière elle. Puis-je vous toucher ?

La respiration d'Arabella se bloqua dans sa poitrine, et les battements de son cœur s'accélèrent.

— Oui.

Sa voix était plus haut perchée qu'à son habitude, et elle pria pour qu'il ne le remarque pas.

Il lui toucha légèrement l'épaule.

— Relâchez vos épaules et détendez vos muscles. Si vous êtes tendue, votre précision en souffrira.

Elle fit de son mieux pour évacuer la tension de son corps, mais il lui était très difficile d'être parfaitement à l'aise lorsqu'il était si près d'elle.

— Je vois que vous êtes droitière, remarqua-t-il. Parce que lorsque je vous ai tendu l'épée, c'est la main que vous avez utilisée pour l'attraper.

— Vous êtes très perspicace.

Il ne répondit pas à son commentaire, mais poursuivit ses instructions.

— C'est votre bras droit qui sera armé, il faut donc que vous avanciez le pied du même côté.

Elle s'exécuta et il continua.

— Placez votre pied arrière à un angle de quatre-vingt-dix degrés par rapport à votre pied avant.

Elle ajusta son pied arrière.

— Quelle doit être la distance entre les deux ?

Il fit un pas de côté pour pouvoir voir le visage d'Arabella, et elle tourna la tête pour le regarder.

— Pour ma part, je les espace d'un peu moins d'un mètre, mais cela dépend de votre taille ou de la longueur de vos jambes, en réalité. Quelle est la longueur de vos jambes ?

C'était à la fois une question anodine et un détail incroyablement intime à partager. Les hommes n'étaient pas censés voir les jambes d'une lady, et encore moins en parler. Il dut s'en rendre compte, car il ajouta vite :

— Oubliez cela. Elles sont plus courtes que les miennes, donc je dirais environ soixante-dix centimètres. Ensuite, vous allez plier les genoux pour pouvoir vous déplacer rapidement.

Elle positionna ses pieds comme il le lui avait demandé, puis elle plia les genoux.

— Et l'épée ?

— Tenez-la à quarante-cinq degrés par rapport à votre corps.

Il lui prit le poignet, puis il plaça son bras selon l'angle approprié.

— Comme ceci.

Halstead rapprocha son corps de celui d'Arabella pour lui montrer quoi faire. Son parfum de bois de santal et d'épices l'enveloppa. Elle avait envie de fermer les yeux et d'inspirer profondément, de s'imprégner de son toucher et de son parfum.

Mais elle n'en fit rien. Elle fixa l'épée du regard et tâcha d'ignorer la réaction de son corps face à sa proximité et à l'attention qu'il lui portait.

— Maintenant, en avançant, vous dirigez avec le pied avant, et le pied arrière suit.

Il parlait doucement près de son oreille, et elle devait maintenant faire face au son de sa voix en plus du reste.

— Quand dois-je bouger ?

— Quand vous vous fendez.

— N'est-ce pas une attaque ?

Elle ne connaissait pratiquement rien à l'escrime, mais elle savait cela.

— Oui. L'escrime est un enchaînement d'attaques, de défenses et de contre-attaques.

— Faites-vous de l'escrime chez Angelo ? s'enquit-elle.

— Oui.

Elle aurait aimé pouvoir l'observer là-bas, mais elle ne le dit pas. C'était une chose de lui dire qu'elle ne faisait jamais rien d'excitant et c'en était une autre de lui dire que le regarder l'excitait. *Doux Jésus !* Voilà qui commençait à devenir problématique. Elle avait déjà été attirée par un autre homme de cette manière, et les choses n'avaient pas bien tourné. Il avait quitté le pays, l'abandonnant avec le cœur brisé. Elle ne pouvait pas à nouveau s'engager dans cette voie.

Comme Halstead l'avait prédit, elle se rendit compte que tenir l'épée en l'air pendant une longue période nécessiterait de l'entraînement, car elle semblait déjà plus lourde que lorsqu'elle la lui avait prise. Baissant le bras, elle s'éloigna.

— C'était une excellente leçon introductive, dit-elle en lui tendant l'épée.

Il secoua la tête.

— Si c'est votre tentative de fente, elle est atroce !

— Ce n'en est pas une. Je pensais que nous avions terminé.

Elle voulait en avoir fini. Non, elle avait *besoin* d'en avoir fini. Passer du temps avec lui dans ces conditions n'était pas dans son intérêt.

— Je n'en avais pas terminé, mais peut-être que vous, oui. Je pensais vous montrer comment vous fendre.

Halstead semblait un peu déçu, et Arabella détestait cette idée. Sans doute parce qu'elle était déçue, elle aussi. Ou triste. Ou frustrée. Ou en colère contre les circonstances. Elle décida que c'était tout cela à la fois.

Se détournant pour faire quelques pas, elle adopta la posture qu'il lui avait montrée, tenant l'épée selon l'angle approprié. Elle parla en s'avançant, tendant le bras, ce qu'il ne lui avait pas dit de faire, mais qui lui semblait naturel.

— Comme ceci ?

Elle orienta sa fente vers lui, avec beaucoup de distance à parcourir, et il écarquilla brièvement les yeux avant qu'ils s'illuminent de satisfaction.

— Oui, comme ça. Et je ne vous ai même pas montré comment plonger l'épée.

Oh ! Elle avait bien envie qu'il lui montre, mais pas avec *cette* épée. Mon Dieu ! Elle n'était qu'une dévergondée à l'esprit *très mal* placé.

Elle lui rendit l'arme.

— C'est assez pour aujourd'hui.

Il prit l'épée qu'il pointa vers le bas.

— Cela signifie-t-il que je pourrai vous donner une autre leçon un jour ?

— Qui peut le dire ? Cela dépendra de nos interactions futures.

Ils devraient s'en tenir à Tibbord. Ils n'avaient aucune

autre raison de s'associer, et elle ferait aussi bien de s'en souvenir.

— Où dois-je envoyer la description d'Osborne ? demanda-t-elle.

Il ramassa son fourreau et rengaina l'épée.

— À Brixton Park, répondit-il avant de secouer la tête. Non, ce sera trop compliqué d'y envoyer l'un de vos domestiques. Qu'il l'apporte à Colton.

— Quelle est son adresse ?

— Il a des chambres à l'Albany.

— Je l'enverrai là-bas, alors. Je meurs d'envie de savoir comment évolueront les choses.

Elle avait envie de lui suggérer de se revoir le lendemain, même si elle savait que, plus elle passait de temps avec lui, plus elle courait le risque de répéter ce qui s'était passé avec Miles. Ou pas. Elle ignorait si Halstead était aussi attiré par elle qu'elle l'était par lui. Et mieux valait qu'elle ne l'apprenne jamais.

Il réfléchit un instant, basculant brièvement la tête sur le côté.

— Je vais rendre visite à Mlle Lennox vendredi. Peut-être pourrions-nous nous rencontrer à ce moment-là ? Soit chez elle, soit « par hasard » dans la rue.

Il lui adressa un sourire rusé et chaleureux.

Elle ressentit une absurde envie de pleurer, car elle était horriblement jalouse qu'il rende visite à Phoebe. À la place, elle lui rendit un sourire pincé.

— Je ne manquerai pas de passer.

— Parfait. Cette entrevue a été des plus favorables. Tenez ça.

Il lui tendit l'épée, puis alla détacher la laisse de Biscuit du tronc de l'arbre.

Arabella détourna son regard de son derrière tandis que la chaleur de la poignée de l'épée, venant de sa main nue, s'infiltrait dans son gant. Il se releva, Biscuit à sa suite, et ils firent l'échange, l'épée contre la laisse.

— Je vous verrai vendredi, alors, dit-elle.

Il inclina la tête vers elle d'un air amusé.

— J'ai hâte.

Pourquoi avait-il fallu qu'il dise cela ? Elle hocha la tête, puis elle se retourna et partit avant de dire quelque chose d'aussi stupide que : « Pas autant que moi ! »

Seulement elle avait vraiment hâte, elle aussi. Beaucoup, beaucoup trop.

~

*A*vant de quitter la ville à la suite de son rendez-vous avec Mlle Stoke, Graham s'était arrêté à l'Albany pour faire savoir à Colton qu'un message lui serait délivré plus tard dans la journée. Cependant, Colton ne recevait pas de visite. Son valet avait informé Graham qu'il était indisposé, ce à quoi il aurait dû s'attendre au vu de l'heure matinale. Malgré cela, il se souvint de la remarque de Mlle Stoke sur la réputation du vicomte.

On disait qu'il pleurait la mort de ses parents, ce que Lady Ware lui avait également dit. Aux yeux de Graham, c'était logique. Il connaissait encore des moments d'intense tristesse à cause de la mort de son père. Il pourrait peut-être bénéficier du soutien de quelqu'un qui venait de perdre un parent.

Graham était impatient de retrouver Colton et Ripley. Ils avaient prévu de se voir au *Cerf Fougueux*, sur la suggestion de Graham. Il leur avait envoyé des messages après avoir rencontré Mlle Stoke. Il arriva quelques minutes en avance et se posta à une table non loin de la porte pour que Colton et Ripley puissent le voir facilement.

— Que puis-je vous apporter à boire ? demanda une servante.

Petite, avec des cheveux châtain foncé et de grands yeux couleur cognac, elle était séduisante. Et si la façon dont son regard se posait sur lui et descendait jusqu'à ses genoux signifiait quelque chose, c'était qu'elle le trouvait également attirant.

Non pas qu'il en résulterait quoi que ce soit.

Pourquoi pas ? Elle était précisément le type de femme avec qui il aurait couché dans le Huntingdonshire. De plus, il s'était senti déstabilisé toute la journée. Depuis qu'il avait vu Mlle Stoke.

À condition que le terme *déstabilisé* soit synonyme d'excitation. Et, dans le cas présent, c'était vrai.

La voir était déjà très agréable en soi, mais il avait ensuite dû la toucher, et lui apprendre les rudiments de l'escrime pour assouvir son désir d'excitation. Oh ! Comme il mourait d'envie de l'assouvir d'une autre manière, bien plus *excitante* !

La servante le ramena au présent.

— Monsieur ? Souhaitez-vous une boisson ou non ? Ou autre chose ?

Elle lui adressa un clin d'œil suggestif et releva une hanche.

— Une bière, merci. Apportez-en trois. J'attends des amis.

Avant qu'il n'ait pu décourager ses espoirs pour plus tard, Ripley et Colton arrivèrent à sa table.

— Bonsoir, Halstead, dit le premier en s'asseyant.

Il posa un regard appréciateur sur la servante.

— Je me demandais pourquoi tu avais choisi cet établissement, mais maintenant, je comprends. Excellente sélection.

Il adressa à la jeune femme un sourire provocateur.

La servante se lécha la lèvre inférieure en lui retournant son regard.

— Je serai ravie de vous divertir tous les trois, si vous le souhaitez.

Ripley lui prit la main et la porta à ses lèvres pour y déposer un bref baiser.

— Ce n'est pas ce que je préfère, ma jolie. Cependant, si *vous* avez deux amies, faites-le-moi savoir.

Elle laissa échapper un petit rire guttural.

— Je vais voir ce que je peux faire. Je reviens tout de suite avec vos bières.

Elle leva une épaule et jeta à Graham un regard d'excuse avant de se retirer.

— Mince ! T'aurais-je volé ton plaisir ? s'enquit Ripley. Cela n'a jamais été mon intention. Je te la laisse.

— Non, ça ira, fais comme bon te semble. Nous n'avons conclu aucun arrangement.

Ripley s'installa dans son fauteuil.

— Parfait.

— Voici ta lettre, dit Colton en sortant de son manteau la missive de Mlle Stoke qu'il tendit à Graham.

Ripley haussa ses sourcils sombres en regardant Colton.

— Depuis quand es-tu devenu son majordome ?

— Depuis qu'il s'est arrangé pour recevoir ceci à mon appartement. Il est d'ailleurs passé à une heure indue pour me prévenir. Je venais à peine d'arriver à la maison.

— Ce fut une longue soirée, constata Ripley avec un petit rire satisfait.

Graham écouta leur conversation pendant qu'il ouvrait la lettre, puis les oublia rapidement.

Cher duc de Halstead,

J'ai pu recueillir la description d'Osborne. Il a une tren-taine d'années, il est exceptionnellement grand, avec un menton et un nez pointus. Ses cheveux sont foncés, avec du gris sur les tempes. Il s'habille sobrement, toujours en gris et

noir, et porte une canne avec un corbeau en guise de
pommeau.

J'espère que cela vous aidera et j'attends avec impatience
votre rapport.

Bien à vous,
Mlle Stoke

Bien à vous. Oh ! Comme il aurait aimé que cela soit vrai !
Bon sang ! Il était plus qu'excité. Peut-être devrait-il finalement se tourner vers la servante.

— De qui est-ce ? s'enquit Ripley.

— Personne.

Graham plia le parchemin et plaça la lettre dans son
manteau, où elle le réchauffa à travers son gilet et sa chemise.
Quelle idée ridicule !

— J'en doute, insista Ripley, les sourcils de nouveau froncés. Tu as fait en sorte que ce soit envoyé chez Colton plutôt
qu'à Brixton Park. Pourquoi ferais-tu une chose pareille ?

Graham se hérissa.

— Parce que j'avais besoin de ces informations ce soir et
que je ne voulais pas perdre de temps à les faire délivrer à
Brixton. Cela satisfait-il ta curiosité ?

— Non. Je t'ai demandé de qui cela venait, et « personne »
n'est pas une réponse exacte.

Ripley lui opposa un regard similaire, et Graham eut le
sentiment qu'il ne se laissait pas facilement intimider.

Eh bien, lui non plus. Il se pencha légèrement en avant et
fixa Ripley du regard de l'autre côté de la table.

— Permets-moi de me montrer plus précis. Cela ne te
regarde pas.

Colton, assis à la gauche de Graham, intervint.

— Maintenant, mesdames, pourriez-vous ranger vos
griffes ?

Ripley se détendit et rit.

— J'essayais simplement d'énerver Halstead, et j'y suis parvenu, expliqua-t-il avec un clin d'œil à Graham. Mes excuses. Comme la plupart des gens te le diront, je suis un véritable con.

Graham jeta un coup d'œil à Colton, qui hocha la tête.

— C'est vrai. Mais il est divertissant à souhait. Je suis heureux que tu aies pris des dispositions pour que nous nous rencontrions ce soir. Il te faut une introduction en bonne et due forme à la ville de Londres. Il m'est apparu que ton ami Saint-Ives, comme tous ses amis, est marié et ennuyeux. C'est une bonne chose qu'ils aient quitté la ville, ainsi tu ne seras pas happé par leur vie domestique.

La servante apporta leurs bières et les déposa sur la table en fixant Ripley, ses yeux sombres pleins de promesses et son corps se balançant avec impatience. Celui-ci prit sa chope et la leva vers elle, les yeux pétillants. Graham craignait que la femme de chambre ne se pâme.

Lorsqu'elle fut partie, il prit sa chope et haussa un sourcil en direction de Ripley.

— Je ne crois pas que les femmes se soucient de savoir si tu es un con.

Colton ricana.

— Elles s'en moquent *totalement*. Il pourrait les jeter d'un véhicule en marche qu'elles réapparaîtraient sur le pas de sa porte. C'est dégoûtant.

Ripley cligna des yeux, faussement choqué.

— Tu exagères, et pas d'une belle manière. Jamais je ne jetterais une femme de mon véhicule, en mouvement ou non.

— Évidemment que non, confirma Colton en riant. Pardonne-moi.

Ripley but une gorgée de bière.

— Tu commences à me faire de la concurrence, à la fois en tant que con, et en tant que séducteur.

Colton haussa les épaules.

— Apparemment, tu es un véritable modèle de héros.

Il but une grande gorgée de sa chope, puis la reposa avec un claquement. Il tourna la tête vers Graham.

— Pourquoi sommes-nous ici au *Cerf Fougueux* ?

Graham avait concocté une histoire à leur raconter qui, il l'espérait, satisferait leur curiosité sans dévoiler ses déboires financiers. Cependant, il était légèrement inquiet au sujet de Ripley, étant donné la façon dont il l'avait interrogé au sujet de la lettre et de l'identité de son auteur.

— Je suis à la recherche d'un homme appelé Osborne. Il a fait un investissement au nom de l'ancien duc et il n'y a pas eu de retour. J'ai l'intention de le retrouver et d'exiger le remboursement de l'investissement ou des intérêts qui me sont dus.

Colton, qui portait sa chope à sa bouche, s'arrêta, le bras levé.

— Tu as l'intention de le trouver dans un cercle de jeux ? C'est un drôle d'endroit où chercher un homme qui fait des investissements.

— C'est ici qu'il opère, expliqua Graham. Il s'en prend aux hommes qui perdent aux tables.

— Alors Rip n'a jamais entendu parler de lui, déclara Colton en souriant avant de boire une gorgée.

Graham reporta son attention sur le marquis.

— Je suppose que tu ne perds pas ?

Ripley leva une épaule.

— Ce n'est pas dans mes habitudes.

— Ah ! En fait, il ne perd jamais. Maintenant, il joue les timides, constata Colton, levant les yeux au ciel.

— J'ai récemment décidé de ne plus jouer, dit Ripley, l'air déçu.

— Parce que certains hommes refuseront de participer s'il le fait, expliqua Colton.

Ripley ignora le commentaire et plissa les yeux en direction de Graham.

— Cela a-t-il un rapport avec Tibbord ?

Graham hocha la tête.

— Oui. Osborne est l'intermédiaire de Tibbord.

— Lorsque tu nous as interrogés à son sujet l'autre jour, intervint Colton, je t'ai dit que c'était un escroc, et tu as fait comme si tu ne le savais pas. Tu as prétendu que tu avais simplement entendu son nom.

La curiosité dans le ton de Colton était évidente, de même qu'une pointe de scepticisme.

— Pardonne-moi, dit Graham. J'essayais de rassembler des informations, et je ne voulais pas divulguer mes soupçons au moment. Je soupçonne Tibbord d'avoir fait de mauvais investissements ou, et c'est ce que je crois vraiment, de ne pas faire d'investissements du tout.

— Ta réticence est compréhensible, nous nous connaissons à peine, dit Ripley en se levant brusquement. Excusez-moi un moment ?

Il but une gorgée de bière, puis se faufila jusqu'à l'arrière de l'établissement.

Graham observa le marquis qui s'entretenait avec la servante, puis ils disparurent derrière une porte. Tournant la tête vers Colton, il demanda :

— Ripley vient-il de partir pour aller coucher avec cette domestique ?

Colton éclata de rire.

— Probablement. Il l'a déjà fait. Une ou deux fois.

— Bon sang ! Mais comment fait-il pour ne pas attraper toutes les maladies ?

— Les redingotes anglaises ![1] s'exclama Colton sans hésiter. Il ne jure que par elles. Je ne peux pas dire que je me sois déjà donné la peine d'y penser, mais je devrais probablement commencer si je veux le suivre.

— Est-ce ton intention ? demanda Graham, avant de boire une gorgée de sa bière.

— Pas vraiment, affirma Colton, les yeux brillants. Mon intention est de m'amuser et de vivre chaque moment de plaisir que je peux trouver.

Il le dit avec une telle ferveur que Graham ne put s'empêcher de ressentir sa passion.

— La vie est très différente après la perte d'un être cher, dit-il avec douceur. Tu ne crois pas ?

— Bien sûr que oui, répondit Colton froidement, et Graham craignit d'avoir dépassé les bornes.

— Je ne voulais pas te faire de peine. J'ai perdu mon père l'année dernière. Nous étions très proches. Cela a été difficile. Je voulais simplement t'offrir mon soutien… et mes condoléances.

— J'apprécie, mais je n'ai besoin ni de l'un ni de l'autre.

Il termina sa bière et fit signe à une autre servante d'en apporter une deuxième.

Un instant plus tard, elle apporta deux nouvelles chopes sur la table et récupéra les autres, même si Graham n'avait pas tout à fait terminé la sienne.

— Pourquoi ne s'est-elle pas arrêtée pour flirter ? s'enquit Graham, cherchant à détendre l'atmosphère après l'avoir involontairement assombrie.

— Parce que Ripley n'est pas là ! suggéra Colton en riant. Elle a vraisemblablement trop de travail, car l'une de ses compagnes de travail est actuellement occupée.

Graham dégusta sa bière en se demandant s'il pourrait suivre Colton et Ripley. Leur vie n'était pas la sienne, et il ne pensait pas non plus vouloir qu'elle le soit. Que *voulait-il* faire de sa vie ?

C'était une question à laquelle il n'avait pas réfléchi. Il n'avait pas eu de temps pour cela. Dès qu'il était devenu duc, l'apprentissage de son nouveau rôle l'avait submergé.

La vie qu'il aurait pu désirer ou espérer n'avait plus existé.

Il n'avait jamais rêvé plus que ce qu'il avait eu. En fait, il avait été très heureux d'être secrétaire et de gérer Huntwell. Cependant, à présent qu'il avait la chance de gérer un magnifique domaine comme Brixton Park et une propriété ancestrale qui avait besoin d'une rénovation complète, il était plein d'énergie. Oui, c'était la vie qu'il voulait : être un duc qui travaillait pour améliorer ce qu'il avait pour les générations futures.

Vraiment ? Jamais il n'avait songé aux générations futures, sauf en ce qui concernait Saint-Ives. Il avait géré Huntwell pour David, ses enfants, et les enfants de ses enfants. Mais maintenant, il pouvait le faire pour lui-même.

Cette idée lui procura un frisson d'anticipation. Aussitôt tempéré par une grande inquiétude. Comment pourrait-il le faire s'il était en faillite ?

Se renfrognant, il but une longue gorgée de sa chope.

— Tu sembles plutôt contrarié tout à coup, remarqua Colton. Qu'y a-t-il ?

Heureusement, Graham n'eut pas à répondre, car Ripley revint à cet instant.

— C'était rapide, dit Colton d'un air amusé.

Ripley répondit aussitôt.

— On ne peut mesurer la satisfaction à l'aune de la vitesse. Cependant, je n'étais pas en train de donner du plaisir à la jolie servante. Je lui ai posé des questions au sujet de Tibbord et Osborne, et elle m'a emmené discuter avec le propriétaire du cercle.

Graham contint son enthousiasme. Difficilement.

— Qu'as-tu appris ? demanda-t-il, espérant avoir l'air calme et concentré plutôt que désespéré.

— Ils pourraient ou non être ce que tu soupçonnes ; il n'a pas voulu le confirmer. Il a dit qu'ils avaient quitté Londres pendant un certain temps, mais qu'apparemment, ils sont revenus récemment, annonça Ripley. On dirait que c'est ton soir de chance.

— C'est-à-dire ?

Graham regarda autour de lui, se demandant s'ils étaient là.

— Ils ne sont pas là, si c'est ce que tu espérais ; navré de te décevoir. Mais je crois que je peux faire en sorte que tu les rencontres. Apparemment, ils ont été vus à un bal cyprien, l'autre soir.

— Ils… Osborne *et* Tibbord ? s'enquit Graham. En général, on ne voit pas Tibbord.

— Je n'ai pas demandé de précisions. Je suis parti du principe qu'il parlait des deux, mais je peux me tromper. Quoi qu'il en soit, je serais heureux d'accueillir une soirée cyprienne chez moi, et je veillerai à ce qu'il y assiste. Nous aurons des jeux d'argent pour agrémenter le tout, puisque Tibbord s'en prend à ceux qui perdent aux tables.

Graham ne put masquer sa surprise.

— Tu ferais cela ?

— En tant qu'ami, je veux t'aider à récupérer ce qui t'est dû, affirma-t-il.

Son regard s'assombrit, et une aura de danger prit le pas sur celle du séducteur insouciant.

— Ces vauriens ne peuvent pas s'en sortir impunément après avoir volé.

— Merci.

Graham était très heureux d'avoir le marquis de son côté. À son sens, mieux valait ne pas l'avoir comme adversaire.

— J'apprécie ton amitié.

Trop tardivement, Graham réfléchit aux conséquences de sa participation à une fête cyprienne chez le marquis de Ripley. Il pourrait ruiner, ou du moins entacher, sa réputation, et c'était peut-être tout ce qu'il avait. Il avait besoin qu'elle soit intacte pour trouver une héritière.

Graham but une nouvelle gorgée de bière avant de prendre la parole.

— Bien que je sois ravi de ton offre généreuse, je ne pense pas qu'il soit judicieux que j'y assiste, dit-il en grimaçant. Mes excuses.

Ripley agita la main.

— Tu n'as pas besoin de t'excuser. Je comprends parfaitement. Les gens pourront porter des masques et n'auront aucune obligation de révéler leur identité. Ainsi, tu pourras venir. De plus, tu pourras soit arriver avant la fête, soit entrer par l'arrière pour que personne ne te voie.

Cela pourrait fonctionner. Et, pour l'instant, c'était sa meilleure option.

— Le propriétaire de l'établissement n'a pu te donner aucune information sur Tibbord ou Osborne ? L'endroit où ils vivent, celui où l'on pourrait les trouver ?

Ripley secoua la tête.

— Je crains que non. J'ai posé la question.

— Un bal cyprien me semble être une soirée terriblement amusante. J'espère que c'est pour bientôt, dit Colton avant de terminer sa deuxième chope.

Ripley jeta un œil à Graham.

— Samedi, est-ce trop tôt ?

Un sentiment d'impatience traversa Graham alors qu'il s'efforçait de garder une voix égale.

— Samedi, c'est parfait, si tu penses pouvoir organiser cela aussi rapidement.

— Je n'aurais pas proposé si ce n'était pas le cas. En général, je suis prêt à recevoir à tout moment, affirma-t-il, alors que sa bouche s'étirait en un sourire félin. Viens tôt.

Graham acquiesça.

— J'y veillerai.

Il était impatient de l'annoncer à Mlle Stoke.

Attends. Devait-il en parler à Mlle Stoke ? Une fête cyprienne ne constituait pas le genre de sujet à aborder avec une jeune femme. Et pourtant, il devait la tenir au courant. Il n'aurait qu'à laisser de côté la partie cyprienne.

— Que feras-tu une fois que tu auras débusqué Tibbord ? l'interrogea Colton.

Graham y avait réfléchi, mais pour l'instant, il ne voyait pas quoi faire en dehors de le menacer.

— Je vais insister pour qu'il rende l'investissement du duc.

— Il est tout à fait possible, voire probable, que l'insistance ne te mène nulle part, constata Ripley d'un ton ironique. L'extorsion serait plus efficace. Si tu pouvais trouver quelque chose à utiliser contre lui.

Bon sang ! Ripley avait réellement un côté dangereux. Il n'avait pas tort non plus.

— Difficile de trouver quelque chose à utiliser contre lui alors que je n'arrive même pas à trouver cet homme.

Colton haussa les épaules.

— C'est un élément à prendre en compte.

C'était le cas, en effet. Se sentant à la fois plein d'énergie et pensif, Graham avala presque toute sa bière avant de poser sa chope sur la table couverte de rayures.

— Allons-nous chez Brooks ?

Ripley cligna des yeux, surpris.

— Avant que j'aie troussé la jolie servante ? Je ne crois pas. Accordez-moi quelques instants cette fois-ci.

Il se leva et alla trouver la servante.

— Jouons, alors, proposa Colton qui se leva rapidement.

Il chancela un peu et appuya ses doigts sur la table pour se stabiliser.

— Après tout, nous sommes dans un cercle de jeux.

Graham ne s'était jamais senti aussi peu enthousiaste. Il n'avait aucune envie de coucher avec une servante, et il n'avait pas non plus l'intention de jouer à des jeux de hasard. Comme il ne voulait pas laisser Colton seul, il se leva avec lui.

— Oui, allons-y.

Graham se contenterait de le suivre, en espérant que Colton serait peut-être assez ivre pour ne pas se rendre compte qu'il ne jouait pas.

Il avait eu son content de curiosité pour une nuit. Malgré cela, tout s'était bien passé. Il n'avait pas trouvé Osborne ou Tibbord, mais il avait le sentiment qu'ils n'étaient pas loin.

CHAPITRE 8

*V*endredi après-midi, Graham entra dans la salle jardin de Mlle Lennox avec un sourire plein d'attente. Trois ladies étaient présentes : Mlle Lennox, Mlle Pemberton et sans doute Lady Clifton.

Trois femmes, pas quatre. Il était déçu que Mlle Stoke ne soit pas là.

Toutes étaient assises, mais Graham put constater que Lady Clifton était plus grande que la moyenne ; du moins, elle en avait l'air par rapport aux deux autres. Ses cheveux d'un blond pâle étaient coiffés avec soin sur le dessus de sa tête, et de petites boucles frôlaient ses tempes.

Il s'inclina en tendant la jambe.

— Bonjour, mesdames.

— Bonjour, Votre Grâce, dit Mlle Lennox.

— Permettez-moi de vous présenter Lady Clifton. Lady Clifton, Sa Grâce, le Duc de Halstead.

La femme en question se leva et fit une révérence.

— Je suis heureuse de faire votre connaissance.

— Le plaisir est pour moi.

Et cela aurait dû être le cas, car elle était aussi belle à voir que son compte en banque était nécessaire à son avenir. Cependant, il avait du mal à se concentrer sur ce qu'il avait à faire ce jour-là. C'est-à-dire, la courtiser. Ou Mlle Lennox. *Bon sang !* Il ne pouvait *pas* courtiser deux femmes à la fois ! En revanche, il aurait parié que Ripley en était capable. Peut-être devrait-il demander des leçons à cet homme.

Non, ce n'était pas Graham. C'était déjà assez étranger pour lui de courtiser une femme pour des raisons financières plutôt que pour quelque chose… quelque chose de quoi ? De plus noble ?

Lady Clifton s'assit, et Graham fit de même, prenant place sur un fauteuil près du canapé où elle se trouvait, à côté de Mlle Pemberton.

— Vous êtes nouveau dans la noblesse, si j'ai bien compris, dit-elle.

— Oui. Cela a été un véritable tourbillon.

Graham était également déçu de constater qu'il n'y avait pas de biscuits au beurre. Pas de biscuits et pas de Mlle Stoke. Il ressentait… un manque.

— Je suis ravi d'avoir des amis comme Mlle Lennox pour m'aider à m'acclimater, affirma-t-il, adressant un sourire chaleureux à son hôtesse.

— Je crois que j'ai décidé que ma vocation était d'aider les gens, déclara Mlle Lennox. Bien qu'il faille reconnaître à Jane le mérite de vous avoir réunis tous les deux. C'est peut-être aussi sa vocation.

Mlle Pemberton et elle échangèrent un rapide regard avant que Mlle Lennox se tourne vers Graham et Lady Clifton.

— Vous devriez peut-être aller faire un tour dans le jardin.

Ce n'était pas très subtil. Mais, d'un autre côté, pourquoi s'embarrasser de faux-semblants si l'intention était de voir s'ils pouvaient s'entendre ?

— C'est une charmante idée, dit-il, et sa propre voix lui parut étrangère. Lady Clifton ?

— J'en serais honorée.

Alors qu'elle se levait, il bondit sur ses pieds, puis lui offrit son bras. Son contact ne lui procura pas les mêmes sensations que celui de Mlle Stoke… *Bon sang* ! il devait cesser de penser à elle.

Graham conduisit Lady Clifton à l'extérieur, dans le jardin, et son regard se porta immédiatement sur la grille qui communiquait avec celui des Stoke. Mlle Stoke allait-elle la franchir d'un moment à l'autre ? Il l'espérait, et pourtant… Il serait gênant pour elle de le voir avec Lady Clifton.

Pourquoi ? Ils ne se faisaient pas la cour. Ils n'entretenaient aucune relation. Du moins, aucune susceptible de susciter de la jalousie. Pourtant, il se mit à sa place, et en conclut qu'il n'aimait pas l'imaginer en train de se promener dans un jardin avec un autre gentleman. Ou de danser avec lui. Ou de pratiquer l'escrime avec lui.

Il ricana ; comme si elle pouvait pratiquer l'escrime avec un autre que lui.

— Qu'est-ce qui vous amuse ? s'enquit Lady Clifton.

Zut ! Il avait oublié qu'elle était à côté de lui. Il n'était qu'un goujat.

— Je repensais… à une plaisanterie que j'ai entendue hier soir. Quelque chose à propos des oiseaux, mais je ne me souviens pas des détails. C'est maladroit de ma part.

Il devait se concentrer sur Lady Clifton. Non seulement parce qu'il avait un but, mais également parce qu'elle méritait toute son attention.

— J'ai cru comprendre que vous aviez un fils ?

— Oui, il a onze ans.

Elle se lança dans une description chaleureuse du jeune Lord Clifton, de son amour pour l'astronomie et le pudding à la mélasse.

À un moment de leur conversation, alors qu'ils faisaient le tour du jardin, quelque chose toucha Graham à l'épaule.

— Y a-t-il quelque chose sur mon manteau ? s'enquit-il, craignant qu'un oiseau ne se soit soulagé sur lui.

Il retira son bras de celui de Lady Clifton et se tourna pour qu'elle puisse voir son épaule. Il réalisa un peu tardivement qu'il ne devrait sans doute pas demander à une comtesse de vérifier s'il avait des excréments d'oiseaux sur lui.

— Je ne vois rien, dit-elle.

— Que s'est-il passé ?

— Rien, apparemment.

Il lui offrit à nouveau son bras et ils poursuivirent leur chemin. Quelques instants plus tard, le phénomène se reproduisit, mais cette fois, plus bas sur son dos. Quoi que ce soit, cela ne venait pas d'en haut.

Plissant les yeux, il jeta un coup d'œil derrière lui. Là, juste au-dessus de la grille, se trouvait Mlle Stoke. Il inclina légèrement la tête pour lui indiquer qu'il la voyait. Avec un peu de chance, elle cesserait de lui jeter des cailloux, ou quoi que ce soit qu'elle utilisait.

Il poursuivit sa conversation avec Lady Clifton tout en la reconduisant vers la salle jardin. Ils entrèrent, puis la jeune femme annonça qu'elle devait s'en aller.

— J'espère que vous avez fait une belle promenade, dit Mlle Lennox, les yeux brillants d'intérêt, le regard oscillant entre la comtesse et Graham.

— C'est le cas, merci, dit Lady Clifton. J'espère que nous aurons l'occasion de recommencer.

Elle fit une nouvelle révérence à Graham, qui s'inclina à son tour.

— Ce serait un privilège, Lady Clifton.

L'impatience le tenaillait et il se retenait de retourner à l'extérieur auprès de Mlle Stoke.

La comtesse prit congé, et Graham regarda vers le jardin, se demandant comment il pourrait s'excuser pour ressortir. Mais Mlle Stoke se dirigeait déjà vers la porte.

— Oh, regardez, c'est Arabella ! s'exclama Mlle Pemberton.

— Comme c'est agréable, remarqua Mlle Lennox, qui tourna la tête vers Graham. Comment s'est passée votre promenade avec Lady Clifton ? Vous aviez l'air de bien vous entendre.

Mlle Pemberton rit doucement.

— Nous n'avons aucune honte à avouer que nous vous avons regardés.

Mlle Lennox se leva et se dirigea vers la porte pour laisser entrer Mlle Stoke.

— Entre, Arabella. Regarde qui est là.

Mlle Stoke était l'image même de la beauté naturelle : ses cheveux châtain clair étaient rassemblés en chignon à l'arrière de sa tête, tandis que des mèches ondulées encadraient son visage en forme de cœur. Elle posa le regard sur lui et ne bougea pas pendant un moment sans doute trop long. Il était fasciné.

— Bonjour, Votre Grâce.

Mlle Stoke fit une révérence et Graham oublia presque de s'incliner.

Il se rattrapa de justesse.

— Bonjour, mademoiselle Stoke. Quel plaisir de vous rencontrer ici.

— Tu as manqué de peu Lady Clifton, dit Mlle Lennox à Mlle Stoke. C'est une vieille amie de Jane, bien qu'elle soit légèrement plus âgée que toi, n'est-ce pas ?

Mlle Pemberton acquiesça.

— Oh oui ! De plusieurs années. Nous étions voisines, et nos familles se rendaient souvent visite lorsque j'étais enfant. Nous sommes devenues correspondantes, et je la considère comme une amie très chère. Elle est veuve et cherche un père pour son fils, quelqu'un qui pourrait le guider pour gérer ce comté dont il a hérité si jeune, expliqua-t-elle, jetant un regard à Graham en souriant. Je sais que Sa Grâce est nouvelle dans la pairie, mais son expérience en tant que secrétaire de Saint-Ives lui a permis de soutenir directement un comte. Cela sera certainement très utile au jeune Lord Clifton.

— Je suis d'accord, déclara Mlle Lennox. Jane pensait, à juste titre, que Lady Clifton et Sa Grâce pourraient se convenir. Ils se sont promenés dans le jardin et il était justement en train de nous raconter comment cela s'était passé.

Mlle Lennox le regarda avec impatience.

— Les bans seront-ils lus dimanche ?

Une grande vague de malaise envahit Graham. Il ne voulait pas en parler devant Mlle Stoke. Il ne voulait pas du tout en parler.

— C'est un peu prématuré, dit-il doucement.

— Mais vous vous êtes bien entendus, n'est-ce pas ? insista Mlle Pemberton.

— Oui.

Il jeta un coup d'œil à Mlle Stoke, dont l'expression était totalement impassible. Elle semblait se moquer éperdument qu'il puisse faire la cour à Lady Clifton.

Et pourquoi diable devrait-il en être autrement ? Ils n'attendaient rien l'un de l'autre. Au contraire, ils savaient tous deux que l'autre devait épouser quelqu'un qui avait de l'argent, sous peine d'en subir les conséquences. Pour lui, c'était la perte de Brixton Park, mais pour elle, c'était bien plus grave. Il se sentait *à nouveau* comme un goujat. Bien sûr, elle ne se laissait pas aller à des sentiments de jalousie.

Mlle Pemberton sourit largement.

— Merveilleux. J'étais certaine que vous vous entendriez. Nous allons veiller à ce que vous assistiez tous les deux au prochain bal, pour que vous puissiez l'inviter à danser.

Graham perdit rapidement tout intérêt pour cette conversation, si tant est qu'il en ait eu un au départ. Il avait envie de parler à Mlle Stoke, mais il ne voyait pas comment ils pourraient y parvenir.

— La présence de Sa Grâce est en réalité tout à fait heureuse, dit Mlle Stoke en pivotant vers lui. J'ai besoin que quelqu'un attrape quelque chose pour moi. Le majordome est absent, et personne d'autre n'est assez grand.

Elle sourit et secoua la tête, puis lança à Graham un regard teinté d'urgence.

Y avait-il un problème ? Il espérait que son père allait bien.

— Permettez-moi de vous aider, proposa-t-il. Je vous suis.

— Oh, merci ! s'exclama-t-elle, puis elle jeta un coup d'œil vers Mlle Lennox et Mlle Pemberton. Nous n'en avons pas pour très longtemps.

Puis elle se retourna et sortit de la maison avant que les autres femmes ne prononcent un mot.

Graham inclina la tête avant de suivre Mlle Stoke dans le jardin. Ils ne dirent pas un mot avant d'avoir atteint la grille, qu'il s'empressa d'ouvrir pour elle.

— Quelque chose ne va pas ? l'interrogea-t-il.

— Non. C'était une excuse pour nous donner quelques minutes, de sorte que vous puissiez me raconter ce qui s'est passé au cercle de jeux, expliqua-t-elle en pénétrant dans son propre jardin.

Graham referma la grille, puis jeta un coup d'œil à sa maison.

— Est-ce que quelqu'un peut nous voir ici ?

— Bien sûr que oui, s'ils regardent. Mais ils n'en feront rien. Ma mère est occupée avec mon père, et tous les autres sont tellement surchargés de travail qu'ils n'ont guère le temps de s'arrêter, et encore moins de contempler le jardin.

Elle paraissait froide, peut-être même irritée. Mais il l'aurait aussi été si son père avait été très malade et qu'il restait à peine assez d'argent pour faire tourner la maison.

Il jeta un coup d'œil à la maison de Mlle Lennox et se demanda si elle et Mlle Pemberton pouvaient les voir. Peut-être le sommet de sa tête. Il s'accroupit.

Mlle Stoke le regarda en plissant les yeux.

— Que faites-vous ?

— Je m'assure que Mlle Lennox et Mlle Pemberton ne peuvent pas me voir.

— Oh ! s'exclama Mlle Stoke qui le dévisagea un instant, puis se mit à rire. Je suis désolée. Vous avez l'air plutôt ridicule ainsi accroupi.

— Oui, c'est aussi ainsi que je me sens. De plus, j'ignore combien de temps je peux tenir dans cette position, alors faisons vite. Je n'ai pas réussi à trouver Osborne ou Tibbord, mais j'ai appris qu'ils avaient quitté Londres il y a plusieurs mois.

Elle fronça les sourcils et il faillit lui prendre la main.

— Ne désespérez pas, car ils sont revenus, et j'ai un plan pour les amener à se montrer.

Les yeux verts de Mlle Stoke s'illuminèrent.

— Quel est votre plan ?

— En fait, c'est le plan de Ripley. C'est lui qui a appris qu'ils étaient de retour en ville. Il va organiser une fête samedi soir et les inviter. Je serai également présent.

— Le marquis de Ripley vous aide ?

— Il possède, euh, certaines compétences, dit lentement Graham. Jusqu'à présent, il a fait preuve d'une grande ingéniosité.

Elle pinça les lèvres.

— Quelle sorte de fête est-ce ? Pourriez-vous vous assurer que ma mère et moi recevions une invitation ?

Elle ne pouvait pas vouloir se rendre chez Ripley ! Quel que soit le type de fête, et il n'avait aucune intention de le lui dire, sa réputation ne le supporterait pas. Elle *pourrait* porter un masque, comme lui allait le faire, mais... non. Elle ne pouvait pas. Elle ne pouvait tout simplement pas.

— Vous ne pouvez pas assister à une fête organisée par le marquis de Ripley, même si vous étiez invitée. Et non, je ne lui demanderai pas de le faire.

Elle commença à froncer les sourcils, alors il choisit une autre tactique.

— Votre mère ne le permettrait jamais.

Elle soupira.

— C'est malheureusement vrai, confirma-t-elle, inclinant la tête sur le côté. Qu'en est-il de *votre* réputation ?

Graham déplaça son poids d'un pied sur l'autre. Comme il l'avait prévu, rester accroupi n'était pas très confortable. Ses jambes commençaient à lui faire mal.

— Il est possible de porter un masque, et j'ai l'intention de le faire. Avec un peu de chance, personne ne saura qui je suis. Mon seul objectif est de pouvoir enfin parler à Tibbord, ou au moins à Osborne, face à face. Euh... masque à masque, potentiellement.

— Comment saurez-vous qu'il est là si tout le monde est masqué ?

— Ripley a un plan : ses domestiques sauront qui je suis et veilleront à ce que la rencontre ait lieu.

Devant le regard sceptique d'Arabella, il ajouta :

— Je lui fais confiance. Il a été d'une aide précieuse jusqu'à présent.

— Et s'ils ne viennent pas ?

Il y avait pensé.

— Alors nous essaierons autre chose.

— Ce « nous » fait-il référence à Ripley, ou à moi ?

Oui, elle semblait ennuyée, mais il ne lui en voulait pas.

— Vous.

À présent, elle avait l'air surprise.

— Je n'ai rien fait.

— Ce n'est pas vrai. Les informations que vous avez recueillies auprès de votre père ont été très utiles. Je n'aurais jamais su qu'il fallait aller au *Cerf Fougueux*.

Elle parut se détendre légèrement, mais il y avait toujours une certaine tension en elle ce jour-là. Un sillon marquait la chair au-dessus de son nez, et son corps semblait tendu et crispé.

Il céda à son désir de la toucher, et il lui prit la main.

— Nous nous rapprochons, je le sais.

Elle baissa les yeux sur leurs mains, puis leva son regard vers le sien. Le lien entre eux était toujours là, et il lui semblait à ce moment-là qu'ils menaient tous les deux une bataille perdue d'avance.

— Vous savez, vous pourriez vendre votre nom au plus offrant, dit-elle doucement. Vous n'avez peut-être pas d'argent, mais vous avez un excellent titre, et il y a des héritières qui paieraient pour avoir le privilège de devenir votre duchesse.

Pourquoi n'y avait-il pas pensé ? Parce que cela lui retournait l'estomac. En substance, c'était déjà ce qu'il faisait en cherchant une héritière à épouser, mais au moins, il n'affichait pas ouvertement son désespoir.

— Je ne pourrais pas.

Elle esquissa un léger sourire.

— C'est bien ce que je pensais. Cependant, je me disais que cela méritait d'être mentionné.

Parce que cela l'aiderait. Il lui serra la main.

— Nous allons faire en sorte que cela fonctionne, je vous le promets. Nous nous en sortirons tous les deux sans subir un désastre total. Faites-moi confiance.

— C'est le cas.

Il aurait pu la regarder dans les yeux et lui tenir la main

une heure ou un jour de plus s'il n'avait pas eu si mal aux mollets.

— Bon, j'ai terriblement mal aux jambes. Je dois y aller.

— Levez-vous et nous passerons par la grille.

Elle tendit la main vers le loquet, et il relâcha à contre-cœur son autre main.

— Voulez-vous que nous nous retrouvions pour une autre leçon d'escrime dans le parc, afin que je puisse vous raconter ce qui se sera passé à la fête ?

Il tint la grille ouverte pour elle.

Elle le regarda avec une lueur coquine dans les yeux.

— Ce sont des « leçons d'escrime » maintenant ?

Il éclata de rire.

— Pourquoi pas ? Vous avez fait preuve d'aptitudes. Il serait dommage de ne pas continuer.

Elle le précéda dans le jardin de Mlle Lennox.

— Alors oui. Dimanche matin, ou aurez-vous besoin de vous remettre de la fête de Ripley ?

Il y avait une pointe d'envie dans sa voix, et il détestait l'idée qu'elle ne puisse pas participer à l'enquête.

— Je serai heureux de vous voir dimanche matin.

Même s'il était épuisé. Il pourrait à nouveau passer la nuit chez David. C'était le moins qu'il pouvait faire pour elle.

En réalité, il voulait faire plus, bien plus.

～

Il lui était de plus en plus difficile d'endurer le marché du mariage. Arabella avait de nouveau dansé avec Sir Ethelbert la veille, et aussi avec M. Alexander Litcott. S'il n'avait pas de titre, il était plutôt riche grâce à la réussite de sa famille dans le domaine du textile. Il avait un an de plus qu'Arabella et n'était pas particulièrement doué pour la conversation. Il avait passé une bonne partie de leur danse à regarder ses seins.

Ce soir, le devoir l'appelait à nouveau, mais Arabella aurait voulu pouvoir se rendre à la fête du marquis de Ripley à la place. Si elle portait un masque, elle pourrait...

— Quoi ?

Son père se réveilla brusquement, faisant sursauter Arabella. Elle laissa tomber son aiguille ; certes, elle ne cousait pas activement ces dernières minutes, car son esprit s'égarait.

Elle tourna le regard vers le lit où son père était allongé, clignant des yeux, la tête surélevée sur une pile d'oreillers. Il s'était endormi peu de temps avant, pendant qu'elle lui faisait la lecture. Il semblait aller mieux depuis qu'elle lui avait parlé de Tibbord, mais il s'allongeait encore l'après-midi pour faire la sieste.

— As-tu besoin de quelque chose ?

— De l'eau, s'il te plaît.

Arabella posa son ouvrage dans le panier à côté de sa chaise, et se dirigea vers une commode dans le coin de la pièce, sur laquelle trônait un pichet. Elle versa de l'eau dans un verre, puis retourna vers le lit où son père s'efforçait de se redresser.

Après l'avoir posé sur le chevet, elle l'aida à se mettre dans une position plus confortable, puis lui donna l'eau.

— C'est mieux ? s'enquit-elle avec un sourire.

Il termina de boire et lui rendit le verre, les sourcils froncés.

— J'ai fait un rêve assez troublant. Au sujet de Tibbord. As-tu prévenu l'enquêteur de ce qu'il pourrait faire ?

Arabella ignorait totalement de quoi parlait son père.

— Non. De quoi le préviendrais-je ?

Les rides de son front se creusèrent et il se redressa davantage, écartant son dos des oreillers.

— Je te l'ai dit… il cherchera à se venger d'une manière ou d'une autre. Si l'un de ceux qui avaient investi avec lui se plaignait de perdre de l'argent, voulait s'en aller ou, pire encore, affirmait qu'il dirait à d'autres que Tibbord l'avait escroqué, Osborne menaçait de révéler la vérité sur sa situation financière.

— Il a fait pression sur toi pour que tu continues à investir de l'argent ou, au moins, pour que tu gardes le silence sur ses agissements diaboliques ? demanda Arabella, de la glace dans les veines. Tu ne m'as rien dit à ce sujet.

— Bien sûr que si ! L'autre jour, lorsque tu es venue me parler de l'enquête. Je t'ai dit que si Tibbord l'apprenait, la personne qui a engagé l'enquêteur se retrouverait exposée.

Il ne le lui avait pas dit non plus, mais elle n'allait pas se disputer avec lui, pas alors qu'il était dans cet état.

— Peut-être qu'ils s'en moquent.

Arabella songeait à une personne qui ne s'en moquerait *pas* : Halstead. S'il acculait Tibbord ou Osborne ce soir-là, il risquait de voir son insolvabilité révélée à toute la bonne société. Il pourrait probablement se rétablir plus facilement qu'elle, mais il ne voulait pas que quelqu'un le sache.

Elle devait le prévenir.

Finalement, il y avait peut-être un masque dans son avenir. Pour commencer, elle devrait prétexter un mal de tête et supplier sa mère de ne pas assister à la soirée. Avec un peu de chance, elle pourrait convaincre sa mère d'y aller sans elle. Il lui serait beaucoup plus facile de s'éclipser si elle n'était chez elle. Cependant, comme elle passerait probablement la soirée avec son père, cela n'aurait peut-être pas d'importance…

— Ils ne devraient pas s'en moquer, dit-il, la ramenant à la conversation. Ils n'apprécieront pas d'être la cible de railleries ni de subir la condescendance à laquelle ils seront probablement confrontés.

Arabella savait qu'il parlait pour lui-même autant que pour les autres. Il se sentait tellement humilié par ce qu'il avait fait. Selon elle, c'était le cœur de sa maladie. Cependant, ses trous de mémoire étaient troublants. Il pensait manifestement lui en avoir parlé l'autre jour, alors que ce n'était absolument pas le cas.

— C'est sans doute vrai, dit Arabella, espérant apaiser les inquiétudes de son père. Je m'assurerai que l'enquêteur sache que notre nom ne doit pas être mentionné.

— Merci, ma chérie, lui dit-il en se calant sur les oreillers. Vas-tu continuer à me faire la lecture ?

Elle lui avait fait la lecture avant qu'il ne s'endorme, puis elle avait repris sa couture pendant qu'il faisait la sieste, sachant qu'il pourrait se réveiller et s'attendre à ce qu'elle continue le livre.

— Bien sûr.

Elle se sentait agitée, elle avait hâte de planifier la soirée. Il lui fallait un déguisement.

～

Jusqu'à présent, tout s'était parfaitement déroulé. Sa mère avait semblé soulagée lorsque Arabella avait prétexté un mal de tête, et les efforts de cette dernière pour l'encourager à assister à la soirée sans elle avaient donc échoué. C'était sans importance, car elle avait pris son dîner dans la chambre de son père et qu'elle n'en avait pas bougé depuis.

Ensuite était venu son costume. Arabella avait passé le reste de l'après-midi et la soirée à retoucher une vieille robe. Elle ne l'avait pas portée depuis quelques années, et il fallait espérer que personne ne se souviendrait qu'elle avait autrefois épousé la silhouette de Mlle Arabella Stoke. Elle devait passer totalement inaperçue.

Le masque avait été assez simple à créer : un tissu noir couvrait son visage de la racine des cheveux à ses lèvres. Elle tendit la main pour toucher le nœud à l'arrière de sa tête, vérifiant qu'il était toujours bien fixé.

Le plus simple était de se rendre sur place, car le marquis habitait Hanover Square, à courte distance de marche d'Oxford Street. Elle avait envisagé de demander au palefrenier de l'accompagner, mais elle y avait finalement renoncé. Il était hors de question de lui demander de mentir à sa mère. Et malheureusement, cela aurait été nécessaire.

Alors qu'elle cheminait vers la maison du fameux marquis de Ripley, elle se rendit compte que c'était dangereux et scandaleux, et probablement beaucoup d'autres mots se terminant en « eux ». Pourtant, elle ne parvenait pas à réfréner l'excitation qui palpitait dans ses veines.

Elle pria pour que la maison du marquis soit facilement repérable à cause de la fête. Lorsqu'elle arriva sur la place, elle regarda autour d'elle. Sur la gauche se trouvait une grande maison devant laquelle des carrosses faisaient la queue. Ce devait être celle-ci.

Rassemblant tout son courage, elle se dirigea vers la demeure. De la lumière et des rires jaillirent de la porte d'entrée qui s'ouvrit pour laisser entrer un homme devant elle. Elle accéléra le pas et le suivit à l'intérieur.

À en juger par l'entrée, la maison du marquis était plutôt grandiose. Le sol en marbre brillait sous la lumière des dizaines de bougies qui scintillaient au-dessus de sa tête. Des œuvres d'art décoraient les murs et un valet de pied à la tenue impeccable se tenait en sentinelle à la porte. Il la salua sans la regarder directement.

Le plus gros du bruit de la fête semblait provenir de l'étage. Arabella traversa le vestibule, où quelques personnes déambulaient, et elle gravit l'escalier. Le bruit des conversations s'amplifia à mesure qu'elle montait, et lorsqu'elle arriva au premier étage, elle sut qu'il fallait tourner à droite pour atteindre le centre de la soirée, et avec un peu de chance, Halstead.

Elle espérait seulement pouvoir le retrouver.

Même s'il portait un masque, elle pensait être en mesure de l'identifier. Elle était parfaitement consciente de sa taille, de la largeur de ses épaules, de l'inclinaison de sa mâchoire. Oui, elle avait passé bien trop de temps à le regarder, à penser à lui, à rêver de lui.

Une rougeur lui monta au cou. En fait, elle avait rêvé de lui la nuit précédente. Un rêve douloureux et torturé qui l'avait laissée dans un état d'insatisfaction totale, en dépit de ses tentatives pour trouver la satisfaction. Parfois, elle regrettait d'avoir couché avec Miles. Savoir ce que l'on ratait en restant célibataire était bien pire que ne rien savoir du tout.

Alors qu'elle atteignait le seuil du salon, elle faillit se heurter à un autre gentleman en livrée.

— Je vous demande pardon, dit le valet de pied. Avez-vous besoin de quelque chose ?

Elle se rappela soudain ce que Halstead lui avait dit, à savoir que les employés de Ripley sauraient qui il était.

— Je me demandais si vous pouviez m'indiquer où se trouve le duc de Halstead. Il m'attend.

C'était un mensonge éhonté, mais le masque la rendait audacieuse.

Le valet sembla surpris, ses yeux s'écarquillèrent légèrement, mais il inclina la tête.

— Par ici.

C'était si facile ! Un sentiment de triomphe se répandit dans ses veines tandis que le valet de pied la conduisait au premier étage. Elle pourrait transmettre l'avertissement concernant Tibbord et repartir sans avoir mis les pieds à la fête.

— Juste là, dit le valet de pied en ouvrant une porte.

Elle entra. Dans une chambre à coucher. C'était un étrange endroit pour une rencontre, mais c'était peut-être le seul endroit disponible si la fête avait débordé dans les autres parties de la maison.

— Attendez ici.

Le valet de pied referma la porte, la laissant seule dans la pièce faiblement éclairée.

Lorsqu'elle se rendit compte qu'elle allait bientôt se retrouver seule avec Halstead dans une chambre, elle fut prise d'une pulsion de désir qui lui saisit le ventre. Le terme « dévergondée » n'aurait pas suffi à la décrire. Elle voulait ce qu'elle ne pouvait pas avoir. Et d'ici quelques minutes, la tentation de le réclamer la submergerait presque.

Elle ne pouvait pas laisser une chose pareille arriver. Il serait horrifié, de toute façon. Elle le soupçonnait d'être également attiré par elle, mais il ne voulait pas agir en consé-quence. Il était un gentleman *et* un duc.

C'était d'autant plus dommage.

CHAPITRE 9

*L*a fête de Ripley était un franc succès... si l'on cherchait à parier des sommes importantes ou à se livrer à des fantasmes obscurs. Graham avait commencé par le salon et regardait les hommes et les femmes former des couples et partir. Il se dirigea rapidement vers la grande salle, où avaient été installées diverses tables de jeu. C'était là qu'il trouverait Osborne ou Tibbord.

Cependant, cela faisait plus de deux heures qu'il était là et il n'y avait toujours aucun signe d'eux. L'impatience céda rapidement le pas à la frustration.

Une cyprienne aux lèvres larges, aux joues rougies et à la poitrine généreuse s'avança vers lui en balançant les hanches. Avec ses cheveux châtain clair et ses yeux verts, elle lui rappelait vaguement Mlle Stoke. Mais c'était aussi le cas des deux autres femmes qui l'avaient abordé ce soir, et leurs cheveux n'étaient pas châtain clair, et leurs yeux n'étaient pas verts.

Elle s'approcha de lui et posa la main sur son biceps.

— Bonsoir. Vous avez l'air seul.

Bon sang ! Celle-ci sentait le pois de senteur et la rose. Ce n'était pas tout à fait la même chose que Mlle Stoke, mais cela s'en rapprochait énormément.

— Je ne le suis pas, dit-il en luttant contre une vague d'excitation qui n'avait rien à voir avec la femme qui se collait à lui.

Enfin, pas *rien*. Elle était la manifestation tangible de son désir. Pas exactement ce qu'il voulait, mais suffisamment pour le satisfaire. Peut-être.

Mais qu'était-il en train d'envisager ?

De bannir Mlle Stoke de son esprit. Cela semblait être la chose la plus sage à faire, et de plus en plus nécessaire. Il pensait beaucoup trop à elle.

Graham pivota légèrement et la femme leva les yeux vers lui, ses lèvres s'écartant sur une rangée de dents plutôt tordues. Elle n'était pas Mlle Stoke, et il ne voulait pas d'elle. Ce n'était pas pour cela qu'il était venu ce soir.

Avant qu'il puisse s'éloigner d'elle, le majordome de Ripley, que Graham avait rencontré à son arrivée avant le début de la fête, s'approcha.

— Votre Grâce ?

— Oui ? dit-il, et ce simple mot lui procura un mélange de soulagement et d'enthousiasme.

— Si vous voulez bien me suivre.

Graham adressa un regard d'excuse à la femme qui recula d'un pas. Elle esquissa une légère moue tandis qu'il courait pratiquement après le majordome.

Tibbord devait être arrivé ! Ou Osborne. L'un ou l'autre. Graham s'en moquait. Une vague d'euphorie l'envahit alors qu'il suivait le majordome dans les deux volées d'escaliers.

Lorsque celui-ci le mena devant une porte, il se demanda ce qui se passait. Ripley était-il parvenu à faire entrer Tibbord, ou Osborne, dans une pièce à l'écart de la fête ? Attendait-il Graham ?

L'appréhension l'emporta sur l'excitation lorsque le domestique ouvrit la porte.

— Juste là, dit-il en faisant signe à Graham d'entrer.

Graham s'exécuta, et la porte se referma rapidement dans son dos. C'était une petite chambre à coucher, et il n'y avait pas de gentleman à l'intérieur.

Cependant, une femme masquée se tenait près du lit.

Bon sang ! Mais que se passait-il ?

Elle s'avança vers lui et il fut horrifié de voir que ses cheveux étaient la nuance exacte de ceux de Mlle Stoke. Il ne pouvait pas voir ses yeux, pas à travers les fentes du masque qu'elle portait et qui couvrait la quasi-totalité de son visage.

Lorsqu'elle s'approcha, le parfum des pois de senteur l'envahit à nouveau, mais il n'y avait pas de rose ni d'autre odeur pour le diluer. Il ne pouvait pas se tromper sur l'identité de cette personne.

— Arabella.

Son prénom tomba de ses lèvres sans crier gare, tandis que son pouls s'emballait.

Elle leva la main et détacha le masque, dévoilant son visage familier.

— Je ne voulais pas le retirer avant que vous arriviez. Au cas où.

Il se rendit compte qu'il aurait voulu qu'elle ne l'enlève pas du tout. Il y avait quelque chose de sensuel dans l'idée qu'elle le porte… sans rien d'autre. *Bon sang !* Il avait un début d'érection, et ils se trouvaient dans une fichue chambre à coucher.

— Que faites-vous ici ?

Il se laissa aller à la colère : c'était une émotion bien plus sûre à ce stade.

— Vous n'êtes pas censée être ici, dit-il, serrant les dents.

— Je sais, mais j'ai une information importante, répondit-elle, le visage crispé par l'inquiétude. Vous n'avez pas encore vu Tibbord, n'est-ce pas ?

— Non. Quelle information ?

— Mon père pensait m'avoir dit quelque chose l'autre jour, mais ce n'était pas le cas. Alors quand il en a parlé aujourd'hui, j'étais perdue, expliqua-t-elle, avant de secouer la tête. Peu importe tout cela.

Elle parlait vite et évitait son regard. Était-elle nerveuse ? Bien sûr qu'elle l'était ! Elle se trouvait au milieu d'une maudite fête cyprienne chez le marquis de Ripley. Elle devait être nerveuse. Elle devait être *terrifiée* !

Il fit un pas vers elle, de sorte qu'ils ne soient plus séparés que d'une trentaine de centimètres.

— Quelle information ?

Elle cilla en le regardant.

— Allez-vous également retirer votre masque ?

Il avait oublié qu'il le portait. Il était trop concentré sur elle, sur l'effet que sa proximité produisait sur elle.

— Dites-moi pourquoi vous êtes ici. Vous ne devriez pas…

— Je vois que vous êtes en colère, mais c'était nécessaire. Si vous accusez Tibbord de vol, il pourrait révéler votre situation financière. Si l'on en croit mon père, il se servait de ces informations pour escroquer des gens.

La colère de Graham s'estompa.

— Vous êtes venue ici pour me protéger ?

Elle le fixa du regard, comme s'il s'agissait d'une question idiote.

— Je devais le faire.

Il aurait fait exactement la même chose pour elle. En fait, une grande partie de ce qu'il faisait était pour elle. Pour lui aussi, mais il devait bien avouer qu'il était poussé par le besoin de la sauver de la ruine. Il pourrait y survivre, mais elle ? Oui, elle y arriverait. Mais voir ses parents souffrir la dévasterait.

— Arabella, savez-vous de quel genre de fête il s'agit ?

— Une fête masquée ?

— Il y a deux centres d'intérêt ici : les tables de jeux et les cypriennes. Savez-vous ce qu'elles sont ?

Son visage rosit joliment.

— Oui.

— Je crois que le majordome de Ripley a pensé que vous étiez venue pour un rendez-vous avec moi.

— Oh ! *Doux Jésus !* Eh bien…, dit-elle, détournant le regard, mais ses joues gardèrent leur couleur. Je ne serais pas venue si je l'avais su.

Elle releva la tête, et le regarda droit dans les yeux.

— En fait, si, je serais venue. Je ne regrette absolument pas de l'avoir fait. Je me suis montrée prudente, j'ai modifié ma robe pour qu'elle soit méconnaissable, j'ai fabriqué un masque, j'ai marché rapidement, et…

Il se plaça juste devant elle, de sorte qu'ils se touchent à peine. Avec irritation, il retira son propre masque.

— Vous avez *marché* ?

Elle hocha la tête.

— Toute *seule* ?

Les yeux d'Arabella s'enflammèrent.

— Aurais-je dû faire appel à l'un de mes domestiques surchargés de travail et lui faire prêter serment de garder le secret ? Peut-être que si vous m'aviez dit de quel genre de fête il s'agissait…

— Cela n'aurait pas eu d'importance. Vous venez de dire que vous seriez venue de toute façon.

Il la toisait, son corps bouillonnant d'un désir inassouvi. Pour elle et personne d'autre.

— Et pourquoi ne m'avez-vous rien dit ? l'interrogea-t-elle d'un ton brûlant et accusateur, attisant les flammes de la frustration de Graham. Assistez-vous souvent à ce genre de fêtes ?

Elle avait l'air…

— Êtes-vous jalouse ?

Il avait voulu la provoquer comme elle le faisait avec lui, mais sa question était mal formulée. Elle était sortie comme s'il voulait qu'elle dise…

— Oui, répondit-elle sans le quitter des yeux. Pourtant, je n'ai aucun droit de l'être. Vous ne m'appartenez pas.

Non, effectivement. Mais il en avait envie. Ne serait-ce que pour une courte période.

Ils n'étaient que tous les deux. Il la voulait. Désespérément. Il était de plus en plus convaincu qu'elle le voulait aussi. Et il y avait un lit juste derrière elle.

Oh ! Ce n'était ni bien, ni honorable, ni acceptable. Néanmoins, il lui dit :

— Je t'appartiens à cet instant.

Autour d'eux, de l'électricité crépitait dans l'air, comme si une centaine d'éclairs s'étaient abattus dans la pièce. Il régnait une chaleur brûlante et un courant constant d'énergie, de désir.

Il capitula et la prit dans ses bras, ses lèvres descendant fougueusement sur celles d'Arabella. Elle joignit les mains autour du cou de Graham et se hissa sur la pointe des pieds pour aller à sa rencontre. Elle posa sa bouche sur la sienne avec avidité, et le baiser qui s'ensuivit devint le meilleur moment de sa vie.

Il s'attendait à devoir lui prodiguer quelques conseils, mais elle avait l'air de savoir exactement ce qu'elle faisait. La langue d'Arabella glissa sur la lèvre de Graham qui ouvrit la bouche, la rejoignant dans l'assaut implacable d'une passion mutuelle.

Ce n'était peut-être pas acceptable ou honorable, mais c'était absolument divin. Elle lui caressa la nuque et plaqua son corps contre celui du jeune homme, les seins collés contre sa poitrine.

Graham gémit et lui tourna la tête, l'embrassant sous un autre angle afin de mieux l'explorer. Il avait envie d'elle depuis un certain temps, mais il ne s'était pas rendu compte à quel point sa faim était devenue dévorante, à quel point il avait désespérément besoin de ça. À quel point il avait besoin d'*elle*.

Graham plongea les doigts dans les cheveux d'Arabella, sans se soucier des dégâts qu'il pourrait causer. Il voulait juste la sentir, la toucher, la revendiquer. Son autre main descendit le long de sa colonne vertébrale et s'étendit au creux de son dos pour plaquer son bassin contre le sien. La sensation de l'avoir contre lui était grandiose, malgré les couches de vêtements qui les séparaient.

Écartant sa bouche de la sienne, il déposa des baisers le long de sa mâchoire et murmura :

— Tu es tellement belle ! Tu as si bon goût. Tu me donnes l'impression d'être au paradis.

Elle gémit doucement lorsqu'il lécha son cou et accrocha ses dents au lobe de son oreille. Elle tira sur ses cheveux et passa son autre main le long de son épaule, avant de la glisser sous sa veste. Sa paume était chaude et attirante. Il en voulait plus.

— Retire ça.

Son ordre était doux, mais prononcé d'une voix gutturale et empreinte de désir. Il ressentait l'écho de son désir au plus profond de lui-même.

Arabella repoussa la veste de Graham, l'ôta de ses épaules et tira sur les manches pour les faire descendre le long de ses bras. Il l'aida en secouant les épaules. Le vêtement tomba au sol et au lieu de l'embrasser à nouveau, ce dont il avait envie plus que tout, il s'immobilisa.

Ce n'était pas correct. Ni honorable. Ni acceptable.

— Arabella…, dit-il, mais ce n'était pas bien non plus. Mademoiselle Stoke.

— Ne t'avise pas de m'appeler ainsi ! Pas maintenant, lui intima-t-elle, plissant les yeux alors qu'elle levait le regard vers lui. Pourquoi t'es-tu arrêté ?

— Parce que nous ne devrions pas faire cela. Je suis une véritable crapule pour être resté dans cette pièce avec toi, et encore plus pour t'avoir embrassée.

Elle releva le menton, et posa sur lui un regard d'une sensualité dévastatrice.

— Oserais-tu nier que tu as envie de moi ?

Oh, mon Dieu ! Elle allait le tuer.

— Où diable as-tu appris à parler ainsi ?

Sans doute au même endroit où elle avait appris à embrasser. C'était au tour de Graham d'être jaloux.

— Peu importe.

Elle baissa les yeux pour les poser sur son torse.

— Je ne suis pas vierge. Tu dois penser que je suis une femme facile, et c'est sans doute vrai.

La joue d'Arabella tressaillit.

Il entendit les reproches qu'elle se faisait à elle-même dans sa voix et eut envie de les effacer.

— Tu es sûre de ne pas être membre de la Société des Femmes de tête ? demanda-t-il avec humour.

Elle bascula la tête en arrière et cilla en le regardant, surprise.

— J'en suis certaine.

— Je ne crois pas que tu sois une femme facile.

Il était surpris qu'elle ne soit pas vierge, et il voulait savoir pourquoi, mais étaient-ce vraiment ses affaires ? La plupart des hommes auraient dit que oui, surtout s'ils songeaient à se marier. Ce qui était son cas. Mais pas avec elle.

Oh, c'était vraiment très mal !

— Devons-nous arrêter ? demanda-t-elle, un léger tremblement de doute troublant enfin sa voix.

L'électricité crépitait toujours autour d'eux. Jamais il n'avait ressenti un désir aussi aigu. Il savait qu'il le regretterait s'ils partaient sans aller jusqu'au bout. Il osait espérer…

— Tu en as envie ?

Le regard d'Arabella était sombre et stable.

— Non.

Le corps de Graham vibrait de joie et de faim.

— Moi non plus.

— Alors, que faisons-nous ?

Elle jeta un bref coup d'œil vers le lit. Ce regard ainsi que son aveu étaient plus que suffisants.

— Ceci.

Il la prit dans ses bras et l'embrassa à nouveau, tandis que la dernière barrière entre eux tombait en poussière.

~

*A*rabella haleta dans sa bouche tandis qu'il la soulevait et la portait jusqu'au lit. Du moins, elle supposait qu'il s'agissait du lit. Elle ne voyait pas où ils allaient et elle s'en fichait. Il aurait pu l'emmener dans les flammes de l'enfer, elle aurait été ravie d'y aller.

Oui, c'était le lit, et il la déposa sur le matelas. Il la suivit, couvrant le corps de la jeune femme avec le sien. Son poids était délicieux sur elle, et elle ouvrit les jambes pour l'accueillir entre elles.

Mais il y avait trop de vêtements. Elle tira sur la cravate de Graham, détacha la soie et la laissa pendre autour de son cou. Glissant la main entre eux, elle s'attaqua aux boutons de son gilet. Il écarta son torse d'elle, lui laissant de l'espace, et bientôt elle les eut tous défaits.

Des deux mains, elle repoussa le vêtement sur ses épaules

et le long de ses bras. Il en attrapa un côté et le jeta au loin. Sans tarder, elle tira sa chemise pour la sortir de la ceinture de son pantalon. Il se redressa à nouveau, rompant cette fois-ci complètement leur baiser en se mettant à genoux. Quand il eut passé sa chemise par-dessus sa tête, le vêtement rejoignit son gilet, tout comme sa cravate qui s'envola.

Arabella savoura la vue de son torse nu. Une touffe de poils sombres poussait en un petit triangle entre ses mamelons. Elle tendit la main et étala sa paume contre lui pour sentir sa chaleur, puis elle caressa son torse et son ventre, et les muscles ondulèrent à son contact.

— Pourquoi n'es-tu pas vierge ? lui demanda-t-il.

Apparemment, il avait posé la question sans réfléchir, car il eut l'air aussitôt horrifié.

— Désolé, je n'aurais pas dû demander.

Elle lui lança un regard effronté.

— Est-ce que *toi*, tu es vierge ?

Il éclata de rire.

— C'est une question tout à fait justifiée, et non.

— Tu n'aurais pas dû poser la question, mais je comprends pourquoi tu l'as fait. Je devrais être intacte, mais hélas, je suis tombée amoureuse.

— Vraiment ?

Il semblait tout à fait captivé.

Elle hocha la tête, se sentant soudain vulnérable d'une manière qui n'avait rien à voir avec leur position où l'endroit où ils se trouvaient.

— Que s'est-il passé ?

— Mes parents ont refusé sa cour. Il n'avait ni titre ni argent. Il n'avait rien d'autre à faire valoir que son charme et son intelligence. Il a quitté l'Angleterre pour faire fortune : il ne pouvait obtenir de titre, c'était donc le mieux qu'il pouvait faire pour espérer gagner ma main.

— Je n'aurais jamais cru avoir un titre un jour.

— Il n'avait pas de duc dans sa lignée, fit-elle remarquer d'un ton ironique.

— Où est-il maintenant ?

Elle haussa une épaule.

— Je l'ignore.

— Alors, il n'a jamais gagné ta main.

Graham posa sa main sur celle d'Arabella, qui s'était immobilisée sur son ventre.

— Non.

— Tant pis pour lui.

Il abaissa la tête, mais elle l'arrêta d'une question.

— Qu'en est-il de la femme qui a revendiqué ta virginité ?

Il rit.

— Elle était lavandière à Oxford. De dix ans mon aînée, et plutôt… euh… compétente.

Arabella plissa les yeux, alors qu'une vague de jalousie menaçait de l'assaillir encore.

— L'as-tu fréquentée pendant un temps ?

— Pas très longtemps, non, répondit-il, penchant la tête sur le côté, de la chaleur dans le regard. Serais-tu à nouveau jalouse ?

Les joues d'Arabella s'échauffèrent.

— J'avoue que cela m'irrite de t'imaginer avec d'autres femmes. Cela ne te dérange-t-il pas de penser à moi avec Miles ?

— Miles ? Ce mufle a un nom ? Oui, quand je l'imagine te faire les choses que j'ai l'intention de faire, je me sens quelque peu… bestial. Mais lui, comme la lavandière, appartient au passé. Tu es mon présent, et je suis le tien.

Elle sourit doucement, et son cœur manqua un battement lorsqu'il tenta à nouveau d'abaisser la tête. Cette fois, elle ne dit rien avant qu'il l'embrasse. Les lèvres de Graham étaient douces contre les siennes, puis elles devinrent plus exigeantes lorsqu'il prit possession de sa bouche avec sa langue.

Elle s'abandonna totalement à ses sensations, envahie par son contact, son parfum et son goût. Mais elle avait besoin de plus. Elle retira sa main du ventre de Graham et tira sur sa jupe pour la remonter le long de ses jambes.

Il releva légèrement la tête.

— Veux-tu la retirer ?

Elle secoua la tête.

— Trop compliqué. Et je suis trop impatiente.

Il laissa échapper un rire guttural.

— J'apprécie.

Il l'aida avec sa jupe, dévoilant ainsi ses cuisses. La robe plissait à sa taille, et elle se rendit compte que cela allait être gênant.

— Retourne-toi.

Il l'aida à se mettre sur le ventre.

Elle le sentit tirer sur les lacets de sa robe. À chaque fois, le corps de la jeune femme ronronnait de désir. Ses seins lui semblaient lourds contre le lit, avides d'être touchés. Oui, peut-être devrait-elle se déshabiller.

Il sembla lire dans ses pensées, et remonta l'arrière de sa jupe. L'air frais effleura l'arrière de ses genoux, de ses cuisses, puis de ses fesses. Il la caressa là, sa main parcourant ses courbes d'une manière provocante, avant de se glisser entre ses jambes.

Elle haleta lorsqu'il trouva son sexe, et que son doigt s'inséra entre ses replis intimes. Graham laissa échapper un doux gémissement lorsqu'il la pénétra. Une explosion de ravissement la saisit alors que ses muscles se contractaient, anticipant la libération. Cela n'allait pas prendre longtemps…

— Mon Dieu ! Je pourrais te prendre comme ça, murmura-t-il contre son oreille, tirant son lobe entre ses dents juste avant de lécher son cou et de suçoter sa chair.

Son doigt entrait et sortait d'elle, et elle soulevait ses fesses vers lui, gémissant de plaisir.

Par une suite de mouvements rapides, il la fit descendre du lit et lui retira sa robe et son jupon, qu'il faillit déchirer dans sa précipitation. Il marmonna des excuses, auxquelles elle répondit qu'elle s'en moquait. Ils s'embrassèrent fougueusement tandis qu'il se débattait avec les lacets de son corset. Abandonnant cette approche, il rompit leur baiser et fit tourner Arabella. En un rien de temps, il lui retira son corset, qu'il laissa tomber sur le sol.

Elle se tourna à nouveau pour lui faire face ; il s'était assis au bord du matelas, et elle l'embrassa à nouveau, plongeant sa langue dans la bouche de Graham avec une ferveur désespérée. Elle n'avait jamais été aussi excitée. S'il la touchait encore, elle se briserait instantanément.

Il remonta sa blouse et la fit passer par-dessus sa tête, tandis qu'elle retirait ses chaussures. Puis Graham éloigna à nouveau sa bouche de celle d'Arabella, tandis qu'il alternait les baisers et les coups de langue sur sa peau, jusqu'à ses seins. Il les saisit, d'abord doucement, puis plus fermement, juste avant que ses lèvres ne se resserrent autour d'un mamelon. Elle rejeta la tête en arrière et gémit une fois encore lorsqu'il pinça l'autre. Il la tortura ainsi jusqu'à ce qu'elle soit au bord de l'orgasme.

— Halstead. S'il te plaît.

— Graham, dit-il d'une voix rauque. Je suis à peine Halstead.

— Graham, répéta-t-elle, savourant ce son sur sa langue. Je t'en prie. Je ne peux plus attendre.

Elle tendit la main vers son pantalon.

— Mes bottes.

Il grimaça en la faisant reculer légèrement pour pouvoir retirer rapidement ses chaussures.

— Et ton pantalon, ajouta-t-elle, impatiente de le voir nu.

Avec un sourire indolent, il retira lentement les boutons de son pantalon, l'un après l'autre. Grognant de frustration, elle repoussa sa main et termina la tâche avec empressement. Elle glissa ses mains dans la ceinture pour faire descendre le vêtement le long de ses hanches, caressant ses cuisses au passage.

Le sexe de Graham se libéra, et la gorge d'Arabella s'asscha. Il se débarrassa de son pantalon et de ses bas, puis il la fit basculer à nouveau sur le lit. Elle agrippa ses épaules et le tira à elle, écartant les jambes pour qu'il puisse se nicher entre elles.

Il hésita, baissant le regard sur elle.

— En es-tu certaine ?

— Je n'ai jamais été plus sûre de quoi que ce soit. Maintenant, Graham. *Je t'en prie.*

Il lui adressa un sourire ravageur en lui caressant le sexe, son pouce s'attardant particulièrement sur son clitoris. C'était plus qu'elle ne pouvait en supporter. Ses muscles intimes se contractèrent, et elle enroula ses jambes autour de lui, l'incitant à se glisser en elle.

Il guida son membre dans son sexe, et à l'instant où il s'enfonça profondément en elle, elle bascula. Il ne cessa pas de bouger, chaque coup de reins intensifiant l'extase d'Arabella. Elle poussa un gémissement en serrant les jambes autour de ses hanches, ses doigts s'enfonçant dans son dos.

Il imprima un rythme implacable, et le plaisir de la jeune femme reprit de plus belle, l'entraînant vers un autre précipice où elle fut plus qu'heureuse de basculer. Graham écarta des cheveux de son front et l'embrassa à cet endroit. Puis il déposa d'autres baisers sur sa tempe, sa joue, sa mâchoire, et enfin sur sa bouche, où leurs lèvres et leurs langues se retrouvèrent en une danse sauvage et fébrile.

Elle le sentit se tendre et comprit qu'il devait être proche. Elle posa une main sur la joue de Graham et l'embrassa avec passion. Mais il disparut ensuite… de sa bouche, et de son sexe.

— Je devais…

Sa phrase se poursuivit par un gémissement qui s'acheva sur « Arabella » avant qu'il ne s'effondre à côté d'elle.

Elle savait ce qu'il devait faire. Miles avait fait la même chose pour éviter de la mettre enceinte.

La main de Graham se posa sur son sexe.

— Je t'en prie, dis-moi que tu avais terminé.

— Oui. Encore une fois.

Il ouvrit brièvement un œil et lui sourit.

— Bien, dit-il, avant de rouler sur le dos.

Ils restèrent allongés l'un contre l'autre, tâchant de reprendre leur souffle. Les battements du cœur d'Arabella ralentirent, et son corps lui parut lourd. Elle se dit qu'elle pourrait se fondre dans la couverture.

Un coup fort frappé à la porte les poussa tous les deux à s'asseoir. Ils tournèrent la tête vers la porte qui commençait à s'ouvrir.

— Il y a quelqu'un ici ?

Graham bondit par-dessus elle en murmurant de façon pressante.

— Cache-toi de l'autre côté du lit.

Elle ne vit pas ce qu'il fit ensuite, car elle se précipita de l'autre côté du matelas et tomba par terre, effrayée.

— Oui, il y a quelqu'un ici, répondit Graham d'un ton empreint de colère.

Elle entendit claquer la porte, puis le bruit distinct d'un verrou. Soulagée, elle reposa son dos contre le lit et ferma brièvement les yeux. Lorsqu'elle les ouvrit, Graham avait fait le tour du lit. Et il portait déjà son pantalon, ce qui était bien dommage.

— J'aurais dû fermer la porte à clé, dit-il, l'air plutôt ennuyé.

— Pourquoi ? Sauf si tu avais *l'intention* de coucher avec moi.

— Absolument pas, affirma-t-il.

— Il lui tendit la main pour l'aider à se relever, son regard s'attardant sur ses seins.

— Je m'attendais à rencontrer Tibbord.

Elle fit le tour du lit pour récupérer ses vêtements et commença à s'habiller.

— Eh bien, voilà qui est mieux que de s'attendre à rencontrer une courtisane.

— Et pourquoi aurais-je fait cela ?

— Parce que cela semble être le but de cette soirée, dit-elle, puis elle lui tourna le dos. Pourrais-tu lacer mon corset ?

— C'est le moins que je puisse faire.

Elle lui sourit.

— Merci.

Ils finirent de s'habiller en silence, et elle chercha dans la pièce un miroir pour se coiffer. Malheureusement, il n'y en avait pas.

— Que cherches-tu ?

— Je voulais voir mes cheveux. J'ai l'impression qu'ils sont en désordre, et je devrais les arranger avant de m'aventurer hors de la pièce.

— Ce n'est pas si terrible. De toute façon, tu rentres directement chez toi, alors tu n'as pas à t'inquiéter.

Elle s'arrêta et le regarda alors qu'il enfilait ses bottes.

— Pourquoi ? Maintenant que je suis ici, et masquée, je peux rester et t'aider à interroger Tibbord.

— S'il se présente. Ce pourrait être Osborne. Il se pourrait aussi qu'il n'y ait ni l'un ni l'autre, affirma-t-il, l'air renfrogné.

— Je suppose que nous devrons attendre et voir, déclara-t-elle, choisissant de rester optimiste.

Il le fallait.

— Qu'allons-nous leur dire ? Nous ne pouvons pas les accuser d'avoir volé ton argent. Peut-être devrais-tu prétendre être quelqu'un d'autre.

Il se leva de sa chaise après avoir fini de mettre ses bottes, et il récupéra sa veste sur le sol.

— J'allais te dire que « nous » n'allions rien faire, mais ton plan est solide, répondit-il.

Il mit sa veste, puis lissa le vêtement.

— Non. À bien y réfléchir, tu dois partir. Je peux prétendre être quelqu'un d'autre sans toi.

Elle fronça les sourcils en le regardant.

— Mais je suis là. Déguisée. Quand aurai-je une autre occasion ? s'enquit-elle, croisant les bras. En outre, tu n'es pas mon père. Ni mon mari.

— Non, effectivement, confirma-t-il d'une voix douce et teintée de regret. Arabella, si les choses étaient différentes…

Elle s'avança vers lui.

— Ne le dis pas. Les choses ne sont pas différentes. Nous avons tous les deux des choses à faire.

Elle tendit les mains pour redresser la cravate de Graham, prenant soin de la rentrer sous son gilet.

— Ce soir, il était impératif que je sois avec toi. C'était peut-être ce dont j'avais besoin pour supporter l'avenir.

Il lui enserra la taille.

— Ne dis pas ça. Tu mérites un avenir plein de bonheur et d'amour.

Arabella leva le regard vers celui de Graham.

— Toi aussi. Laisse-moi t'aider ce soir. S'il te plaît ?

Il la fixa du regard un long moment avant d'expirer.

— Cela va à l'encontre de mon instinct. Mais j'ai l'impression que c'est un thème récurrent ce soir.

Il l'attira contre lui et l'embrassa.

Elle soupira et se laissa aller contre lui, heureuse d'être dans ses bras. Après un long moment, ils se séparèrent.

— Et si nous descendions ? proposa-t-elle.

— Tu ne dois pas t'éloigner de moi, c'est clair ?

Elle acquiesça et il arrangea ses cheveux, glissant des mèches çà et là.

— C'est mieux.

Il récupéra ensuite leurs masques et attacha celui d'Arabella autour de sa tête. Elle lui rendit la pareille lorsqu'il s'accroupit devant elle. Elle se mit à rire.

— Te voilà à nouveau dans cette position.

— Eh oui !

Elle entendit le sourire dans sa voix et décida que, quoi qu'il arrive, elle serait toujours reconnaissante du temps qu'ils passeraient ensemble. C'était ce qu'elle ressentait au sujet de Miles. Elle n'avait pas de regrets, rien que des souvenirs heureux et un pincement au cœur à l'idée de ce qui ne serait jamais.

Elle pria pour ne ressentir qu'un pincement aussi cette fois. Cependant, son cœur commençait à lui suggérer que c'était peut-être un peu plus que cela.

CHAPITRE 10

Même si la présence d'Arabella à cette fête n'était ni judicieuse ni appropriée, Graham ne voyait pas d'inconvénient à pouvoir la toucher sans retenue. Ils descendirent les escaliers, le bras de la jeune femme passé dans le sien ; leurs flancs se touchaient. Lors d'un événement au sein de la bonne société, ils auraient provoqué un émoi en se déplaçant si près l'un de l'autre. Ici, ils s'intégraient au milieu de tout le monde. Il inclina la tête vers un autre couple enlacé qui montait à l'étage.

— Nous allons retourner au salon, annonça Graham en arrivant au rez-de-chaussée. Cela semble être le meilleur endroit pour rencontrer Tibbord ou Osborne.

— Nous devons partir du principe qu'il portera un masque, qui qu'il soit. Et s'il s'agit de Tibbord, nous n'aurons aucune idée de qui il est.

— Exact. Grâce à toi et ton père, nous devrions être en mesure de reconnaître Osborne, même avec un masque, affirma Graham qui voulait se montrer optimiste.

Arabella lui adressa un sourire encourageant.

— Je l'espère.

Graham l'escorta dans le salon, où près de deux dizaines de gentlemen jouaient. Une poignée d'autres se tenaient debout, la plupart avec des femmes à leur bras ou plaquées contre leur flanc. Il se rendit compte que les femmes n'étaient pas masquées. Il ne l'avait pas remarqué auparavant. Il jeta un coup d'œil à Arabella, se disant que son masque la distinguait des autres femmes. Peu importait. Ce n'était pas comme si elle pouvait le retirer. Il espérait simplement qu'elle n'attirerait pas l'attention.

Mais comment pourrait-il en être autrement ? Elle était éblouissante, même si la plus grande partie de son visage était recouverte. Et ce n'était pas seulement dû à sa silhouette, qui était spectaculaire, mais aussi à son maintien et à son comportement. Elle avait de l'assurance et de la grâce, et dégageait une aura de force et de féminité qu'il trouvait extrêmement séduisante.

— Halstead.

Le marquis de Ripley s'avança et le salua. Il ne portait pas de masque. Comme il l'avait fait remarquer à Graham plus tôt… à quoi bon ? Après tout, c'était sa fête. Ripley parcourut Arabella du regard, et Graham dut combattre l'envie de l'assommer.

— Nous nous sommes déjà rencontrés ? lui demanda-t-il.

— Voici Mme Devon, dit Graham, sortant un nom de nulle part.

Elle fit une révérence.

— Enchantée de vous rencontrer, my lord.

Ripley inclina la tête, puis lança à Graham un regard interrogateur que ce dernier choisit d'ignorer. Le marquis leur fit subtilement signe de se placer dans le coin de la pièce.

— Tibbord ou Osborne sont-ils arrivés ? s'enquit Graham.

— Non, répondit Ripley en fronçant les sourcils. Je me

suis employé à faire en sorte qu'ils soient au courant de la fête et qu'il y aurait des jeux d'argent substantiels.

Luttant contre une vague de déception, Graham parcourut la pièce du regard à la recherche d'Osborne. Il serait sans doute facile à trouver avec son menton pointu, sa taille peu commune et la présence probable de sa canne à pommeau corbeau. Il se tourna vers Ripley.

— Pas de canne ?

Ripley secoua la tête au moment même où Arabella disait :

— Là !

Elle fit un signe de tête vers le fond de la pièce, près d'une porte extérieure. Un homme assis sur une chaise observait le jeu, le visage presque entièrement recouvert d'un masque. À l'exception de sa bouche, et de son menton très pointu.

— Vous savez à quoi il ressemble ? s'enquit Ripley, surpris.

— Sa Grâce m'a décrit le gentleman, répondit-elle aussitôt.

Graham lui jeta un regard admiratif.

— Je me suis dit qu'il serait utile d'avoir un autre regard.

Ripley plissa très légèrement et très brièvement les yeux. Il se tourna vers Graham.

— Que veux-tu faire ?

— Je dois le convaincre de me laisser investir.

Ripley plissa le front, confus.

— Je pensais que tu allais le confronter.

— C'était mon intention, mais je pense que ce sera beaucoup mieux si je lui dis que je souhaite investir. Ce n'est pas lui que je veux, c'est Tibbord.

— Bien vu, dit Ripley. Peut-être devrions-nous aller là-bas et évoquer tout cet argent que tu as perdu récemment ainsi que ton besoin d'un retournement de situation radical.

— Parfait.

Graham se dirigea vers l'homme qu'ils soupçonnaient être Osborne. Lorsqu'ils furent proches, il dit :

— Si je ne récupère pas au moins une partie de mes fonds, je vais me retrouver dans une situation désespérée.

— Pourquoi ne pas jouer au piquet ? proposa Ripley avec bienveillance.

— Je ne peux pas me permettre de perdre, répondit Graham d'un ton grave, fronçant les sourcils. J'ai besoin d'un rendement garanti.

Ripley ricana.

— Rien n'est jamais garanti.

L'appât fonctionna exactement comme ils l'avaient prévu. Osborne, s'il s'agissait bien de lui, se leva de la chaise. Il dépassait légèrement Ripley et Graham en taille. Ce dernier chercha une canne, mais n'en vit pas. Peut-être ne l'avait-il pas apportée ce soir-là.

— Bonsoir, my lord, dit Osborne, si c'était bien lui, en inclinant la tête vers Ripley. Je vous remercie pour votre aimable invitation.

Ripley lui sourit en réponse.

— Je suis heureux que vous ayez pu venir. Osborne, c'est bien cela ?

— Oui. Je dois dire que j'ai été surpris d'être inclus dans votre soirée.

— Quelqu'un m'a recommandé de vous inviter, expliqua Ripley, se passant une main sur la mâchoire, l'air brièvement songeur. Je ne me souviens pas de qui, mais je suppose que cela n'a pas beaucoup d'importance. Allez-vous jouer ce soir ?

Ripley fit un geste vers les tables.

— Ou bien, puis-je vous proposer d'autres divertissements ?

Osborne posa les yeux sur Graham.

— En fait, je pensais discuter avec votre ami. Je n'ai pas pu m'empêcher d'entendre votre conversation, et il se pourrait que j'aie une solution à ses problèmes.

Sous son masque, Osborne afficha un sourire qui donna à Graham l'envie de le lui effacer du visage. Son employeur et lui avaient escroqué un grand nombre de personnes, détruisant des vies sans se soucier des conséquences, tout en remplissant leurs propres caisses.

— Vraiment ? s'enquit Graham, se penchant légèrement en avant. Comment pourriez-vous m'aider ?

Arabella s'agrippa à son bras et il résista à l'envie d'apaiser sa tension.

Osborne jeta un regard prudent vers Arabella, mais il poursuivit.

— Je facilite les investissements. Mon employeur est très doué pour sélectionner des plans d'investissement solides qui rapportent beaucoup d'argent à ses clients. Il a sauvé plus d'un homme de la prison.

Il parlait d'un ton suffisant et tout à fait trompeur. L'envie de commettre des violences physiques se faisait de plus en plus sentir.

— Cela semble très intrigant, dit lentement Graham, mêlant curiosité et scepticisme dans sa voix. Quel genre d'investissement ?

— Un large éventail. Des projets de construction. Des entreprises de transport maritime. Ce n'est sans doute pas le bon endroit pour en discuter plus avant.

Une fois encore, Osborne posa un œil circonspect sur Arabella, puis lança un regard d'excuse à Ripley.

— Pardonnez-moi. C'est une soirée de divertissement, pas d'affaires.

Graham n'allait pas le laisser s'enfuir, pas sans avoir convenu d'une future rencontre. Il s'écarta d'Arabella et se rapprocha d'Osborne.

— Nous pourrions peut-être convenir d'un moment pour poursuivre notre conversation.

— Ce serait une bonne chose. Que diriez-vous de lundi soir chez Hosenby à Leicester Square, à neuf heures ?

Graham fut saisi d'un sentiment d'impatience.

— J'y serai.

Osborne laissa échapper un rire léger.

— Je vous demande pardon, mais comment nous reconnaîtrons-nous sans masques ?

— Peut-être devrions-nous simplement les porter, déclara Graham en riant.

— Cela nous vaudrait quelques regards.

Graham leva les yeux vers lui.

— Je pense pouvoir dire que je vous reconnaîtrai sans mal. Vous êtes plutôt grand.

— Très bien. Je vous verrai donc lundi.

— Ce rendez-vous m'inclut-il ? s'enquit Ripley, prenant Graham au dépourvu.

Osborne parut regarder le marquis de haut.

— Il ne m'a pas été permis de croire que vous étiez dans le besoin, my lord. Mon employeur est plutôt… perspicace, lui répondit-il, puis il adressa un signe de tête à Graham. Bonsoir.

Il se retourna et s'en alla.

Ripley le suivit du regard.

— J'ai bien l'impression que cette crapule vient de me snober ! Même pour moi, c'est un record, et pas dans le bon sens du terme !

Graham ne put s'empêcher de sourire devant le trait d'humour de Ripley.

— Et Osborne ignore qui je suis.

— Comment le sais-tu ? s'enquit Ripley avec un sourire narquois.

Graham se rapprocha d'Arabella, et elle n'hésita pas à enrouler sa main autour de son bras.

— Je n'en sais rien, mais je n'ai jamais rencontré cet homme, et je ne suis pas encore très connu en ville, surtout avec un masque.

— Vas-tu lui dire qui tu es, ou attendre qu'il le découvre ? demanda Ripley.

— Je crois que je vais devoir lui dire, répondit Graham, dont l'esprit bouillonnait en quête d'un plan. Il faut que j'y réfléchisse.

— Fais-moi savoir si tu as besoin d'aide, proposa Ripley, dont le regard se posa à nouveau sur Arabella.

— Je le ferai, dit Graham, l'attirant contre lui. J'ai réfléchi à la manière de procéder, dans l'hypothèse où j'obtiendrais une entrevue avec Tibbord. À défaut d'extorsion, il semble que je doive le frapper sur un point sensible, c'est-à-dire dans les cercles de jeu.

Ripley plissa les yeux.

— Qu'as-tu en tête ?

— S'il ne peut pas se rendre dans les cercles, il n'a pas de terrain de chasse. À quoi me sert mon titre si je ne peux pas faire bannir un escroc d'un ou plusieurs d'entre eux ?

— Effectivement, répondit Ripley avec un petit sourire. Bravo ! Tu apprends.

— Je dois veiller à ce qu'il ne puisse plus profiter des crédules. Non pas qu'il doive le savoir, poursuivit Graham avec un rire. Il est temps pour nous de partir. Je te remercie pour cette soirée très utile. Je te suis redevable.

Il grimaça intérieurement devant son mauvais choix de mots.

— Attention, Halstead, j'aime bien faire les comptes, le prévint Ripley en souriant.

Graham offrit son bras à Arabella et la conduisit vers la porte qu'ils avaient franchie plus tôt. Juste avant de sortir, il jeta un coup d'œil à Ripley. Il les observait avec intérêt, haussant un sourcil. Graham soupçonnait qu'il se demandait qui était vraiment Arabella. Il savait pertinemment qui il avait invité à sa propre fête, et Mme Devon ne figurait pas sur sa liste.

Refoulant la pointe de malaise qui se frayait un chemin le long de sa colonne vertébrale, Graham raccompagna Arabella hors de la maison. Une fois dehors, sur le trottoir, il s'arrêta net.

— Tu as vraiment marché jusqu'ici ?

— Ce n'est pas si loin.

Certes, mais l'idée qu'elle puisse marcher seule le mettait mal à l'aise.

— Je sais que je ne suis pas ton père ni ton mari, mais pourrais-tu me promettre de ne pas recommencer ?

— Je ne peux rien te promettre, sinon d'être prudente.

Ils traversèrent la place en direction d'Oxford Street.

— Tu devrais vraiment être membre de la Société des Femmes de tête.

— Je le ferais si je le pouvais.

Cependant, elle n'avait pas le luxe de pouvoir choisir.

Lui non plus. Pas s'il voulait conserver Brixton Park. Et il le voulait, plus que tout. Mais s'ils avaient le choix…

— Tu préférerais vraiment rester vieille fille plutôt que de te marier ?

— On utilise le terme de « vieille fille » comme s'il s'agissait d'une déchéance. Cependant, il y a beaucoup d'avantages à cette situation.

— Et quels sont-ils ? l'interrogea-t-il, sincèrement intéressé.

— L'indépendance te permet non seulement de faire ce que tu veux, mais aussi de contrôler tes propres fonds.

— J'imagine que c'est un point qui t'attire particulièrement.

C'était le cas pour lui. Il avait envie d'étrangler l'ancien duc pour s'être comporté de manière aussi imprudente.

— Oui.

— La compagnie d'un mari ne te manquerait pas ?

— Il est difficile de regretter ce que l'on n'a pas eu. Et si tu fais allusion à ce que nous venons de faire, clairement, il n'y a aucune obligation d'être marié pour cela.

Elle lui jeta un regard en coin, empreint de chaleur.

Venait-elle de suggérer une liaison ? Non, il cherchait simplement un prétexte pour renouveler leur rencontre. Il était temps de changer de sujet.

— Je suppose que nous n'avons pas besoin de nous retrouver demain matin, dit-il, l'air un peu déçu. J'attendrais avec impatience notre prochaine leçon d'escrime.

— Nous pourrions nous rencontrer mardi. J'aurai hâte de savoir comment les choses se seront passées avec Osborne. Sauf si je peux venir, dit-elle, arborant un sourire plein d'espoir.

— C'est hors de question. Tu ne peux pas montrer ton visage dans un cercle de jeux à Leicester Square.

Étonnamment, elle ne discuta pas.

— En parlant de se montrer, lorsque tu révéleras à Osborne qui tu es, ne se rendra-t-il pas compte que tu n'as pas d'argent à investir ?

— Évidemment, il sait combien d'argent il a volé au précédent duc, mais savait-il aussi que ce dernier avait hypo-théqué Brixton Park et qu'il était pratiquement en faillite ? Même si c'était le cas, il ne peut pas connaître *ma* situation financière. Je n'étais pas démuni lorsque j'ai hérité du duché.

Elle ralentit.

— Tu as donc de l'argent à investir ? demanda-t-elle, l'air surpris.

— J'aurais pu il y a six mois encore ; mais j'ai dû dépenser la majeure partie de mes économies pour faire fonctionner Brixton Park et Halstead Manor.

— C'est étrange de se dire que tu es financièrement insolvable alors que tu possèdes deux grandes demeures.

Il était d'accord avec elle sur ce point.

— Eh bien, si je ne parviens pas à mettre la main sur une bonne somme d'argent, je ne serai plus propriétaire de Brixton Park. Cependant, je suis coincé avec Halstead Manor et son lot de problèmes.

Elle lui jeta un coup d'œil alors qu'ils attendaient de traverser Oxford Street, qui était encore très fréquentée, même à cette heure tardive.

— Qu'est-ce qui ne va pas dans cette maison ?

Il y eut alors une ouverture dans la circulation et il la fit traverser rapidement la rue.

— Bien trop de choses pour en dresser la liste. Apparemment, les précédents ducs n'y ont pas beaucoup prêté attention après la construction de Brixton Park. En fait, je me demande pourquoi ils n'ont pas entretenu Brixton Park. C'est encore une question à laquelle je n'aurai jamais de réponse. C'est dommage, parce qu'ils auraient pu envoyer mon arrière-arrière-grand-père pour s'en occuper.

Le père de Graham s'était souvent plaint de cette situation. Au lieu d'exclure complètement son frère de la famille, le troisième duc aurait dû l'envoyer à Halstead Manor pour gérer le domaine.

— Qui était ton arrière-arrière-grand-père ? demanda-t-elle.

— Richard Kinsley : c'était le frère cadet de Robert, le troisième duc de Halstead. Il aurait dû devenir le duc, car il était bien plus intelligent que son frère. Richard a conçu Brixton Park et en a supervisé la construction ; la maison aussi bien que les jardins. Une fois le projet achevé, Robert l'a récompensé en le renvoyant et en le déshéritant complètement.

Elle inspira brusquement, et Graham en fut heureusement surpris.

— Pourquoi faire une chose pareille ?

— Parce que sa femme le lui a demandé. Richard a découvert qu'elle avait une liaison et il prévoyait de le dire à Robert. Mais la duchesse l'a devancé, elle a dit à son mari que son frère Richard l'avait agressée. Elle voulait que Robert le tue, mais il ne pouvait pas assassiner son frère, alors il l'a chassé à la place. Tout ceci n'était qu'un mensonge de la duchesse pour se protéger. Et cela a définitivement coupé ma branche Kinsley du reste de la famille.

Elle s'arrêta.

— Ma maison est là.

Effectivement, ils étaient arrivés. Il s'était tellement laissé happer par son histoire qu'il avait perdu de vue l'endroit où ils se trouvaient.

— Comment vas-tu entrer sans te faire repérer ? Je suppose que tu t'es éclipsée tout à l'heure ?

Elle hocha la tête, se tourna vers lui et prit ses mains dans les siennes.

— Je suis sincèrement navrée que ta famille ait été lésée. Je comprends pourquoi Brixton Park compte à ce point pour toi.

— Il symbolise ce que nous avons perdu. Mon père était fou de joie qu'il nous revienne, ou que nous y revenions, et que nous soyons l'avenir de la famille Kinsley. Je suis heureux qu'il ait su que cela arriverait avant de mourir, et qu'il ait ignoré à quel point le précédent duc avait laissé les choses se détériorer.

— Si quelqu'un peut arranger les choses, c'est bien toi, dit-elle doucement. Tu trouveras un moyen de garder Brixton Park.

Elle plissa le front.

— Tu as parlé d'extorsion… Aurais-tu recours à cela ?

— En temps normal, je préférerais ne pas le faire, mais, dans le cas présent, je ferai ce qu'il faut, pour toi et pour moi. Je trouverai un moyen de sauver ta famille, affirma-t-il, baissant la tête, serrant ses mains. Je te le promets.

Elle afficha un sourire teinté de tristesse.

— Je crois que mes perspectives de mariage sont bonnes. Il n'y a personne d'extrêmement riche, mais j'espère que sa situation suffira à éviter la prison à mes parents.

La poitrine de Graham se contracta, car il savait qu'elle ne voulait pas se marier, mais qu'elle ferait tout ce qu'il faut pour protéger ses parents.

— Ce n'est pas vraiment une menace, n'est-ce pas ?

Elle haussa les épaules.

— Mes parents disent que si, mais j'ignore si c'est vrai. Mon futur mari devra promettre de s'occuper d'eux du mieux qu'il pourra. Je suppose que cela devra être négocié avant le mariage.

Graham sentait l'incertitude dans la voix d'Arabella. Ses perspectives étaient peut-être bonnes, mais il y avait de fortes chances qu'un futur marié hésite en apprenant la vérité sur leur situation financière.

Il était plus important que jamais qu'il récupère l'argent auprès de Tibbord. Graham était vraiment engagé là-dedans, quel que soit le prix à payer.

Il leva une main et lui caressa la mâchoire. Cela faisait quelque temps qu'il tenait à elle, mais, après ce soir, c'était plus que cela. Elle ne pouvait pas être à lui, mais elle l'avait été, même pour une courte période. Il en garderait un souvenir impérissable.

— Je devrais rentrer, murmura-t-elle.

— Oui.

Mais ils ne bougèrent pas. Le temps s'étira, comme si

aucun d'eux ne voulait que la soirée se termine. Graham savait qu'il n'en avait aucune envie. Mais il le fallait.

Arabella s'en rendit compte aussi, alors elle se hissa sur la pointe des pieds pour poser brièvement ses lèvres contre les siennes. C'était un baiser doux et délicieux, mais terriblement doux-amer.

S'éloignant de lui, elle dit :

— À mardi.

Il la laissa partir.

— Même heure et même endroit ?

Elle acquiesça, puis se tourna et se faufila jusqu'à l'entrée des domestiques de sa maison.

Alors qu'il la regardait partir, la sensation frustrante d'être pris au piège l'envahit. C'était une chose étrange que de se dire que maintenant qu'il était duc, avec tout le prestige et le pouvoir que ce titre comportait, il était bien plus entravé qu'il ne l'avait jamais été en tant que secrétaire.

À quoi bon être duc s'il ne pouvait pas utiliser son pouvoir ? Et comment pourrait-il s'en servir pour aider Arabella ? Il n'en savait rien, mais il était déterminé à trouver une solution.

～

Il commençait à pleuvoir lorsque Arabella franchit la grille du jardin de Phoebe, le lundi en fin de matinée. Elle se précipita vers la salle jardin, où son amie était assise à la table.

Celle-ci se leva d'un bond pour ouvrir la porte.

— Entre !

Arabella se hâta d'entrer avant d'être trop mouillée.

— Merci. J'espère que je ne te dérange pas, dit-elle, brossant les gouttes sur sa jupe.

— Jamais, la rassura Phoebe en se rasseyant. Joins-toi à

moi. J'étais juste en train de prendre un thé et des gâteaux. Je n'ai pas de biscuits au beurre, je le crains.

Arabella prit place à la table ronde.

— Ce n'est pas grave. Depuis que Mme Woodcock a commencé à en confectionner, j'en ai eu plus qu'assez. Et mon père dévore la plupart d'entre eux.

— Il se sent mieux, j'espère ? s'enquit Phoebe.

— Oui.

La veille, il était descendu prendre son petit déjeuner. Il semblait aller mieux depuis qu'elle lui avait parlé de Tibbord. Il lui avait demandé des nouvelles la veille, et elle lui avait dit qu'elle n'avait rien entendu.

En vérité, elle avait du mal à se concentrer sur l'affaire Tibbord alors que son esprit était tellement occupé par Graham. Plus précisément, par ce qui s'était passé avec lui l'autre soir. Elle avait encore cédé à la tentation. On aurait pu penser qu'elle le regretterait maintenant, mais elle ne pouvait s'y résoudre. Trop de choses échappaient à son contrôle, et elle chérissait celles qui n'appartenaient qu'à elle.

— Comment se passe la chasse au mari ? s'enquit Phoebe avant de boire une gorgée de thé.

Arabella se versa une tasse.

— Bien. Je pense que Sir Ethelbert est en train de changer d'avis.

Phoebe pinça les lèvres.

— N'a-t-il pas une mère autoritaire ?

Le terme « autoritaire » était peut-être un peu fort.

— Sa mère est souvent avec lui, si c'est ce que tu veux dire.

— Oui, c'est ça. T'apprécie-t-elle ? Je pense que c'est indispensable si tu veux avoir une chance avec lui.

Arabella avait discuté avec elle à quelques reprises, mais elle n'avait pas remarqué si la femme l'appréciait ou non.

— Je crois que oui.

— Comment quelqu'un pourrait-il ne pas t'aimer ? s'enquit Phoebe. Y a-t-il quelqu'un d'autre que Sir Ethelbert ? Le duc de Halstead, peut-être ?

Arabella venait juste de prendre une gorgée de thé, et elle lutta pour ne pas s'étouffer. Elle avala, puis toussa délicatement en reposant sa tasse.

— Pourquoi parler de Sa Grâce ?

— Jane et moi avons trouvé intéressant qu'il soit allé t'aider l'autre jour. Il est également séduisant, charmant, et peut-être en quête d'un mariage. Il s'est montré un peu retors à ce sujet.

Arabella s'obligea à prononcer les mots :

— Nous ne nous convenons pas.

C'était vrai. Parce qu'ils avaient tous les deux besoin de quelque chose que l'autre ne pouvait pas apporter.

— Vous l'avez déjà déterminé ? demanda Phoebe.

— Oui. Nous avons passé du temps ensemble. Il m'a rendu visite.

— Vraiment ? Eh bien, je suis surprise que vous ne vous conveniez pas. À mes yeux, deux personnes dont j'apprécie la compagnie devraient s'apprécier mutuellement, remarqua Phoebe avant de soupirer. Hélas, le fait d'aimer la compagnie de quelqu'un ne signifie pas que l'on souhaite l'*épouser*. C'est une bonne chose que tu sois sélective.

Elle dévisagea attentivement Arabella.

— Ou peut-être n'es-tu pas tout à fait enthousiaste à l'idée de te marier ? J'espère vraiment que tu ne cherches pas un mari parce que tu crois devoir le faire.

Arabella ressentit une pointe d'amertume en prenant un gâteau.

— Je n'ai pas les libertés dont tu jouis. Je cherche un mari pour assurer mon avenir.

Elle fourra le gâteau dans sa bouche et le mâcha avec un enthousiasme énervé.

Phoebe porta une main à sa joue.

— Oh là là, je me suis complètement oubliée. Je suis déso-lée, Arabella. Mon Dieu ! Il ne m'a pas fallu beaucoup de temps pour oublier les exigences et les attentes imposées aux jeunes femmes par leur famille et la société, constata-t-elle en adressant un sourire d'excuse à son amie. Je te soutien-drai, quoi que tu veuilles ou doives faire.

Arabella relâcha la tension de ses muscles. Elle était à bout de nerfs depuis samedi soir. On aurait pu croire que sa relation avec Graham l'aurait mise à l'aise. Et cela avait été le cas pendant un temps. Mais cela avait été une expérience éphémère, un moment merveilleux qui ne se répéterait jamais.

La curiosité la poussa à demander :

— Seras-tu triste de ne pas te marier ?

— Ciel, non ! répondit Phoebe, dont les épaules frémirent. Pourquoi devrais-je l'être ?

— Il y a certains… avantages au mariage.

— Et quels seraient-ils ? s'enquit-elle avec une pointe d'humour.

Grimaçant intérieurement, Arabella se rappela qu'elle avait eu des rapports sexuels avec deux hommes, et qu'elle avait énormément apprécié. Elle ne pouvait imaginer passer une vie entière sans. Elle prit sa tasse de thé et regarda son amie par-dessus le bord.

— Le sexe.

Phoebe reposa sa tasse avec un grand bruit.

— Certaines femmes pourraient te dire qu'il ne s'agit pas d'un avantage, mais d'une corvée.

Aux yeux d'Arabella, c'était possible si le gentleman n'était pas très doué. Apparemment, elle avait eu de la chance. Deux fois. Elle songea aux courtisanes et aux gentlemen qu'elle avait vus ensemble à la soirée de Ripley. Ils avaient tous semblé fascinés, et elle doutait que le sexe ait été un fardeau pour l'un d'entre eux.

— Certaines disent que c'est très agréable.

— Ce n'est pas le cas pour tout le monde, dit Phoebe à voix basse.

Arabella remarqua qu'elle avait pâli, et s'inquiéta de l'avoir contrariée.

— Est-ce que tu vas bien ?

Phoebe prit une petite inspiration.

— La plupart des gens pensent que j'ai refusé d'épouser mon fiancé parce que c'était un coureur de jupons, et, bien que ce soit exact, ce n'est pas toute l'histoire, expliqua-t-elle avant de marquer une courte pause. Sainsbury a essayé de me forcer. Si le valet de pied n'était pas arrivé, ou s'il n'avait pas été aussi ivre, je frémis à l'idée de ce qui aurait pu se passer. Et je savais que c'était ce qui se produirait lors de ma nuit de noces. Je ne voulais plus jamais qu'il me touche. Je ne suis pas certaine de vouloir qu'un homme me touche à nouveau.

Arabella ressentit une vague de colère et de tristesse.

— Oh, Phoebe, c'est horrible !

Celle-ci sourit.

— J'ai réussi à l'humilier le jour de son mariage. Même si ce n'était pas mon intention, cela m'a apporté un peu de réconfort, dit-elle, inclinant la tête sur le côté. J'ai l'impression que ton opinion sur la question du sexe diffère de la mienne.

Arabella voulait que son amie sache que tout n'était pas mauvais, que tous les hommes n'étaient pas repoussants.

— Effectivement.

— Tu parles d'expérience ? l'interrogea Phoebe.

— Oui, répondit Arabella.

Phoebe haussa un sourcil.

— Ton ancien amour ?

Arabella acquiesça.

— Il, euh… il m'a menée à penser que les activités sexuelles étaient plutôt agréables, dit-elle avant de secouer la tête. Non, pas agréables. *Formidables.*

Ce mot ne lui rendait pas non plus justice, surtout quand elle pensait à Graham. Ravageuses. Magnifiques. *Divines.*

Les yeux de Phoebe s'écarquillèrent.

— Peut-être as-tu fait plus que l'embrasser ?

Les joues d'Arabella s'échauffèrent et elle baissa les yeux sur sa tasse de thé.

— Oui.

Elle espérait que Phoebe n'aurait pas une piètre opinion d'elle à cause de cela.

— Eh bien, c'est le jour des révélations, dit Phoebe. Des révélations de *secrets*. Rien de ce qui est dit ici ne sera répété.

Relevant la tête, Arabella la regarda avec gratitude.

— J'espère qu'un jour tu pourras vivre ce que j'ai connu. Tu changerais d'avis sur les avantages du mariage.

— Ou peut-être trouverai-je simplement une nouvelle activité pour me divertir, répondit Phoebe avec un petit sourire. Qui dit qu'il faut être marié pour faire l'amour ?

Arabella sourit, se rappelant qu'elle avait dit à peu près la même chose à Graham.

— Les hommes ne s'en préoccupent pas, c'est sûr.

— Bravo ! s'exclama Phoebe en levant sa tasse de thé. La Société des Femmes de tête établit ses propres règles. À la liberté.

— À l'indépendance !

Arabella prit sa tasse à son tour, et elles les entrechoquèrent avant de boire.

Elle regretta de ne pas en être membre, puis elle se souvint que Phoebe avait dit que c'était le cas. Elle le dirait à Graham la prochaine fois qu'elle le verrait, vu qu'il ne cessait de lui répéter qu'elle devrait l'être.

Le lendemain. Elle le verrait le lendemain. Ils seraient seuls dans le parc. Ce n'était pas une chambre, mais…

Non ! Il n'y aurait pas de baisers ni rien d'autre. Il pourrait très bien lui annoncer qu'il avait réglé ses affaires avec Tibbord, et alors leur association serait close.

Elle savait que leur relation était temporaire, même si elle n'y avait pas réfléchi l'autre soir. Elle n'avait réfléchi à rien d'autre qu'au désir qu'elle ressentait pour lui, et à la sensation merveilleuse qu'elle éprouvait lorsqu'elle était à ses côtés.

Plus vite elle accepterait qu'il ne soit plus qu'un beau souvenir, comme Miles, mieux elle se porterait.

CHAPITRE 11

*A*rrivé tôt chez Hosenby le lundi soir, Graham buvait une chope de bière en attendant qu'Osborne se présente. Il était assis à une table contre le mur, avec une vue dégagée sur la porte qu'il surveillait comme un oiseau de proie. Il ne manqua donc pas l'apparition de Ripley et de Colton.

Le marquis et le vicomte parcoururent la pièce du regard et trouvèrent rapidement Graham. Mais que diable faisaient-ils ici ?

Ils s'avancèrent vers sa table et n'attendirent pas d'y être invités pour s'asseoir.

— Bonsoir, Halstead, dit Colton.

— Bonsoir. Quelle surprise de vous voir ici ! s'exclama Graham, sans masquer son ironie.

Colton fit un signe de tête à une servante.

— Nous avons pensé que tu aurais besoin d'un soutien moral.

Ce n'était pas le cas, mais Graham se retint de le leur dire. Il ne voulait pas effrayer Osborne, et l'homme avait clairement fait entendre qu'il ne souhaitait pas travailler avec Ripley.

La servante apporta deux autres chopes de bière pour les invités indésirables de Graham. Comme c'était toujours le cas, son regard s'attarda sur Ripley. Mais elle se tourna aussi vers Colton. Graham se dit qu'elle lui avait sans doute témoigné le même intérêt, mais il ne le lui avait pas rendu la pareille. Ripley et Colton, eux, lui souriaient. Elle s'en alla en balançant les hanches, avec un sourire narquois.

— Est-ce qu'il t'arrive de sortir sans chercher de femmes ? s'enquit Graham, levant sa bière pour la boire.

— Je ne fais jamais rien sans chercher de femmes, déclara Ripley. La vie serait tragiquement ennuyeuse sans elles. Je me demandais si elles t'intéressaient au moins un peu, jusqu'à ce que je te voie avec... comment s'appelait-elle, déjà, Mme Devon ?

Le marquis but une gorgée de bière.

— C'est une belle femme. L'as-tu amenée ? Je ne me souviens pas l'avoir vue avant, et j'ai fait de mon mieux pour rencontrer toutes les cypriennes qui sont venues chez moi l'autre soir.

— Non, je ne l'ai pas amenée. Tu as simplement dû la manquer.

Graham priait pour qu'il abandonne cette conversation. Ou qu'Osborne arrive. La seconde solution serait idéale.

— Mais tu es parti avec elle, insista Ripley.

Colton se pencha vers Graham par-dessus la table, et une lueur d'intérêt brilla dans ses yeux bordés de rouge.

— Vraiment ?

— Nous sommes partis en même temps. Je ne suis pas parti *avec* elle.

Avec un peu de chance, personne ne les avait vus s'en aller ensemble. Même si c'était le cas, Graham prétendrait que la personne faisait erreur.

Ripley se tourna vers lui et passa son bras sur le dossier de sa chaise.

— J'ai pensé que tu avais une sorte d'association avec elle puisque tu as sollicité son aide pour repérer Osborne et que tu as autorisé sa présence lorsque tu t'es entretenu avec lui.

— Seulement parce qu'il me semblait plus prudent d'avoir de l'aide.

Heureusement, Osborne arriva à cet instant. Même sans masque, l'homme était parfaitement reconnaissable grâce à sa taille et à sa canne. Graham se leva rapidement.

— Si vous voulez bien m'excuser. Bien que j'apprécie le soutien, il est préférable que je parle à Osborne seul.

— Je suis d'accord, dit Ripley, ce qui détendit légèrement Graham.

Il retira sa main de la chaise et leva les yeux vers lui avec une expression réfléchie qui exprimait le sérieux plutôt que son humour pince-sans-rire habituel.

— Comme l'a dit Colton, nous voulions simplement t'apporter un soutien moral, ou tout autre type de soutien dont tu pourrais avoir besoin.

— Merci, répondit Graham qui se hâta d'aller retrouver Osborne juste au niveau de la porte. Bonsoir, monsieur Osborne.

Le regard de l'autre homme se posa sur lui.

— Bonsoir. Oui, vous êtes l'homme que j'ai rencontré l'autre soir.

Graham lui tendit la main.

— Halstead.

La surprise se lut dans les yeux sombres d'Osborne, qui cilla, peut-être pour tenter de masquer l'émotion.

— Votre Grâce, c'est un honneur de vous rencontrer.

— Venez, trouvons un endroit tranquille pour nous asseoir. S'il existe une telle chose dans un cercle de jeux.

Il afficha un sourire mielleux et conduisit Osborne à une

table située dans le coin de la salle commune, à l'opposé de Ripley et de Colton.

Ils prirent place, et l'homme dit :

— Oui, ils peuvent être assez bruyants, mais généralement pas de façon excessive, surtout si vous restez à l'écart des salles de jeux.

— Je suis surpris que vous choisissiez de mener vos affaires ici, déclara Graham. N'avez-vous pas de bureau ?

— C'est une dépense que mon employeur ne souhaite pas engager. Ce n'est guère nécessaire, car il ne travaille qu'avec un petit groupe de clients triés sur le volet.

Graham se demanda comment il était parvenu à être « trié sur le volet », mais c'était sans doute grâce à la conversation qu'Osborne avait entendue le samedi soir.

— Votre employeur… Quand le rencontrerai-je ?

— Ce n'est pas ainsi que nous travaillons, je le crains. C'est moi que vous rencontrez. Mon employeur s'attache à investir votre argent de manière optimale.

C'est du grand n'importe quoi ! Graham dut se mordre la langue pour ne pas le dire à voix haute.

Une autre servante déposa deux chopes de bière sur la table avant de s'en aller.

— Dans ce cas, je crains de ne pas pouvoir investir, dit Graham.

Il prenait un risque énorme, mais il devait rencontrer Tibbord en personne. Il prit sa chope et but une gorgée, espérant paraître insouciant.

Osborne se renfrogna, mais ne dit rien. Graham poussa donc son avantage… si tant est qu'il en ait un.

— Je ne suis sûrement pas le premier client à demander un entretien avec votre employeur.

Les lèvres d'Osborne s'étirèrent en un sourire crispé et sans joie.

— Non. Cependant, c'est un privilège réservé à très peu de gens.

— On pourrait dire que je suis le symbole même du privilège, rétorqua Graham qui, pour la première fois, brandissait son titre comme un marteau. Si votre employeur refuse de rencontrer un duc, je suis en droit de me demander si ses investissements sont réellement fiables.

Osborne plissa les yeux.

— Avez-vous vraiment de l'argent à investir ?

Graham avait réfléchi au fait que cette question pourrait se poser. Il se tendit, avec l'impression d'être au beau milieu d'un combat d'escrime.

— J'en ai.

— Je suis obligé de poser la question, bien entendu, dit l'homme, dont le sourire pompeux revenait. Le duc précédent, qui a lui aussi exigé de rencontrer mon employeur, n'était pas vraiment solvable, et d'après votre conversation de l'autre soir, il semblerait que vous soyez dans une situation similaire.

Graham dissimula son choc à la mention du précédent duc. Il ne s'était pas attendu à ce qu'Osborne parle de lui, mais, d'un autre côté, il ne pouvait pas savoir qu'il était au courant pour Tibbord et ses manigances.

— L'ancien duc a investi avec votre employeur ? demanda-t-il, feignant la surprise. Je n'étais pas au courant.

— C'est une sacrée coïncidence, affirma Osborne, attrapant sa chope. Le duc aimait exercer ses privilèges. Je crains qu'il n'ait pas eu grand-chose d'autre à sa mort.

Il l'avait dit avec un mélange de pitié et de dédain.

Graham aurait presque eu envie de plaindre le duc.

— J'ai de l'argent à moi. Quand pourrais-je rencontrer votre employeur ? Il est le bienvenu à Brixton Park. Je suppose qu'il sait où cela se trouve, s'il a travaillé avec mon prédécesseur.

— C'est le cas. Je m'entretiendrai avec lui et vous trans-mettrai les informations relatives à cette rencontre. Bien entendu, vous devez garder cette information confidentielle. Ce n'est pas un service que nous offrons à tous.

— Évidemment, acquiesça Graham, même s'il avait l'in-tention d'en parler à Arabella dans la matinée.

Il avait hâte d'y être. Leur victoire était à portée de main.

Osborne but une nouvelle gorgée de bière, puis se leva.

— Vous aurez bientôt de mes nouvelles.

Ramassant sa canne, qu'il avait appuyée sur la table, il quitta le cercle.

Graham récupéra sa chope et repartit à sa table précé-dente. Il avait à peine posé les fesses sur sa chaise que Ripley demandait :

— Eh bien ?

— Tibbord me verra à Brixton Park. La date reste à déterminer.

Ripley sourit.

— Excellent.

Colton leva sa tasse.

— À… à quoi buvons-nous ?

— Au dédommagement.

Ils entrechoquèrent leurs chopes et Graham but une longue gorgée.

Ripley reposa sa bière.

— As-tu décidé de ce que tu feras s'il refuse de restituer l'investissement ?

— Je peux faire ce dont j'ai parlé l'autre soir : m'arranger pour qu'il soit banni de ses cercles de jeux habituels. Et de tous les nouveaux.

Graham ne doutait pas de pouvoir y parvenir. Les propriétaires de ces établissements ne voudraient pas que l'on raconte qu'ils autorisaient un escroc notoire à faire partie de leur clientèle.

— Tu pourrais aussi le menacer de poursuites judiciaires, suggéra Colton.

Graham comprenait que tout ce qu'il ferait inciterait sans doute Tibbord à rendre publique la situation financière de l'ancien duc. Au vu des propos tenus par Osborne ce soir-là, Tibbord était manifestement conscient de la situation désespérée du duc.

Cependant, Graham refusait de se laisser extorquer. Et s'il devait choisir entre retrouver son argent et garder le secret, il opterait pour la première solution. S'il récupérait l'investissement, il ne serait plus démuni, et il n'y aurait plus rien à dénoncer.

— Ou bien, dis-lui simplement que tu es le duc de Halstead et que tu as les moyens de lui rendre la vie misérable, proposa Colton avec un ricanement. Ce qui est le cas. Tu as des amis et des relations puissantes.

Graham n'avait en réalité ni l'un ni l'autre pour le moment, mais peut-être était-ce possible. Il songea au duc de Kendal et à l'invitation de Satterfield à les rejoindre au club. C'était ce qu'il allait faire. Peut-être quand il en aurait fini ici.

— C'est une menace qui semble plutôt vague, dit Graham.

Colton haussa les épaules.

— Peut-être pour certains, mais si cet homme se soustrait à la loi et à la bienséance, il semble que tu pourrais l'effrayer avec de l'esbroufe ducale. Je sais que cela fonctionne pour le duc de Holborn. Il intimide tout le monde.

— Pas moi, protesta Ripley en souriant alors qu'il soulevait sa chope.

Colton éclata de rire.

— Tu ne comptes pas.

Ripley reposa sa chope vide sur la table.

— Où allons-nous ensuite, messieurs ?

— J'irais bien chez White, dit Graham, dans l'intention

d'établir un lien avec le beau-fils de Satterfield, le duc de Kendal.

— Oublie ce vieux club guindé, protesta Colton. Viens avec nous.

Graham imaginait sans mal où ils allaient, et cela ne l'intéressait pas.

— Merci, mais j'ai déjà un engagement.

— Je soupçonne Halstead d'avoir une maîtresse, lança Ripley, qui lui adressa un regard complice.

Comme il ne voulait pas l'encourager, Graham ne répondit rien, et entreprit de terminer sa bière.

— La femme avec laquelle il a quitté ta maison l'autre soir ? s'enquit Colton. Je suis désolé de l'avoir manquée, mais j'avais d'autres obligations.

Un sourire satisfait se dessina sur ses lèvres.

Ripley s'esclaffa.

— Halstead est plutôt timide. Laissons-le tranquille.

Graham laissa échapper un soupir de soulagement. Il ne voulait pas parler d'Arabella. Elle occupait déjà une trop grande partie de ses pensées.

Il quitta Ripley et Colton, puis prit un véhicule pour se rendre chez White. Jusqu'à présent, la soirée s'était plutôt bien passée, et il ne pouvait qu'espérer qu'elle continuerait sur cette lancée. Il était reconnaissant de ne pas avoir à retourner à Brixton Park, mais il aurait aimé que David soit là.

Il regrettait d'avoir caché ses problèmes financiers à son meilleur ami. Cela aurait été agréable d'avoir quelqu'un à qui parler. Mais, c'était déjà le cas : il avait Arabella.

Peut-être voulait-il quelqu'un à qui parler d'elle. Graham rit tout fort dans le véhicule. Le fait qu'il soit peut-être en train de tomber amoureux de la femme que son meilleur ami aurait dû épouser était incroyablement ironique.

Tomber amoureux.

Était-ce ce qui était en train de lui arriver ? Non, ce n'était pas possible. Vraiment pas possible. Pas alors qu'il savait qu'ils n'avaient pas d'avenir. Si elle était libérée de son devoir, elle choisirait de ne pas se marier. Elle choisirait d'être membre de la Société des Femmes de tête, et il ne pouvait pas lui en vouloir.

Bientôt, leurs chemins se sépareraient et il serait simplement heureux de l'avoir connue, même si ce n'était que pour une courte période.

~

Graham sentait l'impatience l'envahir tandis qu'il se fendait et paraît. La matinée était chaude et un léger voile de sueur couvrait son front et sa nuque. Il avait retiré sa veste, mais il s'arrêta pour se débarrasser également de son gilet. Il appuya son épée contre un arbre et s'apprêtait à enlever le vêtement lorsqu'il entendit l'aboiement familier de Biscuit.

— Bonjour, salua-t-il Arabella alors qu'elle entrait dans la petite clairière retirée.

Il aimait s'entraîner ici parce que les arbres et les arbustes le cachaient des environs. C'était aussi l'endroit idéal pour retrouver Arabella sans se faire remarquer.

Surtout lorsqu'elle était habillée en domestique, avec son chapeau souple et sa robe de travail trop grande. Elle avait l'air incroyablement anodine.

Mais pas pour lui. À ses yeux, elle était magnifique ; ses yeux vert mousse évaluaient judicieusement tous ceux qui l'entouraient avec curiosité et empathie, tandis que son sourire illuminait le monde.

Elle sembla hésiter, s'arrêtant net en le voyant, et son regard se posa sur son ventre. Elle venait de remarquer qu'il n'était pas très habillé. Et maintenant, il pensait à *elle* tout aussi dévêtue. Il aurait peut-être dû au moins garder son gilet.

— Bonjour, dit-elle en s'avançant dans la clairière.

Graham lui prit la laisse des mains, puis se pencha pour caresser Biscuit. Le chien le connaissait maintenant, bien qu'il n'ait jamais reculé devant ses attentions, et il se mit à lui lécher le poignet avant de fourrer son museau dans sa main.

— Tu es un bon chien, le complimenta-t-il en lui frottant le ventre et le menton lorsqu'il se mit sur le dos.

Ses paupières se fermèrent à moitié, et il tira la langue.

— Il t'adore, remarqua Arabella.

Graham leva les yeux et vit qu'elle les observait.

— C'est un chien intelligent, dit-il, reportant son attention sur l'animal pour lui gratter la tête. N'est-ce pas, Biscuit ? N'es-tu pas le plus intelligent des chiens ?

Il aboya en réponse, puis se leva d'un bond.

Après l'avoir attaché au même arbre que la dernière fois, il alla chercher dans sa veste un os enveloppé dans du papier provenant de la cuisine de David.

— Je t'ai apporté une friandise.

Arabella éclata de rire.

— Oh ! Il va être insupportable, maintenant.

Graham haussa les épaules, mais ne s'excusa pas.

— Je crois t'avoir dit que j'aimais les chiens.

— Tu n'avais pas besoin de me le dire. Je le vois. Pourquoi n'en as-tu pas pris un autre après Zeus ?

Au début, l'idée avait été trop douloureuse pour être envisagée. À la place, il avait consacré toute son énergie à Uther. Mais aujourd'hui, après avoir passé du temps avec Biscuit, il se demandait s'il n'était pas temps. Il lui manquerait quand il ne verrait plus Arabella. Il ignora la bouffée d'angoisse qui lui tiraillait la poitrine.

— Ce n'est pas arrivé, c'est tout. Peut-être que j'en reprendrai un lorsque tout sera réglé.

Il avait du mal à imaginer quand ce serait le cas. Outre la gestion du désastre financier, il essayait toujours de s'adapter à son rôle de duc. Lorsqu'il prenait le temps d'y réfléchir, il se sentait dépassé par les événements. Les locataires de Halstead Manor, son rôle au sein du gouvernement, le poids des générations passées et futures qui dépendaient de lui…

— Comment cela s'est-il passé hier soir ?

Il fut reconnaissant à Arabella de poser cette question, de sorte qu'il pouvait penser à autre chose.

— Très bien. J'ai exigé de rencontrer l'employeur d'Osborne avant de m'engager à faire un investissement.

Elle écarquilla les yeux.

— Et il a accepté ?

— Il m'a fallu faire preuve de persuasion, mais oui.

Elle lui sourit, et il ne put s'empêcher de faire de même. C'était bon de pouvoir partager cela avec elle.

— J'ai invoqué mon privilège de duc.

Elle gloussa.

— Comme c'est *noble* de ta part !

Il ricana.

— Oui, c'est ce que font les ducs. Il a dit que le précédent avait fait la même chose.

Elle cligna des yeux, surprise.

— Vous avez parlé de lui ?

— Osborne l'a mentionné. Je pense qu'il essayait de savoir de quoi j'étais au courant. J'ai prétendu ignorer qu'il avait investi avec Tibbord. Il voulait également s'assurer que j'avais réellement de l'argent à placer.

— Ce qui n'est pas le cas.

— C'est vrai, mais j'ai prétendu le contraire.

— Et il t'a cru parce que… eh bien, parce que tu es duc ! s'exclama-t-elle avec un sourire.

Il le lui rendit à nouveau.

— Tout à fait.

— Quand vas-tu rencontrer Tibbord ?

— Il ne l'a pas dit ; il m'enverra une note pour m'informer de l'heure. Je pense que je vais devoir réorganiser mon emploi du temps dans la mesure où Osborne n'a pas laissé entendre que j'aurais mon mot à dire pour fixer le rendez-vous. Il viendra à Brixton Park.

Il se rendit compte à cet instant qu'il voulait qu'elle voie Brixton Park, cet endroit que son ancêtre avait construit et qui lui inspirait un sentiment de fierté et de connexion. Une connexion avec son père et les Kinsley qui les avaient précédés, une lignée de gens qui avaient été abandonnés, et Graham s'assurerait que ce n'était pas pour rien. Il les rendrait tous fiers.

— J'espère que tu me diras quand, dit Arabella.

— Bien sûr. En attendant, je pense que tu devrais visiter Brixton Park. Ta mère voulait le voir, n'est-ce pas ?

Il ne tenait pas particulièrement à ce que sa mère vienne, mais il ne pouvait pas non plus inviter Arabella pour une visite privée, même s'il en mourait d'envie.

— Elle adorerait ça, répondit-elle avant de grimacer. Mais elle y verra aussi le signe que tu souhaites me faire la cour, et elle sera terriblement déçue quand nous dirons que nous ne nous convenons pas. Elle m'a déjà harcelée pour savoir si tu reviendrais me rendre visite. Elle a remarqué que tu n'étais présent à aucun des événements auxquels nous avons assisté.

Non, il avait été trop occupé à pourchasser Tibbord.

— Dois-je revenir ? Je veux faire tout ce qu'il faudra pour te faciliter les choses.

Les traits d'Arabella s'adoucirent.

— Merci. J'apprécie que tu t'inquiètes. Et si tu organisais un petit pique-nique ? Nous pourrions inclure Phoebe et Jane.

— *Nous.*

On aurait presque dit qu'ils l'organisaient ensemble. Une

vision d'elle en tant que sa duchesse surgit dans son esprit, et il la repoussa.

— C'est une excellente idée.

Il tenta de trouver des amis qu'il pourrait inviter. Mais il jugea qu'il ne serait pas bien vu de faire venir Ripley, et dans une moindre mesure Colton, en présence de ces dames.

— Demain… serait-ce trop tôt ?

Elle plissa le nez.

— Et si Tibbord veut te voir demain ?

— Eh bien, je serai victime d'une blessure ou d'une maladie importune qui m'obligera à remettre notre pique-nique à plus tard, affirma-t-il, puis il récupéra son épée et fendit l'air avec. Prête pour ta leçon d'escrime ?

— Si tu penses que je le dois.

Il baissa le bras, fronçant les sourcils.

— Je croyais que tu avais apprécié.

Elle secoua doucement la tête, un petit sourire sur les lèvres.

— C'est le cas. Je suis désolée. C'est juste que… peu importe, dit-elle.

Elle redressa les épaules et adopta la posture qu'il lui avait enseignée, puis tendit la main.

— Mon épée, s'il te plaît.

Il aurait aimé pouvoir lui offrir une épée, une épée qui n'appartiendrait qu'à elle. La poignée serait ornée d'un joyau, et son nom serait gravé à la base de la lame. Il sortit de sa rêverie et lui présenta l'arme avec un grand geste, tout en s'inclinant.

Elle la lui prit et il se redressa.

— Te souviens-tu de la fente ?

Elle répondit en s'exécutant, plaçant son pied et son épée. Sa posture était excellente.

Il hocha la tête en signe d'approbation.

— Merveilleux. Maintenant, pour parer. Il s'agit d'un acte

défensif, pour lequel tu ne bougeras pas tes pieds. Il est important que tu gardes ta position et que tu te serves de l'épée pour te défendre. Garde ton bras aussi droit que possible.

Il aurait peut-être dû apporter une autre épée, mais il n'y avait pas pensé. Il aurait fallu qu'il prévoie d'en ramener une de Brixton Park. À supposer qu'il puisse en trouver une là-bas. Il y avait sûrement une épée quelque part ici. Il balaya la clairière du regard et repéra une petite branche sur le sol.

Il alla la chercher, et Biscuit se mit aussitôt à japper et à courir dans tous les sens.

Arabella éclata de rire.

— Il croit que tu vas le lancer.

Évidemment. Zeus adorait courir après les bâtons, lui aussi.

— Et je le ferai. Après avoir perfectionné ta parade. Compte tenu de tes capacités naturelles, cela ne devrait pas prendre beaucoup de temps.

Il se plaça en face d'elle et prit position pour se fendre.

— Je dois me défendre contre ton bâton ? demanda-t-elle, l'air sceptique.

— Tu crois que tu n'en seras pas capable ? C'est un bâton. Tu as une épée.

— C'est bien la raison de mon inquiétude. Je vais couper ton bâton en deux, et tu te retrouveras sans défense.

Graham éclata de rire à son tour.

— Tu peux essayer. Tu es prête ?

Elle acquiesça et il attaqua. Elle para, mais ne fut pas assez rapide pour frapper son bâton. Il aurait pu marquer une touche.

— Tu n'as pas bougé tes pieds, remarqua-t-il d'un air appréciateur.

— Tu m'as dit de ne pas le faire.

— C'est vrai, mais la plupart des gens qui apprennent

reculent sans y réfléchir. C'est un réflexe naturel lorsqu'on est attaqué.

Sans surprise, elle faisait preuve de bravoure, de force d'âme, de grâce et d'esprit.

— Encore une fois, dit-elle.

Il se fendit de nouveau, et, cette fois, elle frappa le bâton pour se défendre.

— Bravo ! s'écria-t-il.

— Je veux me fendre, et tu pares, proposa-t-elle.

— D'accord, acquiesça-t-il, admirant sa vigueur. Prête ?

Elle hocha la tête juste avant de se fendre. Il para, puis riposta.

Elle trébucha en arrière.

— Bon sang ! Qu'est-ce que c'était que ça ?

Elle se renfrogna avant de se fendre à nouveau, adoptant la posture parfaite.

Elle était vraiment magnifique. Il para et elle riposta sans même qu'il lui montre ce qu'il fallait faire. Il n'avait pas voulu le faire, mais c'était une seconde nature pour lui.

— Je suis désolé, s'excusa-t-il. Je ne voulais pas contre-attaquer.

Elle se fendit à nouveau, et il fut contraint de reculer en parant. Elle lui opposa une riposte qu'il para rapidement, puis enchaîna avec sa propre fente. Elle n'était pas aussi rapide que lui, mais elle suivait mieux qu'il n'aurait pu l'espérer. Ils continuèrent pendant quelques minutes jusqu'à ce qu'il remarque qu'elle respirait difficilement et que son bras armé commençait à s'affaisser. De plus, Biscuit devenait fou à cause du bâton.

Il s'arrêta et pointa sa branche vers le sol.

— Ça suffit.

Il jeta la branche à un endroit où Biscuit pourrait facilement l'attraper. Il s'assit rapidement et se mit à ronger l'écorce.

— J'espère qu'il ne pense pas qu'il s'agit d'un autre os, dit Arabella.

Graham rit doucement en s'approchant d'elle. Reprenant son souffle, elle lui tendit l'épée. Alors qu'il l'écoutait, qu'il regardait sa poitrine se soulever et s'abaisser, il se remémora l'autre nuit, alors qu'ils étaient enlacés dans le lit. Son membre durcit ; il n'était que trop conscient qu'ils étaient seuls dans cet endroit isolé.

— Je vois pourquoi tu as retiré tes vêtements, remarqua-t-elle. On peut facilement souffrir d'une surchauffe.

— C'est vrai.

— Je retirerais mes vêtements, si je le pouvais.

Elle releva sa jupe jusqu'à ses mollets qu'elle remua, déplaçant l'air pour rafraîchir ses jambes.

Il tâcha de ne pas les regarder… la tournure élégante de sa cheville, l'inclinaison de son mollet… Il imagina son genou, puis sa cuisse. Il voulait s'enfouir entre ses jambes. Avant qu'il puisse réfléchir à ce qu'il faisait, il se tenait devant elle.

— Que vas-tu faire de ton épée ? lui demanda-t-elle d'une voix sombre et rauque.

Pendant un instant, il crut qu'elle parlait de son sexe ; mais il se rendit compte qu'il portait toujours son arme.

— La rengainer, répondit-il, se tournant brusquement pour prendre son fourreau.

— J'aimerais que tu le fasses.

Elle était juste derrière lui, et cette fois-ci, il n'y avait pas de malentendu.

Il pivota, tenant toujours l'épée à présent rengainée.

— Tu me tentes terriblement.

Elle s'approcha de lui et enroula ses bras autour de sa taille.

— Vraiment ? Bien.

Il laissa l'épée tomber au sol et attrapa Arabella. La ramenant contre son torse, il l'embrassa avec un abandon sauvage, incapable d'arrêter le torrent de luxure qui se déversait en lui.

Elle s'agrippa à sa taille et à ses fesses, lui rendant ses baisers avec avidité et l'attirant contre elle. Elle fit pivoter ses hanches et il gémit, son désir atteignant un niveau désespéré. C'était de la folie. Une folie délicieuse, et il voulait en savourer chaque instant.

Il baissa les bras et leurs positions s'inversèrent : elle s'agrippa à ses épaules et à son cou, tandis qu'il saisissait sa jupe et la remontait plus haut qu'elle ne l'avait fait. Il la souleva davantage, jusqu'à ce qu'il puisse glisser sa main le long de sa cuisse. La jupe retomba sur la main et l'avant-bras de Graham qui la caressait en remontant vers son sexe.

Elle gémit lorsqu'il atteignit ses replis moites. Elle était prête et avide de lui, et son bassin se plaquait contre sa main. Il lui donna ce qu'elle cherchait, glissant ses doigts contre son clitoris, puis dans son *fourreau*. Les muscles intimes d'Arabella se contractèrent autour de lui et il ressentit un besoin désespéré de la sentir autour de son sexe.

Il écarta sa bouche de la sienne, déposant des baisers le long de sa mâchoire et de son cou.

— Arabella, laisse-moi…

— Oui. *S'il te plaît.*

Il les fit pivoter tous les deux et l'entraîna vers un arbre… pas celui où se trouvait le chien. Il la souleva contre le tronc puis s'arrêta pour la regarder dans les yeux. Elle ouvrit les paupières, inquiète.

— Pourquoi t'es-tu arrêté ?

— Cela ne peut pas être confortable.

— Ce qui n'est pas confortable, c'est que tu me laisses sur ma faim, répliqua-t-elle, plissant les yeux. Je t'en prie, ne fais pas ça.

— Si exigeante, murmura-t-il en soulevant à nouveau ses jupes pour les rassembler entre eux.

— Est-ce un problème ?

— Pas même un tout petit peu, la rassura-t-il, car il adorait ça. Enroule tes jambes autour de ma taille.

Pendant qu'elle s'exécutait, il ouvrit son pantalon et sortit son sexe.

Elle gémit, le serrant fort, se frottant contre lui. Il fit glisser son érection le long du sexe d'Arabella, se glorifiant de sa douce impatience. Puis il s'introduisit en elle et l'ivresse de son désir prit le dessus. Elle planta les pieds dans ses fesses et il s'enfonça profondément.

— Va vite, s'il te plaît, lui intima-t-elle. J'ai besoin de toi.

Mon Dieu ! Elle l'excitait comme aucune autre femme n'aurait pu le faire. Il lui donna ce qu'elle demandait, la pénétrant sans relâche. Les muscles d'Arabella se contractèrent autour de lui, et il comprit qu'elle était proche. Après quelques coups de reins supplémentaires, elle s'effondra autour de lui le serrant jusqu'à ce qu'il pense mourir de plaisir.

Bon sang, il allait jouir. Et il ne pouvait pas. Pas en elle. Mais il ne pouvait pas… sortir.

Il se retira juste avant de se répandre. Il appuya son front contre le tronc d'arbre à côté de la tête d'Arabella, sans se préoccuper de la rugosité de l'écorce.

Elle le tenait, ses mains caressant sa nuque et le haut de son dos, ses lèvres effleurant son oreille, sa tempe et sa joue. Il lui fallut quelques instants avant de la mettre debout, la soutenant jusqu'à ce qu'elle soit stable.

— Tout va bien ? demanda-t-il doucement.

Elle acquiesça, lissant ses jupes le long de ses jambes tandis qu'il reculait.

— C'était sans doute peu judicieux, déclara-t-il.

— Probablement. Mais, comme pour l'autre soir, je ne le regretterai pas.

Elle était absolument unique.

Qu'avait-il fait pour mériter le temps qu'il passait avec cette femme ? La plupart des hommes passeraient une vie entière sans connaître ce désir et cette satisfaction profonds, cette félicité totale.

Il réussit à retrouver sa voix.

— Moi non plus.

— Néanmoins, nous devrions sans doute arrêter de faire cela, dit-elle en rajustant son chapeau, qui s'était un peu déplacé au cours de leur... exercice. Je suppose que nous y serons obligés le moment venu.

Cela signifiait-il qu'elle était heureuse de poursuivre leur... liaison ? Car c'en était devenu une. Du moins, c'était ce qu'elle semblait dire.

— Avons-nous une liaison ? lui demanda-t-il.

Elle inclina la tête sur le côté, sa langue pointa pour lécher sa lèvre, et il eut soudain à nouveau envie d'elle, tout de suite. Peut-être que, cette fois-ci, il la pencherait sur ce rocher...

— Oui, je pense que oui. C'est vraiment très *Société des Femmes de tête* de ma part.

Il éclata de rire.

— C'est ce qu'elles font ?

— Mon Dieu ! Non ! Elles ne font rien de tel. Je me disais simplement que cela ressemblait à quelque chose qu'une femme de tête pourrait faire. Et je suis membre honoraire.

— C'est vrai ? demanda-t-il en souriant. C'est logique.

Biscuit aboya, s'étant lassé de son bâton. Graham alla le détacher de l'arbre.

— Tu devrais le laisser courir après le bâton pendant un moment.

— Je le ferai, répondit Arabella. Je ne crois pas pouvoir rentrer chez moi tout de suite. J'imagine que j'ai les joues rouges.

— C'est vrai. Et tu es magnifique.

Elle avait les joues roses, les lèvres rouges et légèrement gonflées, et les yeux brillants de satisfaction.

— Merci. Nous nous verrons donc demain pour le pique-nique ?

— Oui. Je t'enverrai une invitation officielle, ainsi qu'à mesdemoiselles Lennox et Pemberton.

— Tu devrais inclure la mère de Jane, lui conseilla-t-elle.

Il hocha la tête, et elle sourit.

— J'ai hâte d'y être.

— Pas plus que moi.

Il remarqua la lueur dans ses yeux.

— Nous devrons faire preuve d'un comportement irréprochable, affirma-t-elle ensuite, l'air quelque peu déçu. Après tout, ma mère sera là.

Il leva la main en signe de serment.

— Je te promets de garder mes mains pour moi.

— J'essaierai de faire de même.

Elle lui adressa un sourire coquin avant de prendre la laisse de Biscuit et de quitter la clairière.

Graham dut attendre un certain temps avant d'être suffisamment rafraîchi pour enfiler à nouveau sa couche de vêtements extérieurs. Que diable faisait-il à entretenir une liaison avec une femme célibataire en quête d'un mari ? C'était un goujat, une canaille, un véritable gredin.

Et il était aussi très probablement amoureux.

CHAPITRE 12

L'après-midi suivant, Arabella arriva à Brixton Park avec sa mère sous un soleil radieux. Graham se tenait devant le porche. Derrière lui, de grands piliers s'étendaient jusqu'à la ligne de toit. Des dizaines de fenêtres brillaient au soleil. C'était une maison somptueuse, et elle comprenait déjà pourquoi il l'aimait tant.

Alors qu'elles approchaient, il ouvrit les bras en signe de bienvenue.

— Bienvenue à Brixton Hall. Nous avons la chance d'avoir une très belle journée, parfaite pour un pique-nique.

Il s'inclina tandis qu'Arabella et sa mère lui faisaient la révérence.

— C'est vrai, répondit cette dernière en se redressant. Nous sommes ravies d'être vos invitées.

Elle avait été absolument enchantée de recevoir son invitation la veille. Comme prévu, elle en avait aussitôt conclu que cela signifiait quelque chose, qu'une cour ou même une demande en mariage était imminente.

Le regard de Graham se posa sur celui d'Arabella, et un éclair de chaleur la traversa. Il devenait assez éprouvant de passer du temps avec lui. Ou peut-être était-ce simplement parce qu'ils n'étaient pas seuls ce jour-là. Elle s'était habituée à l'avoir pour elle seule.

Le bruit d'un autre véhicule poussa la jeune femme et sa mère à tourner la tête vers la longue allée. Ce devait être Phoebe, ou les Pemberton. Arabella n'avait pas prévenu sa mère qu'elles venaient, sinon elle lui aurait demandé comment elle était au courant.

— Il y a d'autres invités ? murmura Mariah Stoke.

— Apparemment, répondit Arabella d'une voix claire.

Le carrosse s'arrêta et elle remarqua qu'il n'appartenait ni à Phoebe ni aux Pemberton. Il portait un écusson.

Le palefrenier de Graham se précipita pour ouvrir la portière, et Phoebe descendit aussitôt ; ses yeux s'écarquillèrent à mesure qu'elle découvrait la maison. Jane sortit à sa suite, et une troisième personne, sans doute la propriétaire du véhicule, suivit.

C'était Lady Clifton. Pourquoi Graham ne lui avait-il pas dit qu'il l'invitait ?

— Bonjour, mesdames, les salua ce dernier. Bienvenue à Brixton Hall.

Il s'inclina à nouveau, et les trois ladies firent la révérence.

Phoebe s'avança vers Arabella et sa mère avec un sourire chaleureux.

— Je suis ravie de vous voir ici !

Lady Clifton glissa vers elles, silhouette longiligne qui se déplaçait avec une grâce élégante.

— Lady Clifton, dit Phoebe. Permettez-moi de vous présenter ma chère amie, Mlle Arabella Stoke, et sa charmante mère, Mme Stoke.

Ces deux dernières firent à nouveau la révérence.

— C'est un plaisir de faire votre connaissance, dit Arabella.

— Plaisir partagé, acquiesça Lady Clifton avant de passer devant elles pour s'adresser à Graham. Merci beaucoup de m'avoir incluse à votre invitation au pique-nique d'aujourd'hui

— Avec plaisir.

La voix de Graham était douce et chaude, et Arabella se demanda comment cette invitation avait pu se produire. Puisque Lady Clifton l'avait remercié de l'avoir incluse, peut-être Phoebe était-elle derrière tout cela. Mais pourquoi ? Si elle avait cherché d'autres ladies pour l'accompagner, pourquoi ne pas avoir sollicité Arabella ? Phoebe ignorait qu'elle devait venir.

Pourquoi l'aurait-elle fait ? Tu lui as clairement fait comprendre qu'il n'y avait rien entre Graham et toi, que vous ne vous conveniez pas.

— Oui, merci, Votre Grâce, dit Jane. Ma mère n'a pas pu venir, et Lady Clifton est un chaperon bienvenu. J'apprécie que vous l'ayez incluse.

Il inclina la tête, puis fit un geste en direction de la maison.

— Voudriez-vous entrer pour une brève visite avant que nous nous rendions dans le jardin pour le pique-nique ?

— Oui, allons-y, répondit Lady Clifton, et comme elle était la plus proche, Graham lui offrit son bras.

Ou bien peut-être était-ce parce qu'elle était plus titrée qu'eux tous.

Arabella prit le bras de sa mère en s'avançant vers l'entrée.

— Je n'avais pas compris qu'il y aurait d'autres personnes ici, murmura cette dernière, l'air terriblement déçu.

— Ce n'est pas grave, dit Arabella. Je t'ai dit de ne pas te faire d'illusions au sujet du duc.

— C'est difficile de faire autrement quand il nous invite chez lui.

Mariah Stoke pinça les lèvres lorsqu'elles entrèrent.

Le hall d'entrée était vaste, avec un sol en marbre pâle et des revêtements muraux verts. Un seul portrait était accroché au-dessus d'une petite table d'appoint, celui d'une femme aux cheveux noirs et aux yeux mystérieux.

— Il s'agit d'une ancienne duchesse, expliqua Graham, ce qui amena Arabella à se demander si ce n'était pas la duchesse fourbe qui avait fait bannir sa famille. La mère du dernier duc, précisa-t-il.

Ce n'était donc pas elle. *Bien.* Arabella espérait qu'il avait vendu les éventuels portraits de cette femme.

Au vu de la pénurie d'œuvres d'art sur les murs, il semblait en avoir cédé beaucoup. Elle espérait être la seule à l'avoir remarqué.

— Vous constaterez que mes goûts en matière de décoration sont plus sobres que ce que l'on peut voir dans d'autres maisons ducales, déclara Graham. Je crains qu'il ne me soit difficile de laisser derrière moi mes origines modestes. Vivre dans une demeure de cette taille et d'une telle splendeur demande une certaine adaptation, et je me suis efforcé de faire en sorte qu'elle ressemble à ma maison plutôt qu'à un musée.

C'était une excellente explication de l'absence d'art. Arabella avait envie de l'applaudir pour son ingéniosité. Et elle se demandait si c'était vrai. Elle savait qu'il aimait le domaine et qu'il ferait tout pour le garder, mais éprouvait-il des difficultés à s'adapter à l'opulence et à la splendeur lorsqu'il était question de son lieu de vie ?

— Permettez-moi de vous montrer le salon et la salle de bal. Par ici.

Il les fit traverser le hall, passer devant un large et magnifique escalier à la rampe en bois verni aux motifs complexes. Des fleurs et des feuilles étaient entrelacées le long du garde-corps et des balustres.

— Les détails de l'escalier sont stupéfiants, remarqua Arabella, qui avait envie de passer ses doigts sur le bois.

— Mon ancêtre l'a sculpté lui-même, ou du moins une partie. Il adorait les jardins, qu'il dessinait d'ailleurs, et tâchait de les intégrer dans la maison chaque fois que c'était possible. Vous verrez la corniche fleurie dans la salle de bal.

Graham les conduisit au salon, peint aux couleurs d'un jardin. Effectivement, une fresque représentant un jardin ornait l'un des murs.

— C'est tout à fait charmant ! s'enthousiasma Lady Clifton. Cela me rappelle votre salle jardin, mademoiselle Lennox.

— En effet, acquiesça Phoebe.

Arabella remarqua que la salle semblait assez grande, sans doute parce qu'il n'y avait que deux coins pour s'asseoir, et qu'elle aurait vraiment pu, et même dû, en contenir beaucoup plus. Une nouvelle fois, elle espérait que personne d'autre ne prêtait attention à ces détails. Toutefois, si sa mère estimait qu'il n'était pas assez riche, elle abandonnerait peut-être son espoir de voir Arabella et lui s'entendre.

Ils passèrent ensuite dans la salle de bal et, comme il l'avait dit, le plafond était orné de fleurs sculptées sur les bords. C'était magnifique, et Arabella craignait de se faire un torticolis si elle le regardait trop longtemps.

— Que diriez-vous d'aller dehors ? suggéra Graham avec un geste en direction des larges portes menant aux jardins.

Des zones séparées par des chemins étaient aménagées en grille, et sur la gauche se trouvait un labyrinthe.

Un valet de pied tint la porte pendant qu'ils sortaient, et Graham les conduisit vers la gauche. Juste après le dernier carré s'étendait une magnifique pelouse verte. Deux couvertures étaient disposées avec six couverts de manière que les convives s'asseyent en cercle.

— En chemin, permettez-moi de vous montrer la clé de

voûte posée par mon arrière-arrière-grand-père en 1715, proposa Graham.

Il les emmena au coin de la maison et leur indiqua une pierre à environ un mètre du sol. Il y était gravé : R. Kinsley 1715.

Arabella savait que le R signifiait Richard, l'arrière-arrière-grand-père de Graham, et non Robert, le duc. C'était la création de Richard, sa passion. Et elle lui avait été enlevée. Elle se tourna vers Graham, qui contemplait la pierre avec une telle fierté qu'elle la ressentit au creux de sa poitrine.

— Je ferai de mon mieux pour que tu sois assise à côté de lui, murmura sa mère, rompant l'intensité du moment.

Finalement, elle n'eut pas à le faire, car Graham conduisit Lady Clifton jusqu'à une place, puis se tint à côté d'elle. Il soutint ensuite le regard d'Arabella, et une communication silencieuse s'établit entre eux. Son message était clair, du moins aux yeux de la jeune femme : elle devait s'asseoir de l'autre côté.

— Oh, parfait ! murmura Mariah Stoke alors que tous prenaient place.

Un valet de pied servit un délicieux repas composé de faisan froid, de fromage, de pain et d'un assortiment de fruits et de noix. Il y avait aussi de la limonade.

— Votre arrière-arrière-grand-père a conçu cette maison ? l'interrogea Lady Clifton. Ainsi que les jardins ?

— Oui. Cela lui a pris près de dix ans. C'était un travail considérable. Nous avons ses journaux.

Lady Clifton sourit, son attention entièrement tournée vers Graham.

— C'est merveilleux. J'aimerais beaucoup les lire. Avez-vous envisagé de les faire publier ?

— Non.

Peut-être devrait-il le faire. Cela pourrait constituer une source de revenus. Arabella grimaça intérieurement ; elle détestait tout voir avec l'idée d'améliorer sa situation financière. Cependant, elle savait qu'il en avait autant besoin qu'elle. Soudain, elle se demanda si Lady Clifton était riche, et son ventre se serra.

— Votre arrière-arrière-grand-père a-t-il conçu autre chose ? Il semble si talentueux qu'il aurait dû être connu, et pourtant je n'ai jamais entendu parler de lui, remarqua la jeune femme, avant de baisser le menton. Certes, je ne suis pas une experte en architecture.

— Il a conçu les jardins de Huntwell dans le Huntingdonshire. Il y est allé pour devenir secrétaire.

— Et votre famille y est secrétaire depuis lors, déclara Phoebe. Jusqu'à récemment. Je me demande ce que dirait votre ancêtre en vous voyant ici, en tant que duc, dans le jardin qu'il a dessiné et la maison qu'il a construite.

Arabella sentit la flambée de fierté et de passion chez Graham à côté d'elle, autant qu'elle vit sa poitrine se gonfler et ses épaules se redresser.

— Il en serait très heureux, je pense.

— A-t-il aussi conçu le labyrinthe ? s'enquit Jane, le regard tourné vers les grandes rangées et allées de haies qui s'entre-croisaient.

— C'était ce qu'il préférait, déclara Graham en souriant. Il l'a créé pour ses enfants. Il est spécialement conçu pour un jeu de cache-cache stimulant. Il y a toutes sortes de coins et de recoins qui sont parfaits pour se cacher.

— C'est fantastique ! s'exclama Lady Clifton.

— Je ne sais pas, intervint Phoebe, l'air sceptique. Ne serait-il pas facile de se perdre ?

Graham inclina la tête sur le côté.

— Si, mais si vous posez votre main, la droite ou la gauche, peu importe, sur les arbustes, et que vous l'y laissez pendant que vous marchez, vous finirez par trouver la sortie.

— Nous devrions jouer ! s'exclama Lady Clifton.

Jane acquiesça.

— Oh, oui ! Je pense que nous devrions.

Graham releva une épaule, puis promena ses yeux de Phoebe à la mère d'Arabella, puis à Arabella elle-même, et son regard s'attarda chaleureusement sur elle.

— Qu'en dites-vous ?

Si Arabella avait la possibilité de se perdre dans un labyrinthe avec Graham, ne serait-ce que quelques minutes, elle en profiterait.

— Oui, s'il vous plaît ! dit-elle en le regardant droit dans les yeux, parcourue d'un frémissement d'impatience.

— D'accord, je vais essayer, dit Phoebe avec une pointe de réticence. Mais c'est uniquement parce que vous m'avez expliqué comment je peux retrouver la sortie. Cependant, si je n'arrive pas à sortir, je crierai à tue-tête et vous serez obligé de me secourir.

Il rit.

— J'en serai ravi, dit-il avant de se retourner vers la mère d'Arabella. Madame Stoke ?

Elle secoua la tête.

— Je vais vous laisser entre jeunes gens.

Elle adressa à Arabella un sourire encourageant. À l'évidence, elle espérait que sa fille tournerait la situation à son avantage d'une manière ou d'une autre. Oh, si seulement elle savait à quel point tout cela était mal, et qu'il n'y avait absolument aucun espoir pour elle et Graham.

Ils se levèrent tous, à l'exception de la mère d'Arabella, et se dirigèrent vers l'entrée du labyrinthe, qui n'était pas visible de l'endroit où ils avaient pique-niqué.

— Attendez... qui va chercher ? s'enquit Jane.

— Sa Grâce, évidemment, dit Phoebe. Non seulement parce qu'il devra jouer les sauveteurs en cas de besoin, mais c'est aussi le seul homme.

— Oui, ce doit être lui, acquiesça Lady Clifton. Combien de temps avons-nous pour nous cacher ?

— Je vous donne cinq minutes, et ensuite je vous cherche.

Il sortit sa montre à gousset et la consulta.

Tout le monde resta là un instant avant que Jane ne s'écrie :

— Allons-y !

Elle s'engagea la première dans le labyrinthe, Lady Clifton derrière elle et Phoebe à la suite. Arabella entra volontairement la dernière.

Elle se retourna vers Graham qui mima les mots *Pars à gauche*.

Alors qu'elle pénétrait dans le labyrinthe, elle fut à nouveau envahie d'un sentiment d'impatience. Elle prit un virage à droite, puis un autre, et un troisième. Y avait-il une gauche ?

Il avait dit qu'il y avait des coins et des recoins. Peut-être avait-elle manqué quelque chose. Elle revint sur ses pas, regardant cette fois à droite, et elle finit par la voir, une étroite ouverture. Graham cria qu'il venait les chercher.

Se faufilant entre les haies, elle se glissa dans un petit espace qu'elle fut ravie de trouver vide. Après s'être installée pour attendre, elle entendit le doux crissement des gravillons suivi de la pression des feuilles lorsque Graham s'inséra dans le recoin. Il était juste assez grand pour qu'ils s'y tiennent debout en se frôlant à peine.

— Oh bien, tu l'as trouvé ! murmura-t-il.

Elle posa la main sur son torse et sentit son cœur battre avec assurance et force sous sa paume.

— Manifestement, tu as passé du temps dans ce labyrinthe.

— Depuis que j'ai emménagé ici, je suis plutôt obsédé par ce sujet. J'aurais adoré cela quand j'étais enfant.

Arabella entendit le regret dans sa voix.

— Tu es en colère qu'on te l'ait refusé.

— Je ne demandais pas à vivre ici, mais à être accueilli et accepté par la famille, c'était tout ce que mon père avait toujours voulu.

— La famille est si importante…

Voilà pourquoi elle était prête à tout pour sauver ses parents, y compris à renoncer à son propre bonheur. Mais elle ne voulait pas y penser à cet instant. Pas alors que le bonheur, aussi éphémère soit-il, se tenait juste devant elle.

— Nous n'avons pas beaucoup de temps, lui dit-il.

— Alors, tu ferais mieux de m'embrasser.

Elle avait prévu de l'interroger au sujet de Lady Clifton, mais elle ne voulait pas gâcher le temps qu'ils avaient ensemble. La veuve était peut-être son avenir, mais Arabella était son présent, et il était le sien.

Graham posa sa bouche sur celle de la jeune femme, qui enroula ses bras autour de son cou. Il la ramena contre lui, rapprochant leurs corps. Elle avait envie d'enrouler ses jambes autour de sa taille, comme elle l'avait fait dans le parc. Au lieu de cela, elle se hissa sur la pointe des pieds et plaqua son bassin contre celui de Graham, sentant la longueur délicieuse de son sexe, même à travers leurs couches de vêtements.

Il lui caressa les seins à travers sa robe, tandis que sa langue explorait sa bouche. Il plaqua ensuite son autre main sur ses fesses pour encourager ses mouvements contre lui. Le désir l'envahit, l'excitant jusqu'à la rendre fébrile.

Cette situation n'était pas propice à une union, mais il y avait d'autres choses à faire… Sauf que le temps leur manquait.

Il déposa des baisers sur sa joue et le long de son cou, suçotant sa chair.

— Je te prendrais ici si je le pouvais.

Elle plongea ses doigts dans les cheveux de sa nuque et se

délecta de ce moment, de son contact, de leur désir mutuel. Oh, comme elle aurait aimé que les choses soient différentes !

Ils se séparèrent, le souffle court, tandis qu'il lui enserrait la taille et qu'elle posait ses mains sur sa poitrine.

Il appuya son front contre le sien.

— Je crois que notre temps est écoulé.

Oui, leur temps était écoulé. Soit Graham récupérait leur argent, soit ils seraient contraints de se marier, et pas l'un avec l'autre. Comme si cela n'avait jamais été autre chose qu'un rêve. Pendant un bref instant, elle se demanda ce qui se passerait s'il parvenait à récupérer l'argent auprès de Tibbord. Et à ce moment-là, elle comprit qu'elle ne s'était jamais vraiment attendue à ce que cela se produise.

Il sembla lire dans ses pensées, car il lui dit :

— Je vais récupérer l'argent de ton père. Tu seras libre d'être un vrai membre de la Société des Femmes de tête.

Elle lui sourit.

— Je sais que tu feras de ton mieux, dit-elle avant de l'embrasser rapidement. Va-t'en. Je vais aller m'asseoir avec ma mère.

Il acquiesça, puis l'embrassa encore une fois avant de se retourner et de se glisser hors de l'alcôve. L'air se rafraîchit subitement, et Arabella s'entoura de ses bras. Ils ne pouvaient pas continuer ainsi. Il devait épouser Lady Clifton ou quelqu'un d'autre. Elle devait épouser Sir Ethelbert ou quelqu'un d'autre.

Arabella quitta le labyrinthe et retourna auprès de sa mère, qui fronça légèrement les sourcils en la voyant.

— J'espérais que tu serais la dernière à sortir.

— Pourquoi ? demanda Arabella, s'asseyant à côté d'elle sur la couverture.

— Pour que tu puisses passer un peu de temps avec Sa Grâce, bien sûr !

Arabella était heureuse que sa mère ne puisse pas deviner

à quelle vitesse son cœur battait encore ni déceler la joie qu'elle ressentait après avoir été dans ses bras.

— Maman, tu ne dois pas te faire d'illusions quant à une union avec le duc.

— Je me fais des illusions comme je l'entends, dit-elle d'un ton guindé, mais son regard s'assombrit. Mais je dois dire que j'ai été déçue par l'arrivée de Lady Clifton. Il préférerait sans doute une jeune lady qui n'a jamais été mariée et qui n'a pas encore d'enfants.

— Alors pourquoi ne se tournerait-il pas vers Phoebe ou Jane ?

— Elles ne comptent pas, ma chérie. Mlle Lennox, par son comportement, s'est exclue elle-même, et je pense que Mlle Pemberton n'est pas loin derrière.

Avant qu'Arabella puisse défendre leur choix et leur indépendance, Jane sortit du labyrinthe en riant.

— Oh là là ! s'exclama-t-elle, reprenant son souffle en les rejoignant. J'ai surpris Sa Grâce d'une manière tout à fait incroyable.

Phoebe sortit quelques instants plus tard, mais il fallut attendre plusieurs minutes avant que Graham n'émerge, Lady Clifton à son bras. Elle se serrait assez étroitement contre lui et riait gaiement tandis qu'ils revenaient vers la couverture. Arabella chassa le vif sentiment de jalousie qu'elle n'avait pas le droit d'éprouver.

Peu après, les dames prirent congé, chacune remerciant Graham pour ce bel après-midi. Cependant, aucune ne fut plus expansive que la mère d'Arabella.

— Votre Grâce, nous sommes tout simplement enchantées que vous ayez retenu notre idée de visite lorsque vous êtes récemment venu voir Arabella.

Elle le dit de sorte que tout le monde l'entende, surtout Lady Clifton.

— Je suis vraiment ravi que vous ayez pu venir, répondit Graham d'un ton égal.

Il lui fit une charmante révérence avant de se tourner vers Arabella. Son regard la frôla telle une flamme, et elle aurait donné n'importe quoi pour retourner dans le labyrinthe avec lui.

Puis il reporta son attention sur Lady Clifton, qui lui sourit joliment. Elle fit une révérence.

— Merci, monsieur, de m'avoir fait profiter de cette formidable excursion. J'ai particulièrement apprécié le labyrinthe.

Elle inclina la tête d'un air timide, ce qui conduisit Arabella à se demander *pourquoi* elle l'avait *particulièrement* apprécié. Graham l'avait-il aussi embrassée ?

Bien sûr que non !

Son esprit lui disait qu'il ne se montrerait jamais aussi insensible. Cependant, son esprit savait aussi que Graham devait trouver une héritière, et que si Lady Clifton possédait une fortune, elle était précisément ce qu'il lui fallait. Son cœur, en revanche, lui intimait de revendiquer Graham, et de ne jamais le laisser partir.

Mais elle ne pouvait pas. Il fallait qu'elle accepte qu'ils devaient aller de l'avant.

Comment pouvait-elle faire cela alors qu'elle était en train de tomber amoureuse de lui ?

~

Graham faisait les cent pas dans la bibliothèque de Brixton Hall en attendant l'arrivée de Tibbord. L'homme avait envoyé un message la veille en fin de journée pour demander à le rencontrer cet après-midi. La fin était proche : il allait résoudre ses problèmes d'argent *et* ceux d'Arabella, et puis…

Et puis quoi ?

Et puis elle accepterait son avenir en tant que membre de la Société des Femmes de tête, et Graham se consacrerait à la rénovation du manoir d'Halstead et à son nouveau rôle de duc. Une petite voix au fond de son esprit se demandait si leur liaison pouvait continuer. Ou peut-être même conduire à quelque chose d'autre. Le voudrait-elle ? Elle ne lui en avait pas donné l'impression. L'histoire, l'histoire d'Arabella, lui indiquait que cette intimité entre eux ne devait pas nécessairement aboutir à un mariage.

La voix de Hedge résonna dans la bibliothèque juste avant qu'il n'arrive à la porte.

— Sa Grâce est juste là.

Exactement comme ils l'avaient prévu, Hedge accompagnait Tibbord directement à la bibliothèque et parlait suffisamment fort pour qu'il les entende approcher.

Graham inspira profondément et redressa sa veste au moment où Tibbord passait devant le majordome pour entrer. Il était petit et trapu, avec un cou épais. Il tendit son chapeau à Hedge, dévoilant une épaisse chevelure sombre. Il avait des yeux clairs, gris, peut-être, qui balayèrent rapidement la pièce avant de se poser sur Graham. C'était une manœuvre étrange, comme s'il cherchait des sorties.

— Bienvenue à Brixton Park, dit Graham.

Tibbord s'inclina.

— Merci, Votre Grâce.

Il s'avança, et Graham lui tendit la main en guise de salut. Tibbord la lui serra, affichant un sourire neutre.

— Je suis heureux d'avoir été invité à revenir. Je vois que vous avez un nouveau majordome, ajouta-t-il en jetant un coup d'œil à Hedge.

— Oui. Plusieurs des serviteurs de Brixton Park sont partis après la mort du duc précédent. C'est gentil de votre part de vous rappeler d'eux. Vous veniez souvent ici ?

— Je suis venu quelques fois, dit Tibbord qui s'avança vers la fenêtre donnant sur le labyrinthe. Cependant, je n'ai jamais eu l'occasion de visiter les jardins. Le labyrinthe m'a toujours intrigué.

— C'est plutôt amusant.

Graham aurait voulu attirer Tibbord au centre et l'y laisser toute la nuit. Avec un peu de chance, il ne saurait pas comment s'en échapper. Il jeta un regard à Hedge, et inclina la tête. Le majordome se retira avec le chapeau de Tibbord.

Ses vêtements étaient exceptionnellement bien coupés et fabriqués à partir de matériaux nobles. Il avait l'air de bien se porter, mais pourquoi en serait-il autrement ?

— Et si nous parlions affaires ? proposa Graham.

Se détournant de la fenêtre, Tibbord souffla.

— Très bien. C'est pour cela que je suis ici, dit-il, arborant un sourire suffisant.

Graham se déplaça vers un coin salon près des fenêtres et fit signe à Tibbord de prendre place sur le canapé, tandis qu'il s'asseyait sur un fauteuil.

Tibbord se jucha sur le canapé en soulevant sa queue de pie.

— Osborne dit que vous avez de l'argent à investir. C'est une excellente nouvelle, car il semble que le précédent duc ait pris trop de risques.

— Vous deviez bien connaître le duc pour être au courant de telles informations.

— Il donnait de nombreux détails au sujet de sa situation financière. Je sais qu'il devait verser des rentes à d'innombrables membres de sa famille, ce qui ne faisait que grever ses finances. Brixton Park est également hypothéqué depuis longtemps, et il a été contraint d'augmenter la dette pour subvenir aux besoins de ses proches. J'étais plus qu'heureux de l'aider à inverser la tendance.

— Sauf que vous n'en avez rien fait, constata Graham, gardant un ton léger.

Il ne voulait pas effrayer l'homme, pas encore. Pas avant d'avoir compris précisément ce qu'on attendait de lui.

— Vous avez pris son argent et ne l'avez pas restitué. Certains appelleraient cela du vol.

Tibbord se renfrogna, et de profonds sillons se creusèrent sur son front.

— J'espère sincèrement que vous ne m'accusez pas de quelque chose de criminel. Il y a eu un rendement, pas aussi important que je l'avais espéré, mais Sa Grâce a insisté pour que j'investisse l'argent dans un projet risqué. Je ne le recommandais pas, mais il était catégorique. Malheureusement, il a perdu la totalité de son investissement.

— C'est aussi ce qui s'est passé avec les Stoke et vos autres clients ? s'enquit Graham d'un ton faussement calme.

Tibbord ne montra pas le moindre signe d'inquiétude. À la place, il sourit d'un air condescendant.

— Je ne devrais pas parler d'autres clients.

— Alors, laissez-moi le faire, dit Graham. Toutes ces personnes ont simplement fait de mauvais choix que vous avez facilités ? Voilà qui me semble être une coïncidence peu probable.

Enfin, le regard de Tibbord se durcit, et ses muscles parurent se tendre.

— Je vous assure que c'est le cas. Pourquoi parlez-vous de cela ? Je commence à me demander si vous souhaitez vraiment investir avec moi.

— En fait, non, répondit Graham.

Il s'adossa à son fauteuil et adopta une posture nonchalante alors que son sang bouillonnait à l'intérieur.

— Je vous ai convié ici pour exiger le remboursement de l'investissement du duc. Je crois que vous l'avez volé, et si vous ne le restituez pas, je vous poursuivrai pour fraude et vol.

Les narines de Tibbord frémirent, mais ce fut la seule réaction qui le trahit.

— Voilà qui me semble plutôt cher.

— Je veillerai également à ce que vous ne soyez plus le bienvenu dans les cercles de jeux de Londres. Puisque c'est là que vous chassez les désespérés, comment trouverez-vous vos marques ?

Devant l'hésitation de Tibbord, Graham se demanda s'il avait enfin réussi à percer la bravade de l'homme.

— Laissez-moi vous épargner cette peine. Je ne peux pas rembourser l'investissement parce que je ne l'ai pas. Comme je l'ai dit, il s'agissait d'un projet risqué et l'argent a été perdu.

Graham fixa Tibbord du regard, sans chercher à masquer sa haine.

— Montrez-moi la preuve de l'investissement et comment il a été perdu.

Tibbord se pencha en avant, appuyant ses coudes sur ses genoux.

— Quel est votre objectif ?

— Récupérer mon argent et celui des Stoke.

Tibbord leva brièvement les mains avant de se caler dans le canapé.

— Eh bien, cela n'arrivera tout simplement pas. Il n'y a plus d'argent. De plus, Sa Grâce s'en moquait. Il se doutait qu'il n'y aurait pas de rendement, mais comme il n'en avait plus pour longtemps, il a dit que ce serait votre problème, et qu'il se moquait bien de savoir si vous étiez en faillite ou non.

Graham eut l'impression de recevoir un coup de poing dans le ventre.

— Il vous a dit ça ?

— Oui, répondit l'autre homme, le regardant avec pitié. Vous ne pouvez pas prouver que le duc a investi auprès de moi. Je suis très prudent. Certes, pas assez, apparemment, car je n'aurais jamais dû vous rencontrer aujourd'hui. Quel gâchis !

Il se leva brusquement.

Submergé d'une vague de fureur, Graham se leva.

— Je suis désolé de vous ennuyer. Vous parlez de la vie des gens. Il ne s'agit pas de moi et de savoir si je peux me procurer un nouveau cheval ou acheter une autre maison de campagne. Les gens de Halstead Manor comptent sur moi, et ce domaine a besoin d'attention.

— N'oubliez pas tous ces parents gênants et leurs rentes. On dirait bien que vous allez devoir vendre Brixton Park. Il se trouve que je connais un acheteur. Je serais heureux de faciliter la vente.

Graham lui jeta un regard meurtrier.

— Je ne vous laisserais même pas faciliter l'usage des toilettes. Oubliez-moi.

Il lui était si pénible de dire cela !

— Vous devez rendre l'argent des Stoke. Vous vous êtes attaqué à eux et vous avez rendu M. Stoke malade, laissant sa femme et sa fille vulnérables.

Tibbord ricana.

— Stoke est un idiot qui ne sait pas quand arrêter. Il s'est acculé tout seul, accumulant des pertes qu'il ne pouvait espérer rattraper. Il mérite ce qui lui arrive.

Graham lutta pour ne pas frapper l'homme. Comment pouvait-il se montrer aussi insensible ?

— Et sa femme et sa fille aussi ?

Tibbord haussa les épaules.

— Elles ne sont pas mon problème, et vous non plus. Vous nous avez fait perdre notre temps à tous les deux aujourd'hui.

Graham s'avança vers l'autre homme, montrant les dents.

— Je suis un fichu *duc*. Vous ne pouvez pas me voler et vous en tirer.

Un voile de peur passa dans le regard de Tibbord.

— Êtes-vous en train de me menacer ?

— Je devrais vous défier en duel. En fait, je le ferai si vous en parlez à qui que ce soit : personne ne doit être au courant de la situation financière des Stoke. Ou de la mienne.

Tibbord plissa les yeux.

— Vous n'avez pas d'argent à investir, n'est-ce pas ?

Graham serra les dents, mais ne dit pas un mot.

— Je devrais vous étrangler jusqu'à ce que vous saigniez l'argent que vous avez volé.

Le visage de Tibbord perdit un peu de sa couleur.

— Vous pourriez essayer, mais il n'y aurait rien.

— Où est-il passé ? s'enquit Graham, serrant les dents.

Tibbord haussa à nouveau les épaules.

— J'aime dépenser.

Incapable de maîtriser sa colère un instant de plus, Graham se jeta sur lui, saisissant Tibbord par le revers de sa veste.

— Vous n'êtes qu'une crapule. Je vais récupérer l'argent que vous nous devez.

— Vous ne pouvez pas parce qu'il n'y en a pas, prétendit Tibbord, dont les yeux s'exorbitèrent ; il s'efforça d'aspirer de l'air. Mon cousin vous le dira !

— Qui est votre cousin ? l'interrogea Graham, tirant sur la veste de l'homme avec les deux mains, jusqu'à tendre complètement le tissu.

— Le marquis de Ripley !

Graham lâcha Tibbord, bousculant la canaille au passage.

Celui-ci parvint à garder l'équilibre alors qu'il trébuchait en arrière, puis il lissa sa veste froissée.

— Ripley confirmera que je n'ai rien à mon nom. Ou très peu, en tout cas. Je devais de l'argent à… certaines personnes.

Graham secoua la tête.

— Et vous avez le culot de dire du mal de Stoke ! Vous me dégoûtez. Sortez !

Tibbord inspira profondément et releva le menton. Puis il tourna les talons et partit.

Graham fixa l'entrée du regard longtemps après le départ de l'homme. Il n'y avait pas d'argent. Si l'on pouvait croire Tibbord.

Apparemment, Graham devait poser la question à Ripley. Mais de quelle façon était-il mêlé à tout cela ? Avait-il su dès le départ que son cousin avait volé Graham ? Et il l'avait aidé ? À présent, il se demandait…

Il secoua à nouveau la tête, tâchant d'évacuer sa colère, sa déception et sa confusion. S'il n'y avait pas d'argent, il devait vendre Brixton Park. De toute façon, il n'avait presque plus de temps. Il lui restait moins de quinze jours pour rembourser la banque, et la somme était tout simplement exorbitante. De plus, il devait des rentes trimestrielles à tous les membres de sa famille. Qui méprisaient sa lignée. L'ironie était si intense qu'elle en était douloureuse.

Mais rien de tout cela n'était comparable à ce que cela ferait aux Stoke. Ils parvenaient à peine à tenir leur maison. Arabella allait devoir se marier, et, pour autant qu'il le savait, elle n'en avait pas envie. Il ne supportait pas l'idée de la voir piégée dans un mariage sans amour. Il ferait n'importe quoi pour empêcher que cela arrive.

Y compris vendre Brixton Park.

Il se tourna vers la fenêtre et observa le labyrinthe. Sa poitrine se serra lorsqu'il songea à la pierre angulaire portant le nom de son arrière-arrière-grand-père à l'extérieur de ce même mur.

Il aurait dû vendre plusieurs mois plus tôt, lorsqu'il avait appris ses difficultés financières. Ainsi, il n'aurait pas gaspillé la majeure partie de ses économies, et il aurait déjà pu commencer à améliorer Halstead Manor. Il avait laissé son orgueil et son amour pour son père prendre le pas sur tout le reste.

Y compris son amour pour Arabella.

La douleur dans sa poitrine s'intensifia. Non pas parce qu'il se rendait compte qu'il était amoureux, mais parce qu'il était presque totalement sûr que le sentiment n'était pas réciproque. Elle voulait être une femme indépendante, capable de faire ses propres choix. Elle était déjà cette femme, comme en témoignaient les décisions qu'elle prenait pour elle-même, et il veillerait à ce qu'elle puisse le rester.

Il lui dirait, ainsi qu'à ses parents, qu'il avait pu récupérer leur argent auprès de Tibbord. La vente de Brixton Park lui permettrait de le faire et de disposer d'un peu d'argent à investir dans Halstead Manor. Il pourrait sans doute passer le reste de la saison dans la maison de David. Celui-ci n'y verrait pas d'inconvénient.

Le connaissant, il essaierait de donner de l'argent à Graham, ou au moins de lui en prêter, pour l'aider à conserver Brixton Park. Mais il n'en était plus là. Il ne pouvait pas sacrifier un instant de plus à s'accrocher à cet endroit, qui n'avait jamais été censé lui appartenir.

Se détournant de la fenêtre, il résolut d'écrire immédiatement à David. Il solliciterait un prêt à court terme afin de pouvoir payer les Stoke immédiatement. Puis, lorsque la vente de Brixton Park serait achevée, il le rembourserait.

Graham s'arrêta en chemin vers la porte. David patienterait en attendant d'être remboursé, mais qu'en était-il de la banque ? Ils s'attendaient à ce que l'hypothèque soit remboursée à la fin du mois. Cela ne laissait pas beaucoup de temps à Graham pour vendre le domaine. Y parviendrait-il aussi rapidement ? Ou bien, la banque serait-elle plus patiente s'il y avait au moins un acheteur engagé ?

Son esprit se tourna, comble de l'ironie, vers Tibbord. Il

avait dit qu'il avait un acheteur. Était-ce vrai? Cet homme n'était pas digne de confiance. Pourtant, Graham ignorait par où commencer pour en trouver un.

Lorsqu'il sortit de la bibliothèque, Graham ne s'était pas senti aussi abattu depuis la mort de son père. Peut-être parce qu'il le laissait tomber en vendant Brixton Park. Non, il refusait de voir les choses sous cet angle. Vendre l'endroit était la meilleure chose à faire, que ce soit pour ses locataires, pour lui, et certainement pour Arabella. Il n'avait aucune responsabilité envers elle, mais il tiendrait à elle jusqu'à la fin de ses jours. Et s'il avait les moyens de s'assurer qu'elle puisse vivre la vie qu'elle souhaitait, il le ferait.

L'amour en valait le prix.

CHAPITRE 13

— Votre Grâce ?

Graham cligna des yeux, mais il ne voyait rien à travers le brouillard. Il entendait la voix de l'homme, mais il ignorait à qui il parlait. Il ne connaissait aucun duc, et c'étaient les seules personnes auxquelles on s'adressait de cette manière.

— Votre Grâce. Je vous demande pardon.

Le frôlement d'une main sur l'épaule de Graham le fit tressaillir. Qui le touchait ?

— Votre Grâce. Vous avez des invités, et ils se montrent très insistants. J'ai essayé de leur expliquer que vous étiez indisposé.

Votre Grâce.

Graham était le duc. Il était devenu duc plus de six mois plus tôt, mais cela lui paraissait encore étrange. Cela deviendrait-il confortable, un jour ? Il était secrétaire, pas duc.

Et, maintenant plus que jamais, il n'avait que faire d'un titre.

Il ouvrit un œil et vit un oreiller sous son visage. Le refermant, il rassembla l'énergie nécessaire pour se retourner. La lumière opaque du soleil frappa ses paupières qu'il rouvrit en plissant les yeux.

À côté du lit se tenait son valet, ancien valet de pied qu'il avait promu. Il était plus jeune que Graham de plusieurs années, et il n'avait sans doute rien à faire dans ce rôle. Cependant, il était bien moins cher qu'un valet de chambre qualifié. De plus, cela lui convenait d'avoir un domestique aussi inexpérimenté que lui, même si ce n'était sans doute pas la meilleure stratégie. Il s'était dit qu'ils s'en sortiraient ensemble.

Graham referma les yeux.

— Je sais que vous êtes encore relativement nouveau à ce poste, Boone, mais je pense qu'il est mal vu de réveiller votre employeur, surtout après une nuit passée à boire trop de porto.

Hier soir, après le rendez-vous de Graham avec Tibbord, il avait été impossible d'ignorer la collection de vins de l'ancien duc. Le simple fait de penser au nom de cet homme faillit le faire bouillir de rage.

— Je vous prie de m'excuser, monsieur, répondit Boone. Cependant, le marquis de Ripley et le vicomte Colton sont ici, et ils demandent à vous voir. Hedge a essayé d'expliquer que vous étiez indisposé, mais ils ont dit qu'ils allaient monter.

— Bon sang ! marmonna Graham en essayant de se redresser pour s'asseoir.

La pièce bascula sur le côté, et son estomac se contracta.

— De l'eau, monsieur ? s'enquit Boone.

— Oui, s'il vous plaît.

Graham oscilla lorsqu'il parvint à se redresser. Il ferma à nouveau les yeux, ce qui semblait améliorer les choses.

Quelques instants plus tard, Boone revint.

— J'ai votre eau.

Graham ouvrit une paupière et tendit la main pour

prendre le verre. Buvant une timide gorgée, il ouvrit à nouveau son autre œil. Après une autre tentative, il comprit que son estomac n'allait pas se vider de son contenu, et il tendit son verre à Boone.

— J'apprécierais également que vous n'ouvriez pas les rideaux après une telle nuit.

— Je ne le ferai pas, Votre Grâce. C'est juste que j'essayais de voir si vous pouviez vous réveiller… Le marquis…

Graham leva la main.

— Oui, oui, le marquis. Il se trouve que j'ai hâte de m'entretenir avec lui. Dans le cas contraire, je vous demanderais de les renvoyer chez eux. En l'état actuel des choses, nous allons les faire attendre un peu. Je crois que j'ai besoin d'un bain.

Près d'une heure s'écoula avant que Graham ne descende enfin dans le salon. Il n'avait plus la nausée, mais sa tête lui faisait un mal de chien. Il se disait qu'il le méritait pour avoir essayé de noyer son chagrin dans la boisson.

— Enfin, le duc est arrivé !

Colton ne prit pas la peine de se lever du canapé où il était affalé, un verre de quelque chose au bout des doigts.

Ripley avait l'air moins insouciant qu'à son habitude. Il avait le regard inquiet, et un pli barrait son front.

— Est-ce que tu vas bien ? s'enquit-il avec une certaine prudence.

Contrairement à Colton, il se leva de son fauteuil.

— Très bien, merci.

Graham ne voulait pas les accabler avec ses problèmes. Il écrirait bientôt à David, ce qui entamerait déjà bien assez sa fierté.

— C'est bon à savoir, dit Colton. C'est dommage de devoir abandonner cet endroit, mais je ne crois pas qu'il ait beaucoup d'importance pour toi, et il est toujours préférable de renflouer les caisses en cas de besoin.

Graham se figea, puis se tourna lentement vers Colton, installé sur le canapé.

— Je te demande pardon ?

— Nous avons entendu dire que tu vendais le domaine, expliqua Colton avant de boire une gorgée.

— Et aussi que tu es complètement ruiné, dit tranquillement Ripley. C'est pour cette raison que nous sommes venus... nous nous sommes dit que tu aurais besoin de soutien.

La colère se mêla au choc, et la tête de Graham se mit à palpiter. Il se dirigea vers un fauteuil et s'y laissa tomber tandis que ses sentiments cédaient la place à un sentiment d'engourdissement bienvenu.

— Je me doutais bien que cela te contrarierait, dit Ripley en faisant la grimace. Ce n'est pas le genre de choses que nous voulons voir s'ébruiter. Cela paraît logique à présent, compte tenu de ton intérêt à retrouver ce Tibbord. Je suppose qu'il t'a escroqué.

L'engourdissement s'envola d'un coup, et Graham se leva de son fauteuil pour s'avancer vers Ripley.

— Ce Tibbord ? Tu veux parler de ton foutu cousin ?

Le pli s'accentua sur le front de Ripley.

— Je n'ai pas de cousin nommé Tibbord.

Cette crapule avait-elle aussi menti à ce sujet ? Mais pourquoi ferait-il une chose pareille ? Pourquoi avait-il fait quoi que ce soit ?

— Il m'a dit qu'il était ton cousin et que tu pourrais confirmer qu'il était sans le sou. Il a dit qu'il aimait dépenser.

Ripley jura à mi-voix.

— Un type court sur pattes ? s'enquit Ripley en plaçant la main à hauteur de son épaule. Un rictus sournois ?

— C'est lui.

— Il ne s'appelle pas Tibbord, affirma Ripley en secouant la tête, les lèvres pincées sous le coup de la colère. Il s'appelle

Archibald Drobbit. Et oui, c'est l'idiot de fils de la sœur de ma mère. C'est *lui* qui est à l'origine de ces investissements frauduleux ?

— Oui, et il ne peut pas rendre l'argent, y compris celui qu'il a pris à l'ancien duc, ce qui est à l'origine de ma situation financière. Du moins, c'est ce qu'il dit. Est-ce vrai ?

Graham devait poser la question, même s'il était presque certain qu'il n'y avait pas d'argent.

— Oui. Malheureusement. Il dépense de l'argent qu'il n'a pas. Je me suis souvent demandé où il le trouvait, mais il a des fréquentations douteuses. Je n'aurais jamais imaginé qu'il puisse faire quelque chose comme ça. Ce n'est qu'un maudit imbécile.

— Apparemment non, puisqu'il escroque les gens depuis un certain temps, et que tu n'étais même pas au courant.

— Je ne fais guère attention à lui. En fait, je tâche de faire comme s'il n'existait pas. Il a tenté de faire des affaires en se servant de mon nom, mais j'y ai mis un terme il y a plusieurs années. Il a accumulé un grand nombre de dettes. Je l'ai tiré d'affaire une fois et je lui ai dit de ne plus jamais recommencer. J'ignore totalement ce qu'il a fait ces dernières années.

— Il escroquait les gens, suggéra Colton.

Graham serra les poings.

— Je vais le défier en duel.

Ripley écarquilla brièvement les yeux.

— Tu ne peux pas faire ça.

— Pourquoi, parce qu'il fait partie de ta famille ? demanda Graham en ricanant.

— Halstead *devrait* le défier, dit Colton. J'ai bien l'impression que cette ordure le mérite.

— Il le mérite, mais tu le tuerais. En plus d'être stupide, il ne sait pas se servir d'un pistolet.

— Nous utiliserons des épées, répondit Graham, déterminé à obtenir réparation.

Ripley ricana.

— C'est pire encore. Tu l'élimineras en un rien de temps. En quoi obtiendras-tu réparation ?

Graham jeta un regard à Ripley.

— Il ne s'agit pas seulement de moi. Il a volé d'innombrables personnes et j'ai toutes les raisons de penser qu'il recommencera. De plus, je l'avais averti qu'il ne devait pas révéler mes problèmes, et c'est précisément ce qu'il a fait. Il connaissait les conséquences, et il a quand même choisi de m'exposer.

Colton serra les dents.

— J'ai comme l'impression qu'il le mérite amplement. Je serai ton second si tu le souhaites. Ripley devra probablement défendre son cousin.

— Il en est hors de question ! répliqua ce dernier, faisant un pas vers Graham. Tu n'es pas obligé de faire ça. Cela ne servira à rien. Je te promets personnellement qu'il ne continuera pas à se comporter de la sorte. Il ne dénoncera personne d'autre et ne s'engagera plus dans des pratiques frauduleuses.

Graham savait que son ami était sérieux, mais Tibbord, ou plutôt Drobbit, était un criminel, et on ne pouvait pas lui faire confiance.

— Comment pourrais-tu le garantir ?

— Tu vas devoir me faire confiance, répondit Ripley. C'est une question d'honneur pour moi, et j'en ai un, quoi qu'on en dise. Je te donne ma parole, et si je ne la respecte pas, tu pourras *me* défier en duel. Et je suis carrément nul avec une épée.

— Mais pas avec un pistolet, intervint Colton. Je préfère prévenir.

L'honneur comptait beaucoup aux yeux de Graham. Son père l'avait élevé avec un sens aigu de la loyauté, de la famille et de la fierté. Bien qu'il ne connaisse pas Ripley depuis long-temps, il ne sous-estimait pas sa promesse.

Il lui adressa un signe de tête. Son engourdissement reve-nait. Tout cela échappait à son contrôle, mais c'est ce qui lui arrivait depuis qu'il avait hérité de ce maudit titre.

— Je suis conscient que, pour la plupart des gens, devenir duc est un rêve devenu réalité, mais je trouve que c'est incroya-blement éprouvant. Ma vie était tellement plus simple quand j'étais secrétaire ! constata-t-il, balayant la pièce d'un regard triste. Saviez-vous que mon arrière-arrière-grand-père avait construit cette maison ? Il l'a imaginée, ainsi que les jardins, et son frère, le duc, l'a chassé du domaine à la suite d'un mensonge de sa fourbe d'épouse. Mon père disait que c'était grâce à une intervention divine que Brixton Park nous était revenu.

— Dois-tu le vendre ? l'interrogea Ripley.

— Oui. L'hypothèque est arrivée à échéance, et le duché a bien trop de dettes et de factures. J'ai hérité d'un cauchemar.

Ripley et Colton grimacèrent, et une ombre de pitié passa dans leur regard. Le second vida le reste de sa boisson et reposa son verre sur une table près du canapé. Il se leva.

— Il y a un côté positif, si cela t'intéresse. Il y a plusieurs paris sur les héritières qui tenteront de devenir ta duchesse. Tu pourrais consulter le registre pour voir s'il l'un des noms te plaît, suggéra-t-il avec un haussement d'épaules.

Graham n'imaginait pas de pensée plus déprimante. Il ne voulait pas d'une héritière. Il voulait Arabella. Sa gorge s'as-sécha, et il alla se servir un verre de porto sur le buffet.

— Comment puis-je t'aider ? demanda Ripley, quelque part derrière Graham, signe qu'il l'avait suivi dans la pièce.

Graham se retourna en buvant une gorgée de porto, savourant l'élixir doux. Il n'avait pas encore envoyé la lettre à David. Il avait essayé d'en rédiger une, mais il était trop en colère, alors il s'était saoulé à la place.

— J'ai besoin d'un prêt à court terme, dit Graham, avant de perdre son sang-froid.

Un éclair féroce brilla dans les yeux de Ripley.

— Accordé.

— Je ne t'ai même pas dit combien !

— Cela n'a pas d'importance, dit Colton. Il est riche comme Crésus. Il pourrait sans doute financer le gouvernement.

— Je ferai déposer la somme sur ton compte cet après-midi, annonça Ripley.

Graham s'approcha d'un petit bureau dans le coin de la pièce et griffonna le montant dont il avait besoin, puis il tendit le papier à son ami.

— Merci. Je te rembourserai dès que Brixton Park sera vendu.

Ripley ne jeta même pas un coup d'œil au montant avant de glisser le parchemin dans sa veste.

— Je suis navré que tu en sois rendu là, lui dit-il, semblant éprouver de véritables remords. Apparemment, cette propriété est un élément important de ton patrimoine.

— Ce n'est qu'un tas de pierres. Et j'ai un autre tas de pierres dans l'Essex qui est plus important. J'y ai des locataires. Ainsi que plusieurs cousins qui dépendent de mon soutien financier.

— Tu as *vraiment* hérité d'un cauchemar, dit Colton. Mes plus sincères condoléances.

Graham laissa échapper un petit rire sans joie. Pourtant, c'était bon de laisser enfin sortir quelque chose. Et c'était agréable d'avoir une paire d'amis à ses côtés.

Ripley sourit.

— Je vais prendre congé. Colton, tu devrais rester pour lui tenir compagnie. Je pense que notre ami a besoin d'un verre pour soigner sa gueule de bois.

— C'est si évident que ça ? s'enquit Graham.

— Quand il te faut une heure pour descendre, que tu as les yeux rouges et le visage pâle, nul n'est besoin d'être un érudit pour deviner ce qui t'arrive. Si l'on ajoute ce que tu nous as révélé, j'aurais été surpris que tu ne te sois pas saoulé, répondit Colton.

— Veille simplement à ce que Colton se modère. Il a tendance à se laisser aller parfois.

Il jeta un regard noir audit Colton, auquel son ami répondit par un haussement d'épaules, en levant les mains. Ripley tendit la main à Graham.

— Je suis sincèrement désolé pour Drobbit. Et je vais veiller à arranger les choses, autant que je le pourrai. Je t'enverrai un message dès que l'argent sera disponible.

— Merci, Ripley. J'apprécie ta gentillesse.

— C'est ce que font les amis, répondit Ripley en inclinant la tête, puis il s'en alla.

— Je crois bien qu'il faut que je voie ton labyrinthe, annonça Colton. J'ai entendu dire qu'il était spectaculaire, mais l'ancien duc ne recevait jamais. C'est dommage que tu doives vendre cet endroit avant d'organiser une énorme partie de campagne. Peut-être que Ripley et moi pourrions te convaincre de le faire d'abord.

Colton lui adressa un clin d'œil.

Graham n'avait aucun mal à imaginer un tel événement si Ripley et Colton y prenaient part. Cependant, une telle fête ne l'intéressait pas. Il serait bien plus heureux en organisant un autre pique-nique intime. Cette fois-ci, il n'y aurait qu'Arabella et lui.

Mais cela n'arriverait pas. Il vendrait cet endroit, lui permettant ainsi de vivre la vie qu'elle méritait. Même si c'était l'unique chose positive qui pouvait sortir de tout cela, il s'estimerait chanceux.

～

*A*près tant d'années passées sur le marché du mariage, les bals commençaient à devenir ennuyeux, et, cette saison en particulier, Arabella les trouvait tout à fait banals. Ou peut-être était-ce parce qu'elle n'y voyait plus Graham.

Certes, elle ne l'avait pas beaucoup croisé, et ils n'avaient dansé qu'une seule fois. Pourtant, le fait de savoir qu'il était ailleurs et non ici la décevait.

Sa mère se tourna vers elle en fronçant légèrement les sourcils.

— Je trouve étrange que personne ne t'ait invitée à danser. Tu n'as jamais manqué de partenaires.

C'était vrai, et c'était *effectivement* étrange. Cela ne gênait pas Arabella. Pourtant, danser lui aurait permis de ne plus penser à Graham, et peut-être d'arrêter de broyer du noir à son sujet.

— Il est encore tôt, dit Arabella en jetant un coup d'œil dans la pièce.

Elle aperçut Sir Ethelbert près de la table des rafraîchissements. Et il la vit. Au lieu de sourire ou de lui faire un signe quelconque, il lui tourna le dos.

Venait-il de la snober ? Pas tout à fait, mais cela produisit le même effet glaçant chez elle.

Peut-être ne l'avait-il pas vraiment vue. Oui, c'était bien plus logique. Arabella repoussa cette sensation désagréable.

— C'est ta robe, lui dit sa mère. Je t'avais dit qu'il était temps de la remiser. Ce style est bien trop dépassé.

— Je doute fort que ma robe empêche un gentleman de m'inviter à danser.

Arabella repéra Lady Satterfield et sa belle-fille, la duchesse de Kendal. Elles étaient en pleine conversation avec quelques autres ladies. Arabella remarqua plusieurs autres groupes de femmes. L'une d'elles se tourna vers Arabella et sa mère, son regard s'attardant un petit instant.

Un sentiment d'appréhension traversa la jeune femme. Quelque chose *clochait*. Les personnes qui, en temps normal, se seraient arrêtées pour échanger quelques banalités avec elles ne l'avaient pas fait. Quelqu'un d'autre sembla les observer, mais Arabella n'en était pas tout à fait sûre.

Le morceau se termina, et aucun gentleman ne s'approcha. Arabella était maintenant presque convaincue que quelque chose n'allait pas. Et elle était prête à parier que ce n'était pas sa robe.

La duchesse de Kendal et Lady Satterfield s'approchèrent d'elles et Arabella se détendit. Apparemment, ce n'était que dans sa tête. Elle était soulagée de s'être trompée.

Lady Satterfield les salua.

— Bonsoir, madame Stoke, mademoiselle Stoke.

— Bonsoir, répondit sa mère en faisant une révérence, et Arabella fit de même.

— Cela vous dérangerait-il que nous nous mettions sur le côté ? demanda Lady Satterfield d'une voix douce.

L'appréhension d'Arabella revint, et son cœur manqua un battement alors qu'elles se déplaçaient près du mur.

— Est-ce que tout va bien ?

Elle n'avait pas eu l'intention de poser la question, mais son inquiétude enflait.

— Je crains qu'une rumeur inquiétante ne circule, les informa Lady Satterfield. Au sujet de votre situation financière.

La duchesse les regarda avec sympathie.

— Nous avons pensé qu'il était préférable de venir vous parler et de vous apporter notre soutien. Nous nous moquons éperdument de vos finances.

Mariah Stoke avait blêmi. Arabella lui saisit doucement le coude pour la stabiliser.

— Tout ira bien, maman, murmura-t-elle, même si elle savait que ce ne serait pas le cas.

Si tout le monde savait…

— Que disent-ils ? s'enquit sa mère, la voix tendue.

— Que M. Stoke a perdu tout votre argent au jeu et que Mlle Stoke cherche désespérément à se marier au plus tôt.

— Désespérément ? croassa sa mère.

Arabella craignait vraiment qu'elle fasse un malaise.

— Nous devrions y aller.

— Laissez-nous vous escorter, proposa la duchesse.

Des larmes emplirent les yeux de Mariah Stoke.

— Ce n'est pas nécessaire.

— Si, merci, répondit Arabella d'un ton ferme.

Elle devait faire sortir sa mère de la salle de bal avant qu'elle ne s'évanouisse ou ne se mette à pleurer. Elles quittèrent la pièce : Lady Satterfield guidait la mère d'Arabella, tandis que la jeune femme les suivait de près, la duchesse à ses côtés.

— J'espère que vous n'accorderez pas de crédit à ce que vous entendrez, déclara la duchesse d'un ton encourageant. Les gens peuvent se montrer cruels. Certains se réjouissent du malheur des autres parce que cela leur permet de mieux vivre leurs propres tragédies et déceptions.

— J'apprécie que vous et Lady Satterfield vous soyez portées à notre secours. C'est très gentil à vous.

— Je sais ce que c'est que d'être le centre d'une attention non désirée, et bien pire que cela, d'ailleurs, affirma-t-elle, baissant la voix pour murmurer. *Un scandale*. J'ai passé neuf ans en exil avant de devenir la dame de compagnie de Lady Satterfield.

— Ensuite, vous avez épousé son beau-fils.

— Oui, confirma-t-elle, une lueur de joie dans ses yeux bruns. Parfois, même les scandales connaissent une fin heureuse.

Lorsqu'elles arrivèrent dans le vestibule, le valet de pied

envoya chercher leur véhicule. La mère d'Arabella, toujours pâle, se tourna vers Lady Satterfield.

— Qu'allons-nous faire ?

— La rumeur va s'éteindre.

— Ce n'est pas une rumeur, souffla Mariah Stoke. Arabella doit se marier. Si elle ne le fait pas…

Sa voix s'éteignit dans un croassement et elle baissa la tête. Lady Satterfield lui tapota l'épaule.

— Ma pauvre, dit-elle, puis elle se tourna vers Arabella. Devrions-nous vous raccompagner ?

Elles ne le pourraient pas, même si la jeune femme l'avait voulu, car le véhicule ne pourrait pas les accueillir toutes. Elle esquissa un sourire reconnaissant.

— Non, merci. Ça va aller. Je prendrai bien soin d'elle.

Le valet de pied leur annonça que leur véhicule serait là dans un instant. Arabella prit le bras de sa mère.

— Merci, Votre Grâce, my lady. Nous vous sommes profondément reconnaissantes de votre gentillesse et de votre sollicitude.

Elle accompagna sa mère à l'extérieur et jusqu'au carrosse qui les attendait.

Leur palefrenier tendit les rênes à Arabella et, une fois sa mère et lui installés, elle les conduisit dans la rue.

Sa mère bascula la tête en arrière et ferma les yeux.

— Tu ne peux pas le dire à ton père.

— Non.

Il allait tellement mieux depuis qu'Arabella avait menti au sujet de l'enquête ! Il recommençait à manger, et il s'habillait tous les jours. La révélation de leur situation financière catastrophique risquait de le faire replonger dans le désespoir et la maladie.

Qu'allaient-ils faire ? Elle devait prier pour que Graham puisse récupérer son argent auprès de Tibbord. Elle n'avait jamais envisagé que cela pourrait vraiment se produire, mais elle se rendait compte à présent qu'elle l'avait espéré, de toutes ses forces.

— Comment diable quelqu'un l'a-t-il découvert ? s'écria sa mère. Nous nous sommes montrés tellement prudents !

C'était vrai, mais il suffisait qu'un commerçant envers qui son père avait une dette en fasse mention auprès de quelqu'un qui aimait répandre des ragots.

— Il est possible que quelqu'un l'ait simplement compris, suggéra Arabella. Il n'est pas si difficile de voir que nous connaissons des difficultés. Nous ne possédons que ce carrosse. Aucune de mes robes ne date de cette saison. Nous vivons dans une maison plus petite chaque année.

Il était peu probable que quelqu'un s'intéresse à leur maison, mais qu'en savait Arabella ? Sa mère avait l'habitude d'inviter des amis, mais elle ne le faisait plus. Peut-être quelqu'un l'avait-il remarqué.

— Peu importe comment ils le savent. Maintenant, nous n'avons plus rien. Pas d'argent, pas de perspectives, pas de soutien, constata sa mère. J'avais espéré que le duc de Halstead pourrait convenir, mais je pense que même lui ne voudra pas de toi.

Si seulement elle savait... Le ventre d'Arabella se noua. Plus que tout, elle détestait le manque d'émotion dans la voix de sa mère.

— Maman...

— Nous allons devoir vendre tout ce qu'il nous reste. Et quitter Londres. Nous trouverons un village, quelque part, où nous aurons les moyens de vivre... si une telle chose existe. J'ignore le montant de la dette de ton père. Nous chercherons un village avec un gentil pasteur qui a besoin d'une femme. Ainsi, tu seras installée, et je n'aurai plus à m'inquiéter.

— Maman ! s'exclama Arabella avec plus de force. Il existe

peut-être un autre moyen. Ne me demande pas de m'expliquer, mais, je t'en prie, garde encore un peu confiance.

— Que je ne te demande pas d'expliquer ? Ton père me cache des choses, et maintenant, toi aussi ?

Elle exprimait à nouveau des émotions : la colère, la tristesse, la frustration.

Arabella aurait aimé ne pas conduire pour pouvoir regarder sa mère, lui prendre la main et essayer de lui insuffler de la force et du calme. Au moins de la force… cela, Arabella en avait. Quant au calme, c'était une autre affaire. Convaincre sa mère que les choses allaient s'arranger était une chose, y croire elle-même en était une autre. Elle n'était qu'une imposture.

Sa mère avait peut-être raison. Il était sans doute temps qu'elles prennent les choses en main au lieu de laisser les hommes essayer de les régler à leur place.

— Mes excuses, maman. Je connais quelqu'un qui essaie de récupérer l'investissement de papa, mais j'ignore si cela va marcher. Je suis convaincue que cette personne fait de son mieux, mais tu as raison ; nous devrions déterminer la réalité de nos finances, et planifier l'avenir en conséquence. Je suis certaine que nous pourrons trouver un pasteur en quête d'une épouse.

Arabella était fière de ne pas s'être étouffée en prononçant ces mots.

Elle ne voulait pas de pasteur. Si elle devait prendre un mari, elle voulait Graham. Mais voudrait-il d'elle ? Elle n'avait aucun moyen de le savoir. Il était peut-être temps qu'elle le découvre.

CHAPITRE 14

Le lundi matin, Arabella était épuisée. Elles avaient tâché de cacher la nouvelle à son père, mais deux créanciers étaient passés le samedi et avaient exigé d'être payés. Après cela, il avait enfin avoué le montant de leur dette. Malheureusement, c'était bien pire qu'Arabella et sa mère ne l'avaient imaginé.

Cela avait précipité son père dans une spirale de douleurs au ventre ; il s'était mis au lit et n'en était pas sorti depuis. Arabella avait géré la plupart de ses soins : elle avait senti que sa mère avait besoin de faire le tri dans ses émotions aussi bien que dans leurs finances.

La jeune femme entra dans la petite salle de petit déjeuner et vit sa mère assise à la table, ses cheveux blonds arrangés en une coiffure simple, mais élégante. Son visage était pâle, mais ses yeux n'étaient plus rougis par ses pleurs, et elle arborait une posture altière, en réalité. Arabella sourit, reconnaissante de voir sa mère ainsi.

— Tu as l'air en forme ce matin, maman.

Arabella déposa un baiser sur sa joue avant de s'asseoir en face d'elle à la petite table.

Mariah Stoke étala du beurre sur un petit pain.

— Merci, ma chérie. J'ai des rendez-vous aujourd'hui avec l'agent immobilier, et deux autres créanciers de ton père. J'espère que nous pourrons régler les comptes avec ce que nous avons ici, ou avec les fonds provenant de la vente du reste de nos affaires.

Elle posa un regard déterminé sur Arabella, et c'était vraiment comme si une nouvelle femme était née des cendres de leur destruction financière.

La jeune femme prit un petit pain dans le panier posé au milieu de la table.

— Tu as été très occupée.

— Oui, et j'apprécie que tu te sois occupée de ton père.

Arabella remarqua qu'elle ne lui demandait pas comment il allait.

— Je pense qu'il a mieux dormi la nuit dernière. Le nouveau tonique de Mme Woodcock semble l'aider.

— C'est bon à savoir, répondit sa mère d'un air distrait en feuilletant un journal à côté de son assiette. Je cherche des villages qui ont besoin d'un pasteur. Parfois, ces informations sont publiées dans le journal, et nous pouvons nous en servir pour trouver un village où un nouveau pasteur s'installe, et qui a donc besoin d'une épouse.

Cela semblait bien difficile à trouver, mais Arabella n'empêcherait pas sa mère d'essayer, surtout si cela lui permettait de se sentir mieux. Elle s'était donné pour mission de les sauver, et elle aurait aimé pouvoir en être capable.

Elle n'avait pas eu de nouvelles de Graham, et elle tâchait de ne pas s'appesantir sur sa déception. Peut-être n'avait-il pas encore rencontré Tibbord.

— Y a-t-il de la place pour moi ? demanda son père depuis l'embrasure de la porte.

Arabella et sa mère tournèrent toutes les deux la tête vers lui, choquées.

— Bien sûr, répondit la jeune femme, se levant pour l'aider.

Il était habillé, en grande partie du moins, car il portait un peignoir par-dessus sa chemise et sa cravate. Il avait également un pantalon, des bas et des pantoufles. Arabella s'était dit que tous ses récents progrès disparaîtraient.

Il leva la main avant qu'elle ne lui propose de le guider jusqu'à la table. Il lui fit un signe de tête, puis regarda sa mère.

— Est-ce que cela te convient, Mariah ?

Celle-ci hésita un instant, baissant les yeux sur son assiette, puis elle les regarda à nouveau.

— Oui.

Arabella recula tandis que son père se dirigeait vers la table, puis elle se rassit. Son père se pencha vers sa mère, et la jeune femme se demanda si elle devait partir.

— Je te dois des excuses sincères, dit-il, avant de se tourner vers sa fille avec un sourire triste. Et à toi aussi. J'ai fait tant de choses de travers, notamment en essayant de vous protéger de mes erreurs. Si je vous avais révélé l'ampleur de mes fautes il y a longtemps, nous aurions peut-être pu trouver un plan pour tout arranger.

— Oui, cela aurait été bien, confirma sa mère d'une voix glaciale.

— Maman, murmura Arabella.

Mariah Stoke détendit ses épaules et posa un regard féroce sur son mari.

— Il va me falloir du temps pour te pardonner.

Il acquiesça.

— Je comprends.

— J'ai été idiote, moi aussi, dit sa mère, pinçant les lèvres. J'aurais dû savoir à quel point les choses allaient mal. Nous aurions dû abandonner Londres et notre style de vie extravagant il y a bien longtemps.

Elle reporta les yeux sur Arabella.

— Je voulais seulement que tu aies la possibilité de faire une bonne rencontre ; tu le mérites.

Puisque tout le monde se mettait à nu, Arabella décida de faire de même.

— Faire un bon mariage était ton rêve, maman, pas le mien.

— Je sais, dit-elle, grimaçant, serrant la main d'Arabella. Je me suis montrée stupide à ce sujet aussi.

Leur majordome, Baxter, entra.

— Je suis désolé de vous déranger, mais vous avez un visiteur.

— Nous sommes encore en train de prendre notre petit déjeuner, dit Mariah Stoke en lâchant Arabella pour ramasser son petit pain beurré.

— Je le vois bien, madame Stoke. Cependant, Sa Grâce, le duc de Halstead est ici, et il dit que l'affaire est urgente.

Le cœur d'Arabella se mit à battre la chamade. Elle avait l'impression que tout le monde l'entendait dans la pièce.

Sa mère posa les yeux sur Arabella.

— Sa Grâce est ici pour une affaire urgente. Se pourrait-il qu'il ait entendu parler de ta situation, et qu'il souhaite te sauver ?

Oh, c'était une fin de conte de fées, certainement ! Cependant, Arabella ne pensait pas que ces histoires étaient réelles, du moins, pas pour elle. Pourtant, elle ne pouvait nier le sentiment d'excitation qui l'envahit.

— Nous allons le découvrir, dit son père en se levant de table.

— Accordez-nous un moment, Baxter, puis conduisez Sa Grâce au salon.

Arabella se leva, mais tendit les mains vers eux.

— Attendez ! Ce n'est peut-être pas la raison de sa présence. Je vous en prie, ne vous faites pas d'illusions.

Tous deux hochèrent la tête, mais ils ne semblaient pas convaincus. Arabella les précéda rapidement hors de la pièce. Elle s'efforça d'apaiser ses nerfs en chemin pour le salon. Une fois arrivée, elle prit place devant le canapé.

Ses parents entrèrent, et allèrent se poster devant leurs fauteuils préférés. Voir son père ici, plus en forme qu'il ne l'avait été depuis des mois, donnait à Arabella du courage pour la suite des événements. L'idée qu'ils puissent être sauvés d'ici quelques instants était presque accablante. Ses mains se mirent à trembler. Elle les serra devant elle au moment où Baxter faisait entrer Graham.

Arabella se rendit compte qu'elle n'avait jamais passé autant de jours sans le voir depuis qu'ils s'étaient rencontrés. Son cœur se serra lorsqu'elle vit ses cheveux noirs soigneuse-ment coiffés, son allure nette et séduisante et l'intensité de ses yeux sombres. Elle tâcha de déchiffrer l'émotion qui s'y cachait : était-ce du bonheur ? Du chagrin ? Des remords ? Elle n'en savait rien.

Sa mère et elle firent la révérence tandis que son père s'inclinait.

— Bonjour, dit Graham en tendant une jambe.

Il regarda brièvement la mère d'Arabella, puis cette dernière, mais ses yeux ne s'attardèrent pas sur les siens, ce qui, pour elle, était un mauvais signe. Puis il posa les yeux sur son père.

— C'est un plaisir de faire votre connaissance, monsieur Stoke.

— C'est un honneur et un privilège pour moi, répondit ce dernier. Je suis désolé de ne pas avoir pu vous recevoir plus tôt.

— J'ai cru comprendre que vous étiez souffrant. Puis-je vous dire à quel point il est agréable de vous voir en pleine forme ?

— Merci, Votre Grâce, répondit le père d'Arabella avec un

geste vers le canapé. Je vous en prie, asseyez-vous, et racontez-nous le but de cette visite.

Arabella attendit qu'il s'approche du canapé pour s'asseoir. Elle chercha silencieusement à se rassurer, mais il ne la regarda même pas. Lorsqu'ils prirent place, il s'installa le plus loin possible d'elle.

C'était pire qu'un mauvais signe. Le ventre d'Arabella se noua douloureusement, et elle inspira profondément pour ne pas avoir le vertige.

— Je suis porteur d'une excellente nouvelle, dit Graham, surprenant Arabella.

Il lui jeta un bref coup d'œil et lui sourit, quoique brièvement.

— J'ai travaillé à récupérer l'argent volé par un certain Piers Tibbord, annonça-t-il, se tournant vers le père d'Arabella. Je crois que vous le connaissez ?

Ce dernier inspira brusquement et toussa.

— C'est un véritable bandit. Comment vous êtes-vous retrouvé impliqué dans tout cela ? s'enquit-il, tournant un regard surpris vers sa fille. S'agit-il de la personne qui enquêtait sur lui ?

— Quelle personne ? Quelle enquête ? demanda Mariah Stoke, l'air à la fois confus et agacé.

Elle tourna à son tour les yeux vers Arabella.

— Est-ce que c'est ce à quoi tu faisais allusion l'autre soir ?

— Permettez-moi de vous expliquer, dit Graham sans hésiter, et Arabella lui fut reconnaissante de cette intervention. Oui, j'ai enquêté sur M. Tibbord. Il escroque les gens depuis un certain temps. Il ne s'appelle pas Piers Tibbord, mais Drobbit. C'est un cousin du marquis de Ripley.

Arabella crut entendre ses parents haleter sous le choc, mais elle n'en était pas certaine, car elle-même avait inspiré brusquement.

— Non seulement c'est un voleur, mais il se cache

derrière une fausse identité ? demanda son père d'un ton dédaigneux.

— C'est une personne tout à fait horrible.

La voix de Graham était empreinte d'une nuance sombre qu'Arabella n'était pas certaine de lui avoir déjà entendue.

— Mais, la bonne nouvelle que j'apporte, c'est que j'ai pu obtenir de lui qu'il restitue votre investissement. Et je suis heureux de vous le rendre.

Il tira un billet de banque de sa veste et se leva pour le tendre au père d'Arabella.

Sa mère plaqua aussitôt une main sur sa bouche tandis que ses yeux s'écarquillaient à l'extrême. Son père fixa le morceau de papier ; un muscle de sa mâchoire se crispa. Puis il s'essuya l'œil du bout du doigt.

— C'est... un miracle.

C'en était un. Arabella avait du mal à croire que Graham avait réussi. Jamais elle n'aurait imaginé que Tibbord, ou plutôt Drobbit, lui rendrait l'argent. Cependant, comme c'était le cousin du marquis, peut-être ce dernier avait-il contribué à ce dénouement. Arabella mourait d'envie de lui demander des détails, mais elle ne voulait pas que ses parents voient à quel point elle s'était impliquée, que ce soit dans l'enquête ou avec Graham. Elle se languissait de l'entourer de ses bras et de le remercier. Au lieu de cela, elle serra ses mains l'une contre l'autre jusqu'à ce que ses jointures blanchissent.

— Un miracle, je le dis ! s'écria son père en souriant.

Il se tourna vers sa femme, dont les joues ruisselaient de larmes. C'étaient des larmes de joie, contrairement à celles qu'elle avait versées après le bal.

M. Stoke se tourna vers Arabella, les yeux brillants.

— Maintenant, tu peux épouser la personne de ton choix... ou personne du tout ! Je suis sincèrement navré pour ce fardeau que je t'ai imposé, ma chérie. Je soutiendrai ton choix, quel qu'il soit. Qui que tu choisisses. Ou pas.

Mariah Stoke renifla.

— Je le ferai aussi. Si tu souhaites vraiment rester célibataire, ce sera ta décision. Par-dessus tout, je veux que tu sois heureuse.

Un mois plus tôt, Arabella aurait célébré leur joie et se serait réjouie de pouvoir choisir son propre avenir. Mais tout avait changé depuis sa rencontre avec Graham. Elle le regarda. Il observait ses parents avec une satisfaction bienveillante.

Arabella se pencha légèrement vers lui.

— Avez-vous…

Graham tourna la tête et lui sourit.

— Je vous avais dit que tout s'arrangerait, et c'est le cas. J'espère que vous êtes aussi satisfaite que je le suis.

Satisfaite.

Elle acquiesça en silence, incapable de trouver les mots pour dire à quel point le mot *satisfaite* ne reflétait absolument pas ce qu'elle ressentait. Lui, cependant, semblait satisfait. Alors, voilà. Il avait fait ce qu'il avait prévu. Il avait récupéré leur argent, et maintenant ils allaient partir chacun de leur côté. Pourquoi aurait-elle pu s'attendre à autre chose ? Ils n'avaient pas parlé d'avenir. Quelle que soit l'intimité qu'ils avaient partagée, elle n'avait pas été basée sur des déclarations ou des promesses. Ils avaient passé de merveilleux moments ensemble, des instants qu'elle chérirait toute sa vie. Et, désormais, ils appartenaient au passé.

Arabella redoutait de s'humilier en se dissolvant dans une flaque de larmes s'il ne partait pas rapidement. Non, elle n'allait pas faire ça. Elle était forte. Elle avait surmonté le départ de Miles, et le cauchemar des derniers mois d'incertitude. Elle y survivrait aussi.

— Merci, Votre Grâce, dit-elle avec une sérénité qu'elle ne ressentait pas. Nous vous sommes redevables.

— En effet, nous le sommes, dit son père avec une grande solennité. Si je peux faire quoi que ce soit pour vous... Mais comment pourrais-je aider un duc..., dit-il, achevant sa phrase sur un rire un peu maladroit.

Graham se leva, et tout le monde fit de même. Le père d'Arabella s'avança vers lui et lui serra la main avec une vigueur dont sa fille ne l'aurait pas cru capable.

— Je ne pourrai jamais assez vous remercier.

— Ce n'est pas nécessaire, déclara Graham. Je suis heureux d'avoir obtenu un résultat positif pour vous.

Il lâcha la main de M. Stoke pour se tourner vers sa femme, et il inclina la tête.

— Madame Stoke.

— Votre Grâce, murmura-t-elle en faisant une révérence.

Graham se tourna ensuite vers Arabella.

— Ce fut un plaisir pour moi de faire votre connaissance, mademoiselle Stoke. Je vous souhaite beaucoup de bonheur pour l'avenir, où qu'il vous mène.

Il soutint son regard, et elle craignit que son cœur ne se fende en deux. Puis il tourna les talons et s'en alla.

Son cœur ne se brisa pas en deux. Au lieu de cela, il éclata en dizaines, en centaines, en milliers de minuscules morceaux qui ne pourraient jamais se recoller.

Elle s'efforça de respirer profondément, tandis que ses parents se mettaient à danser autour de la pièce. Ils riaient et s'étreignaient, alors Arabella en profita pour se glisser discrètement dans le jardin.

Dehors, elle remarqua à peine le ciel gris et la brise fraîche. Des larmes lui brûlaient les yeux, mais elle les chassa d'un battement de cils. La douleur la transperça et elle se demanda si elle retrouverait un jour la joie de vivre.

Je vous souhaite beaucoup de bonheur...

Mais elle n'en voulait qu'un seul.

Sans réfléchir, elle franchit la grille du jardin de Phoebe. Elle se dirigea vers la salle jardin, dont la porte était légèrement entrouverte. Phoebe et Jane étaient assises à la table, et la première bondit pour accueillir Arabella à l'intérieur.

— Entre, Arabella ! Tu peux faire la fête avec nous.

— Oui ! approuva Jane en souriant.

Arabella avait espéré qu'elles lui permettraient d'oublier la tragédie qui venait de se produire, et elle se sentait chanceuse d'être tombée sur une fête.

— Parfait. Je suis d'humeur à entendre de bonnes nouvelles. Que célébrons-nous ?

— Les talents d'entremetteuse de Jane, dit Phoebe en regardant Jane. Je pense que tu devrais en faire ton métier.

— Je pourrais. Je dois admettre que je me sens plutôt douée.

Elle se rengorgea un instant, puis elles éclatèrent de rire.

C'était précisément ce dont Arabella avait besoin.

— Verse du ratafia à notre amie, dit Jane.

Phoebe s'exécuta, puis tendit le verre à Arabella.

— Et si nous portions un toast au couple que Jane a formé, et qui va bientôt se marier ?

— Oui, qui fêtons-nous ? demanda Arabella avec impatience, espérant qu'il s'agissait de quelqu'un qu'elle connaissait.

Jane leva son verre.

— À Lady Clifton et au Duc de Halstead.

— Hourra ! s'exclama Phoebe.

Arabella faillit laisser tomber son verre. Elle parvint à le poser sur la table, mais un peu trop fort, et du ratafia lui éclaboussa la main.

Phoebe et Jane burent, mais Arabella ne pouvait que les regarder.

— Qu'y a-t-il ? lui demanda Phoebe. Je croyais que tu aimais le ratafia.

— Quand se sont-ils fiancés ?

Arabella parvint à poser la question alors même que le monde semblait devenir gris autour d'elle.

— Aujourd'hui, répondit Jane. Ou ils vont le faire, en tout cas. Lady Clifton sera bientôt en route pour Brixton Park.

Jane fronça les sourcils en regardant son verre, puis jeta un coup d'œil à Phoebe.

— Je ne suis pas sûre que le mérite de cette union me revienne. Si ce n'était la situation de Sa Grâce…

— C'est absurde, dit Phoebe. Sans toi, Lady Clifton ne l'aurait jamais rencontré, et ce n'est pas comme si elle le demandait en mariage uniquement parce qu'il est sans le sou. Ils sont clairement assortis, et elle se fiche éperdument de ses finances.

Le souffle d'Arabella se bloqua dans ses poumons.

— Comment savez-vous qu'il est sans le sou ?

— Tout le monde en parle en ville, répondit Phoebe. Il a mis Brixton Park en vente l'autre jour. Je crois que cela a été le facteur décisif pour Constance… Lady Clifton. Elle a vu à quel point cet endroit comptait pour lui lorsque nous sommes allés pique-niquer.

Jane acquiesça, arborant une expression pleine de sympathie.

— Oh, oui ! C'est tout simplement affreux d'imaginer qu'il aurait dû s'en séparer.

— Mais, plus maintenant, intervint Phoebe avec un sourire radieux. À présent, la fortune de Lady Clifton va sauver la situation.

Arabella n'aurait pas cru que sa journée pourrait empirer. Elle avait pensé que Graham avait récupéré l'investissement du duc en plus du leur. Cependant, maintenant, elle s'interrogeait, car leurs deux secrets avaient été dévoilés. C'était une trop grande coïncidence.

— Êtes-vous certaines qu'il est ruiné ? s'enquit Arabella, tâchant de comprendre ce qui se passait.

Phoebe se tourna vers elle, songeuse.

— Pourquoi en douter ?

— C'est juste…

Arabella essaya de trouver une raison qui ne l'obligerait pas à dire la vérité. La vérité. Quelle était-elle ? Elle avait cru la connaître, mais à les écouter parler de Graham et Lady Clifton comme s'il s'agissait d'une union divine lui faisait tout remettre en question.

— Tu as dit qu'ils étaient *clairement assortis* ?

— C'est ce qu'a dit Lady Clifton. Elle l'a trouvé très attachant, authentique et modeste. Contrairement à presque tous les autres gentlemen de la bonne société, surtout ceux d'un rang élevé.

Jane acquiesça.

— C'est vrai. Si je n'avais pas été totalement épuisée par le marché du mariage, il m'aurait peut-être fait tourner la tête.

Le monde avait totalement basculé. La famille d'Arabella n'était plus ruinée. Elle n'était plus dans l'obligation de se marier, et elle bénéficiait maintenant du soutien total de ses parents pour devenir membre à part entière de la Société des Femmes de tête. Graham était toujours insolvable *et* il vendait ce qu'il aimait le plus : Brixton Park. Mais Lady Clifton était sur le point d'intervenir et de sauver la situation.

Les morceaux du cœur d'Arabella se brisèrent davantage. Elle devrait être celle qui le sauverait. Mais elle ne pouvait pas. Elle n'avait rien à lui donner en dehors de son amour.

Elle songea à Miles. Ses parents avaient refusé qu'il lui fasse la cour ; il avait supplié Arabella de s'enfuir avec lui, et elle l'avait laissé partir en pleurant.

Elle n'allait pas faire deux fois la même erreur. Elle ne

s'était pas battue pour Miles, mais elle allait se battre pour Graham. C'était peut-être une bataille perdue d'avance, mais, au moins, elle ne regretterait pas de n'avoir pas agi.

Ramassant le verre de ratafia, Arabella en but une longue gorgée. Puis elle posa sur Phoebe et Jane un regard déterminé.

— Je suis sûre que Lady Clifton est charmante, et si Graham veut l'épouser, je n'interviendrai pas. Cependant, je suis amoureuse de lui, et si je ne le lui dis pas, je me demanderai toujours ce qui aurait pu se passer.

Les mâchoires de ses amies se décrochèrent à l'unisson. Phoebe fut la première à retrouver sa voix.

— Tu as dit que vous ne vous conveniez pas !

— J'ai menti.

Jane lui tapota la main d'un geste plein de sympathie.

— Tu n'y étais pas obligée.

— Si. Ma famille était sans ressources. Graham était sans ressources. Nous tâchions de nous entraider pour ne plus l'être. Puis… des choses… sont arrivées.

— Cela fait deux fois que tu l'appelles Graham, remarqua Jane.

— Je, euh… je le connais assez bien.

Elle lutta pour empêcher la chaleur de remonter le long de son cou et d'inonder ses joues, mais elle était presque certaine d'avoir échoué lamentablement.

— Apparemment, murmura Phoebe, jetant un regard peiné à Arabella. Nous n'avions aucune idée de ce que tu ressentais pour lui. Ressent-il la même chose ?

— Je l'ignore. Mais, nous avions… quelque chose, affirma Arabella en se levant. Je dois le découvrir.

Jane se leva à son tour.

— Bien sûr que tu le dois ! Comment pouvons-nous t'aider ?

Phoebe se leva également.

— Oui, laisse-nous t'aider. Si nous le pouvons.

— Je dois aller à Brixton Park.

Une vague de désespoir la saisit à l'énoncé de ce nom : comment pourrait-elle rivaliser avec Lady Clifton, alors que la comtesse pourrait sauver son héritage bien-aimé ? Abattue, ses épaules s'affaissèrent.

— C'est inutile. S'il me choisit, il perdra Brixton Park. Je ne veux pas qu'il ait à faire ce choix.

Et pourtant, il avait déjà fait un choix en rendant l'investissement de son père alors qu'il aurait pu le garder pour, peut-être, sauver Brixton Park.

— Alors, tu vas le laisser épouser Lady Clifton sans qu'il sache que tu l'aimes ? s'enquit Jane, fronçant les sourcils. Et s'il t'aime en retour ?

Phoebe expira.

— Est-ce qu'il ne le lui aurait pas dit ?

Arabella secoua la tête.

— Je crains que non. Il pense que je veux rester célibataire et être une femme de tête plus que tout.

Le discours de son père devant lui, un peu plus tôt, l'avait certainement conforté dans cette idée… Elle ne pouvait pas reprocher à Graham de le penser. C'était ce qu'elle avait voulu.

— Ce n'est pas ce que tu veux ? demanda Phoebe d'une voix douce.

— Non, je veux l'épouser. S'il veut bien de moi.

— Alors, va le lui dire. Vous déciderez *ensemble* de ce qu'il faut faire à propos de Brixton Park.

Oui, *ensemble*. En supposant qu'il la veuille aussi.

Elle ne voulait présumer de rien d'autre que du fait qu'elle manquait de temps.

— Phoebe, puis-je emprunter l'un de tes véhicules ?

— Bien sûr ! Prends le carrick. C'est le plus rapide,

proposa Phoebe, serrant les dents. *Mince* ! Je savais que j'aurais dû acheter un phaéton !

— Je ne saurais pas le conduire, remarqua Arabella en souriant. Mais un carrick, je peux m'en débrouiller.

Même si conduire seule jusqu'à Brixton Park allait sans doute ruiner sa réputation, elle n'avait rien à perdre.

— Je dois écrire un mot à mes parents pour leur dire où je suis partie. Pourras-tu le leur remettre ?

— Certainement, la rassura Phoebe.

Jane se dirigea vers la porte.

— Je vais chercher de quoi écrire.

Phoebe adressa à Arabella un sourire encourageant.

— Garde la foi. Tout se passera comme il se doit.

Les gens ne cessaient de le répéter, mais jusqu'à présent, Arabella n'était pas convaincue.

CHAPITRE 15

Graham prit son temps pour soigner Uther lorsqu'il revint à Brixton Park. Le retour s'était déroulé dans la mélancolie, tandis qu'il envisageait l'avenir. Si la perte de Brixton Park était douloureuse, elle n'était rien comparée à celle d'Arabella.

Comment pouvait-il perdre quelqu'un qu'il n'avait jamais eu ?

Et de qui est-ce la faute ? lui demanda une voix furieuse dans sa tête.

Uther hennit doucement, comme s'il entendait lui aussi la voix qui réprimandait Graham.

— Je le mérite, dit-il au cheval. J'aurais dû lui dire ce que je ressentais, même si cela signifiait qu'elle choisirait la Société des Femmes de tête. Maintenant, je ne le saurai jamais.

À moins qu'il n'aille le lui dire maintenant. Il venait juste de partir. Et après avoir écouté ses parents soutenir son souhait de choisir son propre avenir, il avait eu la certitude de faire le bon choix. Si elle avait voulu que cet avenir l'in-clue, elle l'aurait dit.

Tout comme tu lui as dit ce que tu ressentais ?

Oh, il n'était qu'un imbécile ! Un imbécile qui allait perdre l'héritage de sa famille, et le seul amour romantique qu'il ait jamais connu.

Il avait déjà dessellé son cheval et l'avait entièrement pansé, mais qu'importait ?

— Allez, Uther, nous devons repartir.

Le cheval hocha la tête en guise de réponse, et, Graham en était certain, en signe d'approbation.

Dyster, le palefrenier en chef, apparut dans l'embrasure de la porte de l'écurie.

— Votre Grâce, un carrosse est arrivé. J'ai envoyé Lowell pour aider.

Graham fronça les sourcils. Il n'avait pas le temps de se laisser interrompre.

— Quel genre de carrosse ?

— Je n'en suis pas certain

Soufflant, Graham flatta le cou d'Uther.

— Accorde-moi un instant, lui murmura-t-il.

Il s'adressa ensuite à Dyster et lui dit :

— Veuillez remettre Uther en selle d'ici quelques minutes ; il a besoin d'un petit répit.

Ce contretemps forçait Graham à le faire, ce qui était probablement préférable pour Uther.

— Je dois retourner en ville. Je reviens tout de suite.

Graham prit la direction de l'allée, où Lowell aidait le cocher à s'occuper du véhicule. L'écusson sur la porte désignait la propriétaire : Lady Clifton. Que diable faisait-elle ici ?

Il jeta un coup d'œil à l'intérieur du carrosse, mais il était vide.

— Elle est entrée, lui dit Lowell.

Avec un signe de tête, Graham tourna les talons et se dirigea vers la porte. Un valet de pied l'accueillit.

— Où est Hedge ? s'enquit Graham.

— Il conduit Lady Clifton au salon.

Il s'y rendit rapidement, passant devant le majordome à l'extérieur.

— Vous voilà, Votre Grâce. J'ai pris la liberté d'emmener Lady Clifton dans le salon. J'avais cru comprendre que vous veniez d'arriver aux écuries.

— C'est vrai. Je suis venu quand j'ai appris qu'elle était arrivée. Merci, Hedge.

— Je reviens tout de suite avec un rafraîchissement.

Graham cligna des yeux.

— Pourquoi ?

— Parce qu'il y a huit kilomètres depuis la ville, et que c'est poli ? dit Hedge, dont les joues rosirent. Je vous demande pardon, monsieur, mais vous m'avez demandé d'être aussi honnête que possible et de vous aider à vous adapter à votre nouveau rôle.

— Oui, bien sûr, c'est poli. Vous avez raison. Je suis juste… Peu importe.

Graham ravala son impatience. Il pouvait accorder à Lady Clifton une brève entrevue.

— Puis-je également suggérer qu'une visite à Boone vous serait profitable ?

Il posa un regard insistant sur Graham, qui baissa les yeux et remarqua que ses vêtements étaient couverts de poussière.

— Oui, je suppose que vous avez raison.

Graham se retint de froncer les sourcils. Il n'avait pas le temps de s'occuper de ce genre de choses, d'autant plus qu'il allait retourner directement en ville. Malgré tout, il se précipita à l'étage, subit les soins de Boone aussi longtemps qu'il le put, puis repartit à la hâte dans le salon.

Lady Clifton se tenait près des fenêtres et se retourna lorsqu'il entra, sans doute après avoir entendu le bruit de ses bottes sur le sol.

— Bonjour, Lady Clifton, la salua-t-il en s'inclinant. À quoi dois-je ce plaisir particulier ?

Elle sourit joliment et fit une brève révérence.

— J'espère que vous ne me trouverez pas trop effrontée de vous rendre visite.

— Pas du tout.

Graham s'avança dans la pièce. Elle se tourna à moitié.

— J'étais en train d'observer votre labyrinthe. J'ai passé un très bon moment lors de notre pique-nique. N'êtes-vous pas de cet avis ?

La sensation d'Arabella plaquée contre lui, son goût et son parfum l'enveloppant de chaleur et de ravissement, le submergea.

— Oui, c'était agréable.

Quand il imaginait que c'était peut-être la dernière fois qu'il l'embrassait... Son impatience se mua en désespoir. Il ne pouvait pas la perdre.

Lady Clifton s'avança vers lui, deux rides barrant son front parfait sous le bord de son chapeau.

— J'ai entendu dire que vous aviez mis Brixton Park en vente.

Le monde sembla s'arrêter un instant. Elle était ici... à propos de Brixton Park ?

— Vous voulez l'acheter ?

La surprise se lut dans les yeux de la jeune femme, et les rides de son front s'atténuèrent.

— Je suppose que je pourrais.

Hedge revint avec un plateau de rafraîchissements qu'il déposa sur une petite table ronde qui se trouvait près de la fenêtre avec deux chaises. Elle était destinée à jouer aux échecs ou à d'autres jeux, mais c'était la surface la plus proche, et Graham imaginait qu'elle ferait l'affaire.

Il y avait de la limonade, des gâteaux et une petite assiette de biscuits au beurre : la recette que la mère d'Arabella lui avait donnée. Le cœur de Graham se serra tandis qu'il regardait les pâtisseries. Dans son esprit, elles lui rappelleraient à jamais Arabella.

Lady Clifton retira son chapeau et ses gants qu'elle tendit à Hedge avec un sourire.

— Merci.

Le majordome inclina la tête, puis posa un regard interrogateur sur Graham. Celui-ci avait envie de lui demander combien de temps durerait la « politesse », mais il s'abstint. Il hocha légèrement la tête en guise de réponse, et murmura :

— Merci, Hedge.

Lady Clifton s'installa sur l'une des chaises à la table, et Graham prit place en face d'elle. Il versa ensuite de la limonade dans les deux verres. Elle prit un biscuit au beurre, et il regarda par la fenêtre. Il tâchait de mettre de côté Arabella, et de se concentrer sur le but de la visite de Lady Clifton.

Il reporta son attention sur elle.

— Êtes-vous venue me proposer d'acheter Brixton Park ?

— Non, en fait. Et, vraiment, ce n'est pas nécessaire, à moins que vous n'ayez vraiment envie de le vendre. J'ai eu l'impression que vous étiez très attaché à la propriété. Mais j'ai appris que vous étiez… ah, que vous…

— … que je suis insolvable ? finit-il pour elle, comprenant ce qui l'avait poussée à venir.

Le rose lui monta aux joues.

— Oui. Je m'excuse d'avoir à discuter d'un sujet aussi indélicat, mais il est sage que nous le fassions.

— Vraiment ?

Graham prit sa limonade et en but une longue gorgée. Le mélange parfait d'acide et de sucré couvrit sa langue, et ses pensées dérivèrent à nouveau vers Arabella. *Tout* l'amènerait-il à penser à elle ?

Oui, idiot, parce que tu es amoureux d'elle.

— Oui, confirma Lady Clifton, le ramenant à cette

conversation pour laquelle il avait rapidement perdu tout intérêt.

— Ce qui était dommage, parce qu'elle était ici pour le sauver de la ruine financière.

— Je pense qu'il est sage pour les époux de parler franchement de toutes choses, y compris des questions financières

Graham s'apprêtait à attraper un gâteau, mais sa main s'arrêta à mi-chemin, planant au-dessus de la table.

— Je vous demande pardon ?

Elle rougit à nouveau, mais plus intensément cette fois.

— Je ne suis pas venue vous proposer d'acheter Brixton Park, quand bien même je pourrais. Je suis venu vous proposer le mariage pour que vous puissiez le garder. En nous associant, vous pourrez conserver le domaine.

Mon Dieu ! Ce n'était pas ce à quoi il s'attendait, et pourtant c'était précisément ce dont il avait besoin, ce qu'il avait espéré. Cependant, ce n'était pas ce qu'il voulait. Il eut l'impression que le sol s'ouvrait et se dérobait sous lui. Il s'agrippa au bord de la table pour ne pas tomber. Graham lutta pour conserver son esprit logique, le cerveau sur lequel il s'était appuyé pendant vingt-huit ans et qui l'avait bien servi.

— Et qu'obtiendriez-vous d'un tel marché ?

— Un mariage heureux, j'espère. Et oui, je deviendrai duchesse, ce qui est mieux que comtesse, bien sûr, mais ce n'est pas important pour moi. Je pense que nous pouvons être heureux, et, qui plus est, je crois que vous seriez un excellent modèle pour mon fils, ce dont il a désespérément besoin. Manifestement, vous avez servi le comte de Saint-Ives avec beaucoup de succès, poursuivit-elle avec un petit sourire. J'ai fait quelques recherches depuis que j'ai appris pour votre situation financière.

Elle enquêtait sur lui, bon sang ! Il ne pouvait s'empêcher d'être impressionné.

— Comme il se doit.

— Il semblerait que vous ayez hérité de ce désastre.

— Oui.

Néanmoins, il détestait ne pas être en mesure de redresser la situation. Mais il n'y avait tout simplement pas assez de ressources pour fonctionner, entre l'hypothèque, les autres dettes et les proches avec leurs rentes vampiriques.

Elle se pencha sur la table, ses yeux bleus scintillant dans la lumière du soleil qui traversait les fenêtres.

— Alors, laissez-moi vous aider à réparer. Avec mon argent, vous pourrez garder Brixton Park.

Il pourrait également s'occuper de Halstead Manor. Tout ce dont il avait besoin était là, devant lui. Mais, encore une fois, ce n'était pas ce qu'il désirait. Sans Arabella, rien de tout cela n'avait d'importance. Brixton Park était un tas de pierres. Elle était faite de chair et de sang, et elle était la raison pour laquelle son cœur battait.

Graham s'efforça de trouver les mots qu'il devait dire. Il tendit à nouveau la main pour prendre un gâteau, et elle saisit ses doigts. Il sursauta, et la pâtisserie qu'il venait de prendre vola sur le sol.

Ils se regardèrent un instant, puis se mirent à rire. C'était ridicule, mais c'était bon de pouvoir se libérer d'une partie de ses émotions par le rire.

Graham s'agenouilla sur le sol et trouva le gâteau sous la table.

Un brusque halètement provenant de l'embrasure de la porte les amena, Lady Clifton et lui, à tourner la tête à l'unisson en direction du bruit.

Comme dans un rêve devenu réel, Arabella se tenait là, bouche bée, tandis que son visage se vidait de toute couleur.

CHAPITRE 16

*E*lle était arrivée trop tard. Arabella les regardait rire ensemble, l'air si intime autour de la petite table qui donnait sur le jardin et le labyrinthe au-delà. L'instant d'après, il était agenouillé devant Lady Clifton. Arabella croyait que c'était cette dernière qui devait faire la demande. Mais peut-être Graham l'avait-il su dès le début. C'était peut-être pour cela qu'il avait donné l'argent au père d'Arabella. Il n'en avait pas besoin. Il savait que son salut se trouvait en la personne de Lady Clifton.

— Je vous interromps, dit doucement Arabella.

Graham se leva d'un bond, heurtant la table dans sa précipitation. La limonade coula, et Lady Clifton saisit deux assiettes pour les empêcher de tomber de la table. Étaient-ce des *biscuits au beurre* qui se trouvaient sur l'une des assiettes ? Il les mangeait avec Lady Clifton ?

Arabella avait envie de disparaître dans le sol. Ou de lui jeter une assiette de biscuits au beurre à la tête. Les deux lui semblaient tout aussi agréables.

— Non, pas du tout, dit Graham.

Il jeta un coup d'œil autour de lui, ouvrit la bouche, puis

la referma. Il parut se rendre compte qu'elle était venue seule, ô scandale. Mais, apparemment, Lady Clifton avait fait de même. Cependant, elle en avait le droit. Les veuves étaient soumises à des règles bien différentes.

Arabella regarda l'autre femme, qui buvait sa limonade.

— Pourtant, il semblerait que ce soit le cas. Je crois savoir que des félicitations sont de rigueur. C'est d'ailleurs pour cela que je suis venue.

C'était, elle l'espérait, une excuse crédible. Elle craignait que ce ne soit pas le cas.

D'autant plus qu'il plissait les yeux d'un air sceptique.

— Tu es venue nous féliciter ? demanda-t-il, oubliant de la vouvoyer, et, soudain, ses yeux s'écarquillèrent. Tu savais ?

Elle acquiesça, se réjouissant quelque peu de l'air choqué qui se lisait sur son visage fourbe.

— Phoebe et Jane me l'ont dit. Je me suis hâtée pour vous féliciter en personne, affirma-t-elle, le regard oscillant entre Lady Clifton et lui. Félicitations !

La comtesse leva son verre.

— Merci.

Alors qu'Arabella commençait à se tourner, Graham s'élança et lui saisit le bras.

— Attends ! Il n'y a pas de quoi nous féliciter !

Elle lui jeta un regard surpris.

— S'il te plaît… attends.

Il la fixa d'un regard ferme, puis tourna les talons et revint auprès de Lady Clifton.

Il s'agenouilla à nouveau devant elle, et Arabella crut qu'elle allait être malade, surtout lorsqu'il prit la main de la comtesse.

— J'apprécie très sincèrement votre générosité, et, dans une autre situation, nous aurions pu trouver le bonheur. Cependant, je suis amoureux d'une autre personne et je ne peux pas accepter votre aimable proposition.

Lady Clifton jeta un regard en direction d'Arabella avant de fixer le visage de Graham avec inquiétude.

— Mlle Stoke ? Mais elle est aussi désargentée que vous. Vous perdrez Brixton Park.

— Cet endroit ne représente rien pour moi comparé à elle. Je donnerais mille Brixton Park pour qu'elle devienne ma femme. J'espère seulement qu'il n'est pas trop tard.

Graham se tourna vers Arabella, et son regard bien-aimé se posa sur elle avec chaleur et assurance. Les jambes d'Arabella tremblèrent. Elle dut s'agripper au cadre de la porte pour ne pas vaciller.

Graham lâcha la main de Lady Clifton et se leva, se tournant vers Arabella. Son regard lui raconta tout ce qu'il venait de dire, et plus encore. Tous deux s'étaient conduits comme des idiots ridicules.

Arabella s'avança vers lui.

— Il n'est pas trop tard.

— Dieu merci !

Il se précipita vers elle et la prit dans ses bras, la serrant fort contre lui. Elle trouva ses lèvres et déversa dans leur baiser toutes les gouttes d'amour qu'elle avait en elle.

Le bruit de la toux de Lady Clifton les obligea à se séparer, mais Arabella ne le lâcha pas, et lui non plus. Il passa son bras autour de ses épaules et la serra contre lui.

— Mes excuses, Lady Clifton, dit Graham. Je crois que je suis déjà fiancé.

Arabella resserra son emprise sur sa taille.

— Oui, il l'est.

Lady Clifton se leva, les lèvres pincées.

— C'est décevant, constata-t-elle, se tournant vers Graham. Jane et Phoebe n'ont cessé de dire que nous nous conviendrions, et j'étais d'accord. Elles m'ont également amenée à croire que vous cherchiez à vous marier, mais apparemment seule ma fortune vous intéressait.

Graham tressaillit.

— Je n'en suis pas fier, répondit-il à voix basse. Vous méritez quelqu'un qui vous aimera.

— Oui, c'est vrai. Comme j'ai déjà connu cela, je me rends compte maintenant que je ne pourrais jamais me contenter de moins. Comme vous l'avez dit, un mariage d'amour vaut plus que mille propriétés. Je le sais par expérience, ajouta-t-elle doucement avec une pointe de tristesse.

— Je n'oublierai pas votre gentillesse, déclara Graham. Si je peux un jour vous rendre service, à vous ou votre fils, j'espère que vous me le ferez savoir.

— C'est très généreux de votre part. Cependant, je crois que notre association est terminée.

Lady Clifton semblait être plus que déçue. On sentait l'agacement dans sa voix.

— Je vous souhaite le meilleur.

— Nous vous souhaitons la même chose, dit Arabella.

Elle détestait l'idée que la comtesse se sente utilisée. Pourtant, elle était également soulagée d'avoir rejoint Graham avant que la comtesse et lui ne commettent une erreur qui les aurait tous les deux rendus malheureux.

Lady Clifton inclina la tête, puis prit congé. Elle avait à peine quitté la pièce qu'Arabella et Graham se tournaient l'un vers l'autre. Ils parlèrent en même temps.

— Je suis une telle idiote ! s'écria-t-elle.

— Je ne suis qu'un immense imbécile ! s'écria-t-il.

Ils sursautèrent et leurs regards se croisèrent. Tous deux éclatèrent alors d'un rire qui reflétait à la fois leur soulagement et leur bonheur.

Graham l'attira contre sa poitrine et effleura son front de ses lèvres.

— Oh, mon très cher amour, quand je pense que nous avons failli marcher tête baissée vers le désastre !

Elle leva sur lui un regard interrogateur.

— Je croyais que tu avais récupéré ton argent ainsi que celui de mon père. Pourquoi ne l'as-tu pas fait ?

Il grimaça.

— En fait, il n'y avait pas d'argent. La vente de Brixton Park nous procurera ce dont nous avions tous les deux besoin : le remboursement de l'investissement de ton père et un moyen pour moi de renflouer les coffres ducaux.

— Tu vends Brixton Park pour nous ?

Sa question s'acheva sur un petit cri. Elle n'arrivait pas à croire qu'il fasse preuve d'un tel altruisme. Et, en même temps, elle y parvenait sans mal. C'était bien l'homme dont elle était tombée amoureuse. Il acquiesça.

— Je pensais ce que j'ai dit. Je renoncerais à un millier de Brixton Park et même plus, si cela signifiait que nous pouvions être ensemble. Ou, dans ce cas précis, si cela signifie que je peux te sauver, ainsi que ta famille. Je ne pensais pas que tu voulais de moi.

— Tu croyais que je voulais être une femme de tête.

— N'est-ce pas le cas ?

— Pas autant que je désire être ta femme, affirma-t-elle en se hissant sur la pointe des pieds pour déposer un bref baiser sur ses lèvres. Puis-je quand même être une femme de tête ?

— Mon amour, je ne voudrais pas qu'il en soit autrement.

Il la serra contre lui, posant ses mains sur sa colonne vertébrale et sur la courbe supérieure de ses fesses, et l'embrassa.

Après un long moment, elle détacha ses lèvres des siennes.

— Je t'aime, Graham.

— Je t'aime, Arabella.

— Je regrette que Lady Clifton se soit sentie mal.

— C'est moi qui suis responsable. J'aurais dû me montrer direct dès le début avec elle, et avec Mlles Lennox et Pemberton.

— Et quelle impression cela aurait-il donnée ? s'enquit Arabella. Tu n'aurais pas pu dire à qui voulait l'entendre que tu étais à la recherche d'une héritière !

— Colton semblait penser que je le pouvais. Il m'a dit que beaucoup de femmes, ou du moins leur père, auraient voulu acheter mon titre.

C'était vrai, bien sûr. Arabella secoua la tête.

— Je déteste l'idée que tu perdes Brixton Park. J'aimerais qu'il y ait un moyen de le sauver, dit-elle, puis une idée lui vint soudain. Comment as-tu payé mon père ? Tu ne peux pas avoir déjà vendu le domaine.

Il secoua la tête.

— J'ai emprunté de l'argent au marquis de Ripley.

— Peut-on lui faire confiance ? Qu'en est-il de son cousin ?

— Personne n'aurait pu être plus surpris que Ripley lorsqu'il a appris que Tibbord était en réalité son cousin Drobbit. Il est très offensé. J'ose espérer que Tibbord, Drobbit, peu importe, ne fera plus de mal à personne avec ses escroqueries ou en colportant des ragots sur la fortune des gens.

Elle inspira brusquement.

— C'est lui qui a dit à tout le monde que nous étions ruinés ? demanda-t-elle, serrant la mâchoire sous le coup de la colère. À partir de maintenant, je propose que nous l'appelions l'Escroc. Il ne mérite pas le droit d'avoir un nom, et encore moins deux.

Graham posa sur elle un regard empreint d'admiration et d'amour.

— Ma femme de tête… Tu as tout à fait raison, affirma-t-il, déposant un autre baiser rapide sur sa bouche. Maintenant, dois-tu retourner tout de suite chez toi, ou puis-je te persuader de faire un tour à l'étage ?

Elle lui décocha un sourire sensuel.

— Quelle partie de l'étage ?

— Dans ma chambre à coucher, bien sûr.

— Vous êtes un gentleman coquin, Votre Grâce.

Graham la souleva dans ses bras.

— Je sais de source sûre que vous m'appréciez ainsi.

— En effet, confirma-t-elle, passant les bras autour de son cou pour embrasser sa mâchoire. En fait, c'est ainsi que je *t'aime*.

Ensuite, il l'emmena à l'étage et lui montra à quel point il pouvait se montrer *coquin*.

ÉPILOGUE

Huntwell, Huntingdonshire, un mois plus tard

— Il est si beau, s'exclama Arabella en admirant le fils de David et Fanny.

Graham espérait voir bientôt la même expression sur le visage de sa femme, lorsqu'ils accueilleraient leur propre enfant dans le monde. Aucune naissance n'était prévue pour le moment, mais ce n'était pas faute d'avoir essayé…

— Nous voulions vous demander si vous nous feriez l'honneur d'être les parrain et marraine de Graham, leur demanda David.

— Il se tenait debout à côté de sa femme qui passait son premier jour loin de sa chambre à coucher.

Arabella leva les yeux sur eux, mais ce fut Graham qui prit la parole.

— C'est *vous* qui nous faites un honneur, répondit-il doucement. En vérité, je suis submergé. Vous lui avez déjà donné mon nom !

— Je ne vois personne de mieux, lui dit David. Avec le nom de mon père au milieu.

— Êtes-vous sûrs de vouloir que je sois sa marraine ? s'enquit Arabella, se tournant vers Fanny. Je sais que tu as une sœur et des amies proches.

Fanny lui adressa un sourire chaleureux.

— Nous en avons longuement discuté. Compte tenu de la relation étroite entre ton père et celui de David, nous avons vraiment pensé que c'était le moyen idéal d'unifier nos familles.

Arabella berçait doucement le bébé dans ses bras.

— Mon père sera ravi.

M. Stoke avait été ravi d'accueillir Graham dans sa famille. Et, en tant que membre de leur famille, il savait à quel point il avait été bouleversé lorsque David n'avait pas épousé sa fille. Il avait même avoué que cette déception était en partie à l'origine de certaines des mauvaises décisions qu'il avait prises. Il voulait absolument démontrer qu'ils n'avaient pas besoin du *comte* de Saint-Ives.

— C'est fini avec Brixton Park ? demanda David.

Graham acquiesça. Il n'éprouvait qu'un léger sentiment de perte, et il était bien trop impatient de découvrir ce qui l'attendait pour ruminer le passé.

— Nous avons fait nos adieux avant de venir ici souhaiter la bienvenue au jeune Graham.

— J'espère que Ripley t'en a donné un bon prix, dit David.

Graham échangea un regard avec Arabella. Il avait payé *trop cher*, mais ils n'avaient pas réussi à l'en empêcher. De plus, il avait convié Arabella et Graham à l'utiliser quand et comme ils le souhaitaient.

— Il s'est montré très généreux.

— Bien. Tu le mérites, surtout compte tenu de l'implication de son cousin.

Graham avait tout raconté à David, qui l'avait copieusement réprimandé de ne pas avoir sollicité son aide, même s'il comprenait les pesantes questions d'orgueil et d'autonomie.

— Nous avons entendu d'horribles nouvelles à son sujet, intervint Fanny, qui frissonna.

— Au sujet de qui ? s'enquit Arabella.

— Vous n'avez pas lu le journal ce matin ?

David jeta un coup d'œil vers une table où se trouvait un journal.

— Il est possible que nous ayons dormi trop tard.

Ou quelque chose comme ça. Graham échangea un autre regard avec sa femme, plein de chaleur cette fois.

— Apparemment, Drobbit a été retrouvé mort il y a quelques jours, dit David d'un ton sombre. Il a reçu une balle en plein cœur.

Un sentiment d'effroi glacial parcourut l'échine de Graham. De nouveau, Arabella et lui se regardèrent. Il secoua très légèrement la tête. Ils en discuteraient plus tard.

Graham se tourna vers David, le cœur battant la chamade.

— Il a été assassiné ?

— Il semblerait bien, même s'ils ne connaissent pas le coupable. J'imagine qu'à votre retour à Londres, tout le monde en parlera.

Ils avaient prévu de rentrer quelques jours plus tard, mais Graham se demandait s'ils ne devaient pas repartir plus tôt. Pourquoi ? Que pourraient-ils faire ? En fait, il était peut-être plus sage d'augmenter la distance qui les séparait de Ripley. Sa réputation était déjà assez mauvaise, mais maintenant…

Fanny changea de conversation et se mit à parler de son amie, Lady Lavinia. Son mari et elle avaient accueilli un fils la semaine précédente.

— Et notre autre amie, Sarah, Lady Ware, accouchera bientôt, certainement dans les prochaines semaines.

Sarah était la sœur d'Anthony Colton, et parler d'elle

poussa Graham à songer à son frère. Lui aussi devrait sans doute s'éloigner de Ripley pendant un certain temps. Leur amitié était devenue un élément central de la saison, en même temps que le déclin de Colton, qui était passé du statut de célibataire éligible à celui de séducteur inconvenant. Le plus souvent, on le voyait se livrer à des jeux d'argent ou à des excès de boisson. Quelques semaines plus tôt, il avait eu une liaison notoire avec une femme mariée : ils avaient été pris en flagrant délit de fornication lors d'un bal. Graham était peiné de le voir tomber si bas, mais il était tout à fait imperméable aux conseils. Pourtant, il essaierait encore, surtout vis-à-vis de Ripley.

Au bout d'un moment, le petit Graham commença à s'agiter et Fanny annonça qu'il était temps de le changer et de le nourrir avant l'arrivée de sa sœur, la duchesse de Clare, qui était prévue sous peu. Graham était impatient de rencontrer le duc et la duchesse, dont David avait dit qu'ils étaient des gens charmants. Il avait également souligné que le duc était un allié bienvenu pour des gens comme eux, des gentlemen qui n'étaient pas encore à l'aise dans leur position. Si David s'y était attendu, il n'était pas tout à fait prêt à l'accepter lorsque son père était mort subitement.

Dès qu'ils furent seuls, car David avait raccompagné sa femme et son fils à l'étage, Arabella se tourna vers Graham.

— Tu ne crois pas que Ripley…

Graham ne voulait pas qu'elle le dise à voix haute.

— Je ne sais pas, mais sans doute que beaucoup le diront.

Elle plissa le front, l'air inquiet.

— Si seulement ils ne s'étaient pas battus dans le parc !

Ripley et Drobbit en étaient venus aux mains un jour à Rotten Row. Plusieurs gentlemen avaient entendu Ripley dire à son cousin qu'il devrait s'estimer heureux de ne pas être mort, et que si cela ne tenait qu'à lui, il le serait. Si l'on ajoutait à cela les innombrables commentaires que Graham et Arabella l'avaient entendu formuler sur le fait qu'il regrettait le comportement de son cousin et tous les dégâts qu'il avait causés, il semblait au moins possible que ce soit lui qui l'ait abattu.

Il était également vraisemblable que n'importe lequel des autres hommes que Drobbit avait dépouillés ait pu commettre le crime. Quelques-uns s'étaient manifestés lorsqu'un véritable enquêteur avait commencé à se pencher sur les affaires de Drobbit, à la demande de Graham, et aux frais de Ripley.

Non, Graham ne voulait pas penser que son ami avait tué son cousin. Le marquis était un séducteur, et plus qu'une canaille, mais, au fond, c'était quelqu'un de bien. Du moins, c'était ce qu'il semblait à Graham. Sinon, pourquoi aurait-il financé l'enquête contre son cousin et racheté Brixton Park à un prix aussi exorbitant ?

Il se leva.

— Viens, allons nous promener dans le jardin, et chassons toutes ces histoires de notre esprit pendant un moment.

Il tendit la main.

Elle glissa ses doigts dans les siens, et il ressentit encore un frémissement d'excitation lorsqu'ils se touchèrent. Il espérait qu'il en serait toujours ainsi. Chaque jour, son amour pour Arabella grandissait, et sa passion pour leur avenir s'accroissait.

La jeune femme glissa son bras sous le sien, et ils sortirent dans la belle journée de printemps. Les arbres étaient verdoyants et les fleurs s'épanouissaient le long du chemin.

— J'attends avec impatience le moment où nous irons à Halstead Manor. La lettre de ma mère décrivait si bien les jardins et tout ce que nous pourrions faire pour les améliorer !

Ses parents s'étaient rendus à Halstead Manor, où ils prévoyaient de vivre dans la maison douairière lorsqu'elle serait habitable. La première tâche de Graham après la vente de Brixton Park avait été d'engager un intendant pour le domaine. Il lui avait envoyé son rapport préliminaire, et il avait failli se précipiter dans l'Essex pour se consacrer à la réparation des dégâts causés par les derniers ducs.

Cependant, il avait encore des obligations à Londres, et ils resteraient dans la maison de David pour le reste de la saison.

— Tu sembles enthousiaste à l'idée d'y aller, constata Graham, posant sur Arabella un regard interrogateur, le sourire aux lèvres.

— Je le suis, parce que nous allons avoir un chien. Ou deux.

Il éclata de rire. Ils avaient discuté de la nécessité d'une compagnie canine. La seule question était de savoir combien ils en prendraient.

— Je suis émerveillé par le fait que le secret d'une vie heureuse réside dans l'amour, les biscuits au beurre et un chien, dit-il.

— Ou *deux*, répéta Arabella. Je suis heureuse d'être là où tu seras. Et que nous reconstruisions ensemble Halstead Manor.

Il était lui aussi très enthousiaste.

— Il n'y a personne que je préférerais avoir à mes côtés.

Ils se trouvaient à bonne distance de la maison et des regards indiscrets, à l'ombre d'un grand érable. Elle pivota dans son étreinte, passant ses bras autour de son cou.

— Tant mieux, parce que tu es coincé avec moi.

— Pour toujours, murmura-t-il contre ses lèvres.

— Pour l'éternité, ajouta-t-elle, juste avant qu'il l'embrasse.

Vous voulez savoir si le marquis de Ripley a tué son

cousin ? Et si Phoebe pourra combler le trou qu'elle a dans le cœur ? Ne manquez pas le prochain livre de la série *Les Insaisissables, LE MARQUIS CHARMEUR* !

Vous voulez en savoir plus sur certains des personnages de ce livre, comme Lavinia, la marquise de Northam, David et Fanny, le comte et la comtesse de Saint-Ives, et Sarah, la comtesse de Ware ? Procurez-vous **Le Duc Galant**, **Le Duc des Baisers** et **Le Duc Boute-en-train** !

Si vous voulez savoir quand mon prochain livre sera disponible et être averti des ventes spéciales, inscrivez-vous à ma newsletter en anglais sur https://www.darcyburke.com/join ou en français https://darcyburkefrancais.com/newsletter/ et suivez-moi sur les réseaux sociaux :

Facebook: https://facebook.com/DarcyBurkeFans
Instagram darcyburkeauthor

Vous aimez les romans Régence ? Jetez un œil à la série *Le Club des Ducs Fringants*, six livres co-écrits avec ma meilleure amie, Erica Ridley. Découvrez les hommes inoubliables de la taverne la plus célèbre de Londres, Le Duc Fringant. Avec ces sublimes séducteurs à l'esprit et au charme à revendre, épris de liberté et d'aventures, une nuit n'est jamais suffisante.

J'espère que vous accepterez de laisser un avis sur le site de votre boutique en ligne ou de votre réseau préféré ! J'aime tellement mes lecteurs. Merci, merci, *merci*.
xoxo,
Darcy

NOTES

CHAPITRE 7

1. Note de la traductrice : ancêtres des préservatifs

DU MÊME AUTEUR

Les Insaisissables
Le Comte sans héritier

L'inaccessible Duc

Le Duc Audacieux

Le Duc Malhonnête

Le Duc des Désirs

Le Duc Provocateur

Le Duc Dangereux

Le Duc Solitaire

Le Duc Ravageur

Le Duc Menteur

Le Duc Galant

Le Duc des Baisers

Le Duc Boute-en-train

Le Duc Inattendu

Le Marquis Charmeur

Le Vicomte Blessé

Il y a de l'amour dans l'air
Le Comte flamboyant

Le Cadeau du marquis

La Joie du duc

Le Club des Ducs Fringants
Une nuit de séduction par Erica Ridley

Une nuit d'abandon par Darcy Burke

Une nuit de passion par Erica Ridley

Une nuit de scandale par Darcy Burke

Une nuit d'adieu par Erica Ridley

Une nuit de tentation par Darcy Burke

Les Insaisissables: The Pretenders

A Secret Surrender

A Scandalous Bargain

A Rogue's Redemption

À PROPOS DE L'AUTEUR

Darcy Burke est l'auteure à succès USA Today de romance sexy, sentimentale historique et contemporaine. Darcy a écrit son premier livre à 11 ans, une fin heureuse entre un cygne accro à la magie et une femelle cygne qui l'aimait, avec des illustrations extrêmement pauvres.

Native de l'Oregon, Darcy vit en bordure des vignes avec son mari guitariste, une fille artiste d'un incroyable talent, et un fils débordant d'imagination qui écrira sans doute un jour mieux qu'elle (et peut-être dès demain). Ils forment une famille-à-chats un peu folle, avec deux bengals, un petit chat en quête de notoriété qui porte le nom d'un fruit, un vieux maine-coon rescapé plutôt arrogant, et une collection de chats du voisinage qui trainent sur la terrasse et entrent quelquefois. Vous trouverez Darcy au chai, dans son confortable fauteuil d'écrivain avec son portable et un ou trois chats sur les genoux, en train de plier son linge (ce qu'elle adore), ou encore devant le télévision avec sa famille. Ses havres de bonheur sont Disneyland, le week-end du Labor Day au Gorge, Le Danemark et partout au Royaume-Uni – tant que sa famille y est aussi. Retrouvez Darcy en ligne à https://darcyburkefrancais.com/ et suivez-la sur ses réseaux sociaux.

www.ingramcontent.com/pod-product-compliance
Lightning Source LLC
Chambersburg PA
CBHW050031120726
47903CB00006B/1997